에피타프 도쿄

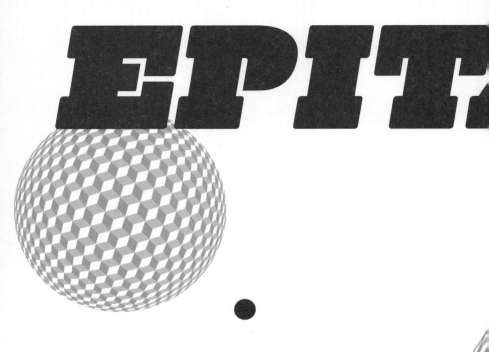

EPITAPH TOKYO
RIKU ONDA

Copyright © 2015 RIKU ONDA

Original Japanese edition published in Japan by Asahi Shimbun Publications Inc., Japan.
Korean translation rights arranged with Asahi Shimbun Publications Inc., Japan
through Imprima Korea Agency.

GRAPH·

온다 리쿠
恩田陸 권영주 옮김

·東京

비채

Piece 1

●

동물 교차로

도에이 지하철 오에도 선 아카바네바시 역 출구로 나와 오른쪽으로 꺾어져 수도 고속도로 밑을 지난 곳에 아카바네바시 미나미 교차로가 있다.

그곳 한 모퉁이에 늘 깨끗이 청소돼 있는 작은 이나리 신사가 있다. 무심코 그냥 지나칠 듯한 장소에 우아하고 조그마한 여우 석상이 앉아 있다.

교차로의 빈틈에 쏙 들어앉은 이 후시미 산포 이나리 신사 곁에 자세히 보면 작은 비석이 하나 있다. 이게 뭔가 하면 마두관음 비석이다.

그리고 이 이나리 신사 바로 옆에는 판다 그림을 그린 간판이

큼직하게 걸려 있다. 이건 WWF(세계자연기금)의 상징이다. 세계 최대 규모의 자연환경 보호 단체인 WWF의 일본 사무국이 옆 건물에 있어서다. 굳이 말과 여우 옆에 판다 간판을 건 게 우연인지 의도적인 것인지는 알 수 없지만, 필자는 멋대로 이곳을 동물 교차로라고 부른다.

오랫동안 판다의 부재가 이어졌던 우에노 동물원에 지난번 온 판다 두 마리는 판다계에서 상당한 미남미녀라고 한다. 특히 암컷이 미웅美熊인데, 위로 붙은 까만 귀가 경단 모양으로 또렷하게 서 있는 게 포인트인 모양이다. 중국에는 옛날부터 머리 위에 경단 두 알을 만드는 여자애 머리 모양이 있는데 판다를 흉내 낸 게 아닐까.

지난번 대지진 때 필자는 마침 여기 동물 교차로에 있었다.

사무실 밀집 지역에 오가는 사람도 평소 별로 많지 않은 길목에 그렇게 많은 사람이 멈춰 선 것을 처음 봤거니와, 뭣보다 쓰나미 경보 사이렌이 건물들 사이로 울려 퍼지는 게 기이했다. 이런 곳에 쓰나미 경보가 울리느냐고 놀랐지만, 생각해보면 여기서 바다까지 2킬로미터도 안 된다.

"높은 곳으로 대피해주세요" 하고 젊은 여자의 느릿한 목소리가 독촉하는데, 도심의 빌딩 숲에서 '높은 곳'이 어디일까 하고 물결치듯 흔들리는 건물을 올려다보며 생각했다. 나중에 깨달았는데, 이 교차로에는 칠레 대사관이 있는 건물도 있다. 지구 반대쪽에서 부임한 분들도 설마 도쿄 한복판의 대사관에서 쓰나미 경보를 듣게 될 줄은 꿈에도 몰랐을 것이다.

이 교차로는 수도 고속도로 밑을 지난 곳에 위치한 아카바네바시 교차로와 별개로 취급되지만, 자세히 보면 예전에는 이곳이 칠거리였고 거대한 교차로였음을 알 수 있다.

삼거리, 사거리는 곧잘 보지만 칠거리는 흔치 않다. 마두관음이 있을 만도 하다. 말의 수호신인 마두관음은 교차로의 수호신이기도 하기 때문이다.

그럼 교차로의 수호신은 뭐로부터 뭘 지키는 걸까.

"그건 말이죠, 한마디로 전염병이랍니다. 전염병으로부터 촌락을 지키는 거죠."

요시야는 특유의 불분명한 발음으로 그렇게 말했다.

민간신앙과 외래의 신이 복작복작하게 뒤섞인 이 나라의 교차로에는 예로부터 다양한 신들이 계시죠. 도조道祖 신에 지장보살님, 경신庚申, 사이노카미 그리고 마두관음. 일일이 들자면 끝이 없습니다.

카운터에 한 자리 띄고 옆에 앉은 남자의 표정은 잘 보이지 않았다.

슬쩍 뒤를 돌아보니 도로를 면한 커다란 유리창 너머로 오가는 행인의 얼굴이 보였다. 아직 바깥이 밝고 가게 안이 어두웠다. 행인들에게는 가게 안이 캄캄해 보이지 않을까. 손님이 있는 것조차 모를 것 같다.

해가 길어졌다. 얼마 전까지만 해도 이 시간이면 캄캄했는데.

문득 기시감을 느꼈다. 반년 주기로 '해가 짧아졌다' '어느새 해가 길어졌다'라고 생각하는 순간이 꼭 돌아온다. 그것을 무한히 반복하는 사이에 나이를 먹어가는 셈이다.

지금은 달리는 쪽에만 관심 있는 사람이 많지만, 말은 예전에 중요한 노동력으로 아주 소중하게 여겨졌죠. 100만 마력이라고 하는 것처럼 힘의 단위도 말이었습니다. 말하고 함께 살기 위해서 지은 집도 있었고요.

소중한 것이 곧 신이 된다.

필자는 멍하니 그런 생각을 했다. 소중한 것과 두려운 것은 신이 된다.

카운터 위에 펴놓은 책에 술잔에서 물방울이 떨어져 살짝 닦았다.

늘 술을 마시면서 책을 읽으시더군요. 전 술이 들어가면 순식간에 활자가 눈에 들어오지 않기 때문에 감탄했습니다.

요시야에게 그런 말을 들은 적이 있다.

근처에서 영화 DVD를 빌려오는 길에 가끔씩 들르는 곳이다. 가끔 들르는 곳에서 가끔 마주치는 남자라 직업은 모른다. 체격이 크고 머리를 어깨까지 길렀다. 말투는 정중하고 오래전 일을 많이 알지만 나이는 의외로 젊지 않을까 싶다.

도쿄에서는 이런 관계가 꽤 많다. 그곳에서만 아는 얼굴. 접점이 하나뿐인 사람. 어쩌다 길에서 말을 걸어온 사람이 분명히 아는 사람이건만 이름이 생각나지 않아 머릿속이 새하얘졌는데, 알고 보니 자주 가는 음식점의 셰프가 사복으로 갈아입은 것뿐이었다.

바로 얼마 전까지만 해도 돌림병으로 사람이 얼마나 많이 죽었는지 아십니까? 전염병이 얼마나 무서웠는지. 연중행사나 축제는 전염병을 물리치고 하루라도 더 오래 살아남기를 기원하는 의미로 시작된 게 대부분이란 말이죠.

요시야는 술을 새로 주문했다. 그는 언제나 일정한 속도로 잔을 비운다.

발음이 또렷하지 않아서 취했나 싶지만, 그는 술을 마실 때면 처음부터 내내 그렇다. 원래 그런 말투일지도 모르겠다. 아니면 낮부터 마시기 시작해서 이 가게에 오기 전에 이미 취했을지도 모른다.

자영업자예요? 아니면 회사 경영자?

카운터 뒤에 있는 여주인에게 물어본 적이 있다.

전 이 근처 외국계 기업에 다니는 분인가 했는데요. 지금도 잘 모르겠어요.

그녀도 고개를 갸웃했다.

회사에서 디자이너로 일하시는 분인가 생각했는데요.

그녀가 그렇게 말하는 이유도 알 것 같았다. 복장을 봐도 일반 사람은 아닌데 그렇다고 순전한 한 마리 외로운 늑대도 아니다. 어딘지 모르게 느긋하고 대범한 게 조직의 보호를 받는다는 느낌도 든다.

전에 아는 이에게서 아무리 캐주얼한 복장을 하고 있어도 일본에 있는 외국계 기업 사람은 반드시 시계와 신발에 돈을 들인다고 들은 적이 있다. 발 언저리를 본다는 말일본어에서 '상대방의 약점을 간파한다. 이용한다'는 뜻 있잖아, 그런 부분에서 확실하게 차별화를 하는 거지.

요시야의 시계와 신발을 체크해보지만, 원래 이 분야에 무지하다 보니 고급품인지 아닌지 도무지 모르겠다. 알 수 있는 것은 처음 보는 디자인이라는 정도다.

전염병은 꼭 다시 옵니다. 아니, 벌써 바로 저 앞에 와 있어요. 팬데믹의 수위는 높아져 있습니다. 요시야는 연신 안경을 고쳐 썼다.

새로운 재앙의 출현에 사람들의 기억은 점점 덮어쓰기 되지만, 구제역의 무시무시한 감염력이 미야자키 현에 가져온 엄청난 피해, 경제 활동과 시민 생활에 미친 막대한 영향을 목격한 지 그리 오래되지 않았다.

그때 필자가 관심 있게 봤던 것은 역시 전염병은 길을 따라 온다는 오래고도 새로운 사실이었다. 가고시마 현이나 다른 현으로 이어지는 간선도로가 몇 개를 제외하고 모두 봉쇄됐다는 뉴스. 종우種牛를 배에 실어 섬으로 대피시켰다는 뉴스. 길을 따라 전염병이 오는 공포는 예나 지금이나 변함없다. 몇 년 전 멕시코의 광대한 유카탄 반도를 이동했을 때, 간선도로 곳곳에 있는 검문소를 지휘하는 것은 마약의 이동을 감시하는 군과 조류독감을 경계해 가금류의 이동을 체크하는, 일본으로 말하자면 농수성의 관리였다. 의학이 발달한 현대에조차 그러하니, 변변한 치료법도 약도 없이 가지기도加持祈禱밖에 방법이 없었던 시대에 전염병에 대한 두려움은 우리가 상상도 못 할 정도였을 것이다.

하루라도 더 오래 살고 싶다는 것은 절실한 바람이고, 세대世帶와 촌락을 유지하기 위해 전염병이 외부에서 들어오지 못하도록 막는 것은 그야말로 생사가 걸린 문제였다. 결과적으로 외부에서 들어오는 입구인 교차로, 외부와의 경계선상에 위치하는 교차로에는 병과 재앙을 피하기 위한 장치가 필요했을 것이다.

동물 교차로에서 전에는 더 많은 신이, 바람이 절실하게 자리다툼을 벌이며 길 저편에서 찾아오는 재앙에 맞서 결계를 쳤을게 틀림없다.

"K씨, 이따가 제 비밀을 가르쳐드리겠습니다."

요시야는 하나 건너 옆자리에서 몸을 내밀어 의미심장하게 소곤거렸다.

네, 꼭 가르쳐주세요. 나도 살며시 대답했다.

요시야가 화장실로 갔다. 일어서면 생각보다 더 체격이 크다는 것에 늘 놀라게 된다.

돌아보자 어느새 밝기가 역전해서 창밖이 어두웠다.

행인이 어둠에 녹아들어 윤곽이 흐릿한 실루엣처럼 지나간다.

무수한 그림자와 창유리에 비치는 실내의 손님이 겹친다.

요시야가 돌아와 그제야 얼굴이 보였다.

빛이 미치는 효과는 신기하다. 필자는 그때 처음으로 요시야에게 이국의 피가 섞이지 않았나 하는 생각이 들었다. 왜 그런 생각이 들었는지는 또다시 하나 건너 옆자리에 앉은 옆얼굴을 봐도 알 수 없었다. 광선이 자아낸 미묘한 그림자의 농담濃淡 탓인가, 빛이 한순간 보여준 그의 눈동자 색깔 때문인가.

요슈아입니다.

처음에 이름을 들었을 때 외국인인가 했다.

요슈아? 어쩌면 조슈아인지도 모른다. 나라에 따라 J를 발음하지 않는 경우도 있다. 성자의 이름.

K입니다, 하고 필자도 이름을 밝히고 어디 출신이신가요? 하고 물었다.

네? 그는 들고 있던 포터블 플레이어의 이어폰을 만지작거리며 되물었다. 요슈아입니다, 요시다의 '요시'에 집의 '야'입니다, 라는 말을 듣고 요시야吉屋라고 이해했다.

아, 지금 마침 조슈아 레드먼을 듣고 있었는데요. 그렇게 필자의 오해를 말장난으로 바꾸었다.

그에 관한 정보는 요시야라는 성뿐 이름조차 모른다. 그리고 또 하나, 그에 관해 아는 것은…….

"K씨한테만 가르쳐드리겠습니다. 당신은 저랑 마찬가지로 이 도시의 비밀을 캐고 있으니까. 말하자면 동지니까요."

요시야는 매번 같은 말을 되풀이한다. 늘 카운터에서 이야기를 나누기 시작해서 한 시간이 지날 무렵, 언제나 진지한 어조로.

"사실은 저 흡혈귀랍니다."

기억하는 것과 똑같은 약간 불분명한 발음으로 그는 고백했다.

요시야의 설명은 언제나 판에 박은 것처럼 일정했다.

다들 오해하는 겁니다. 사람들이 생각하는 흡혈귀는 진짜 흡혈귀가 아니에요.

필자는 그의 설명을 똑같이 재현할 수 있다.

그의 말에 따르면, 영화나 소설에 등장하는 것처럼 피를 섭취해서 영원한 생명을 얻는 게 아니다. 진짜 흡혈귀는 나이도 먹고 육체도 소멸한다. 다만 의식이 타자의 육체로 옮겨가 이어지는 것이다.

그거 환생하고 다른가요?

필자는 몇 번씩 그렇게 물었다.

다르죠. 그는 단호하게 부정했다.

전 언제나 저입니다. 언제나 이 얼굴에 이 목소리, 이 성격이에요. 다음에 태어날 땐 다른 이름으로 다른 부모한테서 태어나거든요. 하지만 저라는 성질, 제 캐릭터는 영원히 계속됩니다.

그럼 그거 흡혈귀 아니지 않나요? 필자는 당연한 의문을 제기했다. 인간의 피를 마셔 살아가니까 '흡혈귀'라 하는 건데, 방금 이야기로는 그냥 장수하는, 육체를 계속 바꿔가면서 사는 별도의 생명체 아닌가요?

그래도 그는 전혀 동요하지 않았다.

아뇨, 애초에 '흡혈귀'라는 이름이 은유인 겁니다. 아마 전에는 피를 마셨겠죠. 제 동족도.

동족이 있나, 지금도 있나. 그렇게 캐묻고 싶은 것을 꾹 참고 계속해서 들었다.

제 생각에, 아마 전에는 혈액이 제일 정보량이 많지 않았을까 하거든요. 타인의 피를 마시는 게 더 많은 정보를 체내로 흡수하는 방법이었던 겁니다. 그래서 '흡혈귀'라고 불렀겠죠.

정말로 피를 마셨다면 은유고 뭐고 사실 아닌가. 그런 의견도 일단 참았다.

하지만 지금은 그럴 필요가 없습니다.

요시야는 '안심하세요'라고 하듯 팔을 벌렸다.

지금은 얼마든지 정보를 입수할 수 있거든요. 말 그대로 몸속에 넣을 수 있습니다(요시야는 여기서 이어폰을 귀에 꽂았다). 순식간에 전세계의 정보를 흡수할 수 있는 겁니다.

그럼 흡혈귀가 원하는 건 원래 '정보'란 말이군요?

그렇죠! 요시야는 만족스레 고개를 끄덕였다.

저는 오래오래 살아왔습니다. 오래오래 이 도시를 봐왔죠. 그러니까 K씨, 당신한테도 가르쳐드리겠습니다. 이 도시의 비밀을.

요시야는 필자에게 늘 그렇게 힘주어 약속한다. 그리고 필자도 그에 뒤지지 않을 만큼 열의를 담아 그에게 부탁한다. 좋습니다! 꼭 가르쳐주세요. 부탁드립니다.

하지만 유감스럽게도 여기서 그는 늘 손목시계를 본다. 어디 것인지 알 수 없는, 처음 보는 투박한 디자인의 시계를. 그리고 그는 얼굴을 들고 이렇게 말하는 것이다.

"계산서 주시겠습니까."

카운터 뒤 여주인이 고개를 끄덕이고 요시야 앞으로 계산서를 밀어준다. 그러면 그는 카드로 재빨리 계산을 마치고 붙임성 있는 태도로 일어나 종업원과 안면이 있는 다른 손님에게 인사한 뒤 나간다.

그런데 이날 요시야는 문을 열려다가 문득 멈춰 섰다.

"K씨."

이미 카운터 위 책으로 시선을 되돌린 필자에게 계산을 마친 뒤 말을 건 것은 이때가 처음이었던지라 놀랐다.

돌아보자 문 위의 작은 조명이 그의 머리와 얼굴 한쪽을 비추고 있었다. 그때 처음으로 이 남자는 정말 흡혈귀일지도 모르겠다고 생각했다. 이유는 모르겠다. 광선은 각도와 밝기에 따라 때로 눈에 보이지 않는 것까지 보여준다.

"포인트는 사지야랍니다."

"사지야?"

죽은 사람 말입니다, 하고 요시야가 답답하다는 듯 말하는 것을 듣고 '사자死者'라고 깨달았다.

이 도시는 무수한 사지야의 기억으로 이루어져 있습니다. 존재를 잊힌 사지야가 도시를 구성하고 이 도시의 비밀을 지배하고 있는 겁니다.

요시야는 그렇게 말하고는 빙긋 웃었다. 그리고 문을 열고 나갔다.

그의 모습은 창밖 어둠에 녹아들고 그림자는 차 경적 소리가 울려 퍼지는 교차로로 사라져갔다.

Piece 2

●

도갓타계

비탈 밑 골동품 상점 앞을 지나는데 문득 가게 앞 검은 나무 상자에 대충 쌓여 있는 물건이 눈에 들어와 반사적으로 걸음을 멈추었다.

낡은 목각 인형, 나루코 고케시다. 상당히 오래된 듯 하나같이 거뭇하게 변색돼서 언뜻 보기만 해서는 알아차릴 수 없다. 하지만 비교적 하얀 바닥 부분에 새카만 먹으로 작가 이름이 쓰여 있었다. 사토 아무개라는 글자가 보였다.

어렸을 때는 누구네 집에 가도 유리 케이스 안에 전통 의상을 입은 인형과 함께 고케시 인형이며 미하루 목마 같은 향토 장난감이 진열돼 있었는데, 요새는 도통 찾아볼 수 없다.

가까이 다가가서 보니 거무스름하게 찌든 때 밑에서 단순한 선으로 그린 얼굴이 나타났다. 고케시는 언뜻 보면 그게 그것 같지만, 만화가의 펜 터치가 다른 것처럼 자세히 보면 꽤 다르게 생겼다.

머리와 몸통의 비율도 다르다. 머리가 크고 몸통이 가는 것, 머리와 몸통의 폭이 같은 것. 몸통의 커브도 미묘하게 다르다.

손은 대지 않고 인형들의 얼굴을 유심히 바라보는데, 맨 위에 놓인 인형 틈새로 올려다보는 얼굴이 낯이 익어 움찔했다.

아는 얼굴이다.

작은 얼굴. 최소한으로 줄인, 가는 선 달랑 몇 개로 그린 얼굴.

어디서 봤을까.

그런 생각을 하며 상자 앞을 떠나 손을 들어 교차로에서 꺾어져 온 택시를 잡았다.

차에 올라타 등받이에 몸을 기댄 순간 도갓타 계系라는 말이 생각났다. 평소에 전혀 의식하지 않았던, 기억 밑바닥에서 떠오른 단어.

고케시에 여러 계열이 있다는 사실을 안 것은 미야기 현의 어느 온천지에서 들른 고케시 박물관에서였다. 도갓타 계는 그중 하나다. 사투리를 그대로 가져다 쓴 것 같은 어감이 인상에 남아 있었다.

갈이장이가 부업으로 만드는 고케시는 주로 온천지의 기념품으로 보급된 터라, 쓰치유나 사쿠나미 등 유명한 온천지의 지명이 계열명에 많다. 목재 가공업은 분업으로 공방에서 작업하다 보니 공방마다 인형의 '얼굴'이 다르다. 박물관 벽에 장식된 커다란 지도에 계열별 지역이 표시된 것을 보고 고케시는 서러브레드thoroughbred처럼 혈통을 추적할 수 있구나 생각한 기억이 있다.

차창에 환한 신록이 가득했다.

기온도 부쩍부쩍 올라간 듯 차 안에 올해 처음으로 냉방을 틀었다.

새로 싹트는 생명은 때로 몹시 잔인하고 폭력적이기까지 하다. 죽은 자의 그림자는 조금도 느껴지지 않는다. 그곳에 있는 것은 현재와 미래뿐이다.

차는 마루노우치의 사무실 밀집 지역에 들어섰다. 가로수가 빌딩 바람에 흔들린다. 오테마치 교차로에서 차를 세우게 했다.

초여름의 예감이나 겨울의 시작 같은 계절의 변화는 오히려 이런 빌딩 숲에서 차에서 내린 순간 느낀다. 눈부신 신록이나 사철 피는 꽃보다 이 순간 볼에 닿는 바람의 색과 냄새가 보다 생생하게 새로운 계절을 주장한다.

횡단보도를 건너자 B코가 먼저 와 있는 게 보였다.

손을 흔들었는데 알아차리지 못했다. 가까이 다가가니 콤팩트형 휴대용 재떨이를 왼손 손바닥에 얹고 꼭 부처님 같은 포즈로 담배를 피우고 있었다.

그런 연상이 스스로 생각해도 우스워서 소리 내서 웃자 그제야 알아차렸다.

"왜 웃는데?"

"아니, 포즈가 꼭 부처님 같아서."

그녀는 담배를 손가락 사이에 끼운 자신의 오른손과 재떨이를 얹은 왼손을 번갈아 바라봤다.

"그러네. 그 말은 즉 부처님은 흡연자였다는 뜻이군. 불상의 오른손 말이야, 그대로 따라하면 팔에 쥐가 날 것처럼 손가락 모양이 이상하지. 담배를 들고 있었다고 생각하면 이해되는걸."

"부처님 표정도 헤비스모커가 겨우 담배 물고 한숨 돌리면서 아아 이제 살았다, 니코틴 보충했다, 하고 안도하는 표정이랑 비슷하지."

헤비스모커가 담배 피우는 모습을 보면 저런 게 중독이구나 하고 납득하게 된다. 방금 전 B코가 그랬다. 황홀에 빠져 멍하니 아무것도 보지 않는 이완된 표정은 니코틴을 음미하는 데에만 집중하고 있다. 그곳에는 담배를 피우는 육체만 있고 인격이 없다.

"그거 괜찮은데. 부처님은 헤비스모커였다. 그렇게 생각하면 불교에도 좀 친근감이 드네."

B코는 담배를 비벼 끄고 휴대용 재떨이를 딸각 닫았다.

"……왜 쇼몬 총_塚인 건데?"

둘이서 어둑어둑한 건물과 건물 사이 쪽으로 돌아섰다.

B코는 머리를 북북 긁었다.

B코라는 이름은 결코 '가칭'이 아니다. 학창 시절부터 친하게 지내온 그녀의 이름은 紅子다. 원래는 '고코'라고 읽는데, 다들 '베니코' '베니코' 하고 부르는 사이에 '비코'로 줄어 'B코'가 된 것이다. 실제로 기업 홍보지 일을 하는 그녀는 명함도 'B코'라고 별명으로 박았다.

그런 B코와 필자가 서 있는 곳은 사무실 밀집 지역 한복판에 있는 다이라 마사카도의 머리 무덤, 쇼몬 총 앞이었다.

"그냥." 필자는 고개를 움츠렸다. "역시 도쿄에 관해 쓰는 거면 여기에 와야지 싶어서."

"그런가?"

B코는 고개를 갸웃하며 함께 짧은 돌계단을 올라갔다.

"누가 그러더라고. 도쿄는 죽은 사람이 포인트라고."

"포인트? 역사물이라도 쓰게?"

"아직 아무 생각 없어."

"정말 여기에 머리가 묻혀 있어?"

"모르지 뭐. 하지만 이전하려고 할 때마다 사고랑 변사자가 속출한다니까 뭔가가 묻혀 있긴 하지 않을까."

헤이안 시대의 무장 다이라 마사카도는 원하던 지위를 얻지 못한 것 등에 불만을 품어 조정에 반기를 들고 간토에서 신황新皇을 자처했으나 결국 싱겁게 패해 죽고 말았다. 교토에서 효수된 머리가 몸통을 찾아 날아와서 이곳에 떨어진 게 쇼몬 총의 유래라고 이야기된다.

"마사카도가 도쿄의 수호신이야?"

"그렇다는 설도 있어. 간다묘진도쿄에 있는 신사의 제신 중에 마사카도가 있기도 하고."

"하지만 본거지는 시모사잖아. 무덤이 그쪽에 있으면 좀 아닌 것 같은데."

"그렇지만 고도성장기 때도 거품경제 때도 이전을 못 했다는 건 굉장하지 않아? 거품경제 때 이 부근 평당 지가가 엄청났을걸. 그런데도 못 했으면 어지간히 무서운 일이 있었던 거야."

실없는 소리를 지껄이면서도 둘이 얌전하게 돌로 된 무덤 앞에서 참배했다.

작은 머리무덤에는 지금도 공물이 끊이지 않는다. 음료수와 과일, 꽃에 향까지 바쳐져 있는데, 하나같이 최근에 새로 간 듯 향에서 아직 연기가 피어오르고 있었다.

"누가 바치는 거지?"

"방금 전에 피운 것 같은데."

머리무덤을 비추는 각도로 담장 위에 CCTV 카메라가 설치돼 있다.

렌즈 저편에서 누가 지금도 이쪽을 보고 있을까. 어째선지 갑옷 차림의 무장이 앉아 모니터를 보는 모습을 상상했다.

그때 기묘한 소리가 들렸다.

삑, 삑, 삑.

작지만 또렷한 소리다. 꼭 짠 걸레로 유리창을 닦는 것 같은.

"방금 무슨 소리 안 들렸어?"

B코를 돌아보며 그렇게 물은 순간, 어느새 참배할 차례를 기다리는 사람들이 뒤에 줄을 선 것을 보고 놀랐다. 방금 전까지만 해도 우리밖에 없었는데.

급히 무덤 앞을 벗어났다. 학생으로 보이는 젊은 여자애와 양복을 입은 남자도 있다. 다들 말이 없는 것을 보면 각기 따로 온 것 같다. 조용히 줄을 서서 차례대로 참배를 드리고 있었다. 줄 서서 기다리는 게 일본 사람답다.

"아이고, 놀랐네."

"어느새 저렇게 많이."

머리 무덤에서 나오려다가 B코가 안내판을 발견했다.

"어, 이거 민간인이 만들었네. 그런 거 흔치 않은데."

사적의 안내판은 보통 지역 교육위원회나 지자체가 주체가 돼서 만드는 경우가 많은데, 쇼몬 총의 안내판은 구舊 재벌계 무역상사 유지 일동이 만들었다는 게 관심을 끌었다.

"여기, 좌천된 직장인이 복귀할 수 있게 해달라고 참배하러 오는 모양이더라."

"하긴 무역상사 다니는 사람한테는 절실하겠네. 이제 그만 일본으로 돌아오고 싶다든지, 본사로 돌아오고 싶다든지."

소곤소곤 말을 주고받으며 쇼몬 총에서 나왔다.

한 발짝 밖으로 나온 것뿐인데 기온이 오르고 공기까지 달라진 것처럼 느껴졌다. 저도 모르게 심호흡을 했다.

그 순간, 아까 귓전에서 들린 소리가 무엇이었는지 생각났다.

"한곳에 오래 있었던 값을 하네. 엄청 박력 있는 곳이었어."

B코가 한기가 드는 듯 팔을 문질렀다.

"……너 그거 알아?"

저도 모르게 말을 걸었다.

"뭐 말이야?"

"고케시의 머리를 돌리면 뼉뼉 소리가 나거든."

"고케시? 갑자기 뭔 소리야?"

그래, 그건 고케시의 머리를 돌리는 소리였다. 아마 어린애가 까르르까르르 웃는 소리를 흉내 냈을 것이다.

그래.

그 고케시의 얼굴. 왠지 낯이 익었던 것은 그 애 집에서 봤기 때문이다.

"어디 카페 같은 데 들어가자."

B코가 바람에 날리는 머리칼을 붙들며 주위를 둘러봤다. 여전히 빌딩 바람이 강하게 분다.

"오늘 이 뒤로 약속 없어?"

"괜찮아. 밤에 회식이 있지만 그때까진 비어 있으니까."

대답을 하면서도 뇌리에는 여전히 그 애 얼굴이 떠올라 있었다.

윤기가 흐르는 긴 머리에 하얀 얼굴.

S는 중학교 때 친구다. 필자가 부모의 전근으로 이사할 때까지 친하게 지냈다.

S의 집은 유서 깊은 온천 여관인데 S의 아버지가 그 계열 고케시를 수집했다.

고케시는 '아이를 없앤다'는 뜻이야 일본어로 발음이 같다.

한번은 S가 그런 말을 했다. 그 애 집에서 들었는지 학교에서 들었는지는 잘 기억나지 않는다.

S는 진지한 표정으로 공책에 '子消し'라고 썼다.

그 외에는 아무 설명도 해주지 않았고 필자도 어리둥절하게 듣기만 했지만, 지금 생각하면 그 애가 무슨 의도로 그런 말을 했나 싶어 불편한 기분이 든다.

고케시는 원래 한자로 '小芥子'라고 쓴다. '작은 겨자씨'다. 여자애가 처음으로 머리를 묶기 시작할 때 머리 모양을 가리켜 '芥子'라고 하며 그 이름 자체가 여자애를 나타낸다. 고케시는 어린 여자애를 표현한 인형인 것이다.

그리고 여자애는 가난해서 먹고살기 어려웠던 시대에 절실하게 필요했던 노동력이 될 수 없기 때문에 '솎아내기'의 대상이 되는 아이이기도 했다.

고케시는 '아이를 없앤다'는 뜻이야.

S의 진지한 목소리.

고케시는 '솎아내진' 아이를 대신하는 것이요, 진혼을 위한 인형이기도 했던 것이다.

그나저나 머리를 돌리면 소리가 나다니. 그 행위에 다른 의미가 있다는 생각을 하면 복잡한 기분이 들지 않을 수 없다.

머리.

십중팔구 무의식중에 오늘 이렇게 마사카도의 머리무덤에 찾아올 것과 고케시를 연결했을 것이다.

흡사 누가 불러 세운 것처럼 검은 나무 상자 앞에 발을 멈추었을 때.

S는 세 자매 중 막내였다. 예쁘다고 소문난 자매라 부모님의 자식 사랑이 극진했다고 들었다. 하지만 그런 다정한 아버지가 고케시 수집가였고, 고케시에 관한 숨은 구전을 누군가에게 들은 S가 그때 자세히 설명하지 않았다는 사실이 새삼 마음에 걸린다.

큰언니가 데릴사위로 들어온 남편과 함께 료칸을 물려받았다는 소식을 바람결에 들었다. S는 자신보다 훨씬 나이 많은 남자와 결혼했다는 것도.

"아, 여기 갈까. 와인 숍에서 운영해서 좋은 와인을 싼값에 마실 수 있다고 들었거든."

B코의 말에 큰길가에 있는 세련된 카페로 들어갔다. 날이 포근

해서 거리에 면한 유리문을 모두 열어놓았다.

노트북을 펴놓은 비즈니스맨, 웃옷을 벗고 와인을 마시는 그룹이 느긋하게 시간을 보내고 있었다. 책을 읽는 티셔츠 차림의 젊은 남자애도 있다.

안쪽 소파에 자리를 잡고 둘이 메뉴를 들여다봤다.

갑자기 요란한 노랫소리가 들려와 모두가 그쪽으로 언뜻 시선을 돌렸다.

요새 자주 보는, 트럭 옆면에 거대한 화면을 설치한 광고용 차량이다.

평생 저 이상 성장하는 일은 없지 않을까 싶은, 얼굴이 무시무시하게 작고 어린애 같은 남자애들이 노래하며 춤추고 있었다.

화면에 눈길을 주었던 손님들은 소년들을 무표정하게 흘끗 보고는 바로 대화로 돌아갔다.

트럭은 금세 지나가고 카페 안에 정적이 돌아왔다.

B코는 무의식중에 오른손으로 테이블 위를 더듬고 있었다. 재떨이를 찾는 것이다.

"흡연석으로 자리 옮길까?"

그렇게 묻자 B코는 흠칫하더니 쓴웃음을 지었다.

"괜찮아. 그냥 있자."

테이블 위를 방황하던 손은 겸연쩍은 듯 머리를 어루만졌다.

이곳에서 B코는 부처님이 될 수 없다.

술을 주문하면서 약간 죄책감을 느꼈다.

지금도 솎아내기는 계속되고 있다.

낳고 나서 솎아내는지, 낳기 전에 솎아내는지의 차이일 뿐이다. 아이를 낳지 않는다는 것도 가장 효과적인 솎아내기일지 모른다.

다양한 수단으로 솎아내진 아이들 대신 애완동물과 캐릭터 상품이 세상에 범람한다. 영원히 성장하지 않는 아이들이, 우리를 위한 진혼의 아이돌이, 영상 속에서 인형처럼 완벽하게 웃으며 우리를 응시한다.

Piece 3

꽃

밑
에
서

그러고 보면 올해는 벚꽃이 핀 뒤로 기온
이 낮은 날이 이어져 예년보다 꽃을 오래
봤다는 것 같다. 최근 몇 년간 너무 일찍
피고 후딱 져버려서 입사식에도 입학식
에도 벚꽃이 없는 사태가 계속됐던 터라, 4월 초순 내내 활짝 핀
올해 벚꽃은 어딘지 모르게 숨죽인 듯한 기이함이 느껴졌다. 꽃
놀이를 자숙하는 분위기의 영향도 있을 것이다. 개인적으로도 일
관계로 사람을 만나고 오는 길에, 동네 공원에서 소리 없이 흐드
러지게 핀 벚꽃을 알딸딸하게 취한 상태로 잠시 걸음을 멈추고
본 게 유일한 꽃놀이였다.

미니버스 차창 가득 푸릇푸릇한 잎이 무성한 벚나무가 보였다.

벚나무는 꽃이 피지 않을 때는 대단히 수수하게 풍경 속에 녹아 들어 있는 게, 꽃이 피는 열흘간의 극단적인 존재감과 간극이 매우 크다.

"길이 많이 막히네."

옆에서 중얼거린 B코가 다소 언짢은 목소리인 것은 여느 때처럼 담배를 피우지 못하는 시간이 오래 지속되는 탓일 터다.

아닌 게 아니라 지바 방면에서 도심으로 돌아오는 간선도로는 아까부터 꽤 혼잡해서 차가 좀체 가지를 못한다. 멍하니 있느라 몰랐는데, 도로변에 심은 벚나무 가로수도 차가 움직이지 않으니 내내 똑같은 나무를 보고 있었던 것 같다.

"몰랐지 뭐야. 도쿄 도都 공동묘지가 마쓰도_{도쿄 도에 인접한 지바 현에} 속한 도시에 있을 줄이야."

"그러게."

필자와 B코는 미니버스 맨 뒷자리에서 소곤소곤 말을 주고받고 있었다.

버스는 마쓰도 시에 있는 야하시라 묘지에서 도심으로 돌아오는 중이었다.

"그렇지만 그 묘지, 쇼와 10년에 도쿄 도에서 사들였다고. 당시엔 도쿄 시였지만."

"그렇게 터무니없이 넓은 땅을?"

"응. 그때 이미 그 뒤의 수요를 예측한 거지."

"1935년…… 설마 전쟁을 예상한 건 아니겠지."

B코는 굳은 얼굴로 웃음을 지었다.

상주인 히로시는 친척과 함께 앞쪽에 앉아 있기 때문에 오늘은 아직 거의 말을 못 해봤다.

히로시는 우리와 같은 대학 연구실 출신인데, 우리 둘은 성실한 그에게 적잖이 신세를 졌거니와 학창 시절에도 졸업한 뒤로도 종종 만났다.

그의 아버지는 주류 도매업을 하는 한편으로 음식점 여러 곳을 경영하던 사람으로, 필자와 B코와도 안면이 있었다. 술을 좋아하며 성격이 호쾌하고 밝고 사교적인 데다 가난뱅이 학생이었던 우리를 마음에 들어해서 덕분에 좋은 술을 꽤 얻어 마셨다. 그렇기에 아버지가 돌아가셨다는 소식을 히로시에게 듣고 둘이 같이 문상을 가기로 한 것까지는 좋았는데 너무 일찍 만났다. 술을 좋아하던 고인을 추모하자고 B코와 낮부터 국숫집에 들어가는 바람에 만취 상태로 문상을 가서 친척들의 빈축을 사고 말았다. 어머니도 몇 년 전에 타계하셔서 상주가 된 히로시는 쓴웃음을 지었지만.

어쩌다 보니 납골에도 입회하게 됐는데, 생각해보면 필자는 자신의 친척 장례 때도 묘지까지 간 적이 없어서 납골이라는 것에 입회하는 것은 이번이 처음이었다.

"성묘 같은 거 가?"

B코에게 물어보니 고개를 갸웃했다.

"고등학교 때까지는 부모님이랑 같이 갔는데, 그 뒤로는 전혀."

성묘하는 습관이 평소 없기 때문에 도립 공동묘지라는 게 어떤 건지 잘 감이 오지 않았지만, 다마, 조시가야, 야나카, 아오야마 같은 이름은 알고 있었다.

"묘지는 공원의 일부로 취급되나봐. 도쿄 도 공원을 관할하는 곳에서 관리하더라고. 아까 거기도 공원묘지래."

"하긴 공원 같은 공간도 있었고 그냥 가족끼리 놀러 나온 사람들도 있었으니까. 나무도 많고 그렇게 묘지다 하는 느낌은 아니었어. 거기 도쿄 도민만 묘를 쓸 수 있는 거야?"

"마쓰도 시에서 부지를 제공하니까 마쓰도 시민도 된다던데."

"그렇겠지. 아니면 너무하지."

B코는 고개를 크게 끄덕였다.

105만 제곱킬로미터에 달하는 광대한 묘지 입구에 도착하고 깜짝 놀랐다. 묘지 앞은 구역 전체가 석재 상점과 주문배달 요릿집인 데다 상복을 입은 사람들밖에 없었다. 그야말로 죽은 자의 거리다.

안에 들어가서도 넓이에 압도됐다. 사방이 다 무덤이다 보니 금세 방향감각을 잃어 어디에 있는지 알 수 없어졌다. 길을 잃어도 이상할 것 없었다. 실제로 히로시와 스님도 "저쪽이던가?" "아니, 이쪽인데" 하고 계속 헤맸다.

"도쿄 시의 예상이 적중했는지, 쇼와 45년(1970년) 이후로 내내 도립 묘지가 만원이었다나봐. 가족이 죽어서 관리비를 못 내서 '반환'된 무덤이 있으면 신청할 수 있었지만, 그런 건 거의 없으니까 삼 년에 한 번만 모집했대. 하지만 지금은 빈자리가 꽤 있어서 쇼와 63년쯤부터 매년 모집하는 모양이야."

"거품이 터지기 좀 전부터구나. 거품경제 땐 못자리가 없다, 있어도 비싸서 살 수가 없다고 난리였는데."

"지금도 아오야마 묘지가 빈 무덤이 제일 많아. 그다음이 야나카."

"역시 땅값이랑 비례한다는 뜻?"

"브랜드일지도."

"아오야마라서?"

끝없이 늘어선 묘석을 보며 필자는 내내 한 가지 생각을 하고 있었다. 〈에피타프 도쿄〉에 대해서.

에피타프. 묘비명.

일본의 무덤에 묘비명이 있는 것은 별로 없다.

다니자키 준이치로의 무덤처럼 있어 봤자 '愛'나 '寂' '평안히' 등 짤막하게 새겨져 있는 게 고작이다.

서양에서는 길다든지 수수께끼 같다든지 냉소적이라든지 유머러스한 묘비명이 많아서 그것만 모아놓은 책이 출판될 정도다.

그중에서도 가장 유명하고 수수께끼 같은 것으로 셰익스피어의 묘비명 마지막 문장, '내 유골을 옮기는 자는 저주를 받으리라'가 있다.

미니버스가 드디어 속도를 높이기 시작했다. 간선도로의 합류 지점에서 정체가 됐던 듯 갑자기 차들이 달리기 시작했다.

포근한 날이었다. 철교 밑 수면이 환했다.

〈에피타프 도쿄〉.

필자는 몇 년 전부터 그 제목이 머릿속에 들러붙어 떨어지지 않았다.

언제 처음 생각났는지, 언제부터 생각했는지는 기억이 나지 않는다.

필자가 써야 한다고 생각하는, 도쿄를 테마로 한 장편 희곡의 제목일 터였다. 정해진 기한이 있지는 않지만 되도록 빨리 완성해야 하는 희곡.

조바심만 자꾸 나고 언제나 숙제처럼 마음 한구석을 무겁게 짓누르고 있다.

말은 도쿄가 테마라고 하지만, 너무나도 막연하고 너무나도 선택 가능성이 많다. 그렇기에 '죽은 사람이 포인트'라는 요시야의 말은 어떤 의미에서 계시처럼 느껴졌다.

그와는 별도로 아까 광대한 죽은 자의 정원을 걸으면서도 필자는 진짜 묘비명에 관해 생각했다.

도쿄에 어울리는 묘비명은 무엇인가.

먼 미래, 지구에 착륙한 외계인이 발굴한 유적. 아니면 훨씬 진화한 인류, 변모한 인류, 또는 인류를 대체한 다른 생물이 도쿄의 존재를 발견했을 때, 그곳에 새겨져 있어야 할 묘비명으로 뭐가 좋을까.

시야 끝에 여러 묘석이 들어왔다가는 사라졌다.

이따금 새겨져 있는 짧은 묘비명을 살펴봤다.

'감사' '마음' 또는 성경 구절.

문득 한 문장이 생각났다.

'그때가 좋았다.'

도쿄의 묘비명으로 어떨까?

'그때가 좋았다.'

도시는 언제나 과거가 더 나았다. 헤이세이 시대에는 쇼와가, 쇼와에는 고도성장기가, 다이쇼의 데카당스가, 메이지의 청운의 뜻이, 가장 독창성이 풍부했고 세련된 문화가 정점을 이루었던 에도 시대가.

하지만 필자가 생각해야 하는 것은 실제의 묘비명이 아니라 〈에피타프 도쿄〉 쪽이다. 단서가, 힌트가 어디 없을까.

"아침 일찍부터 와줘서 고맙다."

흠칫해서 얼굴을 들자 어느새 히로시가 우리 자리 곁에 와 있었다.

"고맙긴 뭘. 고생 많았어. 상주는 힘들겠네."

B코가 말했다.

"납골이 끝나서 안심했어."

히로시도 솔직하게 안도 어린 웃음을 지었다.

"저번에 미안했어. 빈소에서 그렇게 잔뜩 취해서."

사과하자 히로시는 하하 웃었다.

"아버지도 너희가 와줘서 기뻤을 거다."

그렇게 말하더니 문득 고개를 들었다.

"마지막으로 아버지 병문안을 간 날 저녁에 말이지, 벚나무 앞을 지났거든."

어딘지 모르게 먼 곳을 응시하는 시선이었다. 틀림없이 그날 저녁 본 벚꽃을 보고 있었을 것이다.

"그때만 해도 아직 의식이 또렷해서 면회를 마치고 병원에서 나왔어. 오는 길에 작은 공원이 있고 거기 늙은 벚나무가 있는데, 거기만 꽃이 활짝 피었더라고."

선득한 초봄 밤. 걸음을 서둘러 집으로 가는 남자.

문득 기척을 느끼고 무심코 돌아본다.

활짝 핀 벚꽃이 어둠 속에서 흐릿하게 연분홍색으로 빛을 발하고 있다.

흠칫해서 멈춰 선다.

얼어붙은 것 같은 꽃에서 눈을 뗄 수 없다.

어둠 속에서 벚꽃과 남자는 일대일로 마주 보고 있다.

"실은 냄새가 났어."

"무슨 냄새?"

"아버지가 좋아했던 위스키 냄새. 벚나무 아래서 그 냄새가 확 풍기더라. 그래서 멈춰 섰다가 벚꽃을 발견한 거야."

"저런, 너희 아버지 혹시 병실에서 몰래 드셨던 거 아냐?"

B코가 놀렸다.

히로시는 웃었다.

"하하, 드시게 해드리고 싶었는데 말이지. 어쨌거나 그때 아버지가 돌아가셨구나 하는 생각이 들더라."

B코와 필자는 흠칫해서 마주 봤다.

히로시는 손을 가볍게 저었다.

"그랬더니 아니나 다를까 바로 병원에서 전화가 오더라고. 갑자기 의식을 잃어서 집중 치료실로 옮겼다고. 그리고 돌아가셨어. 아아, 역시 그때 좋아했던 위스키를 마시러 저쪽으로 간 거구나 싶더라. 꽃 보면서 술 마시는 것도 좋아했던 분이었고 말이지."

"문상 갔던 날 밤에도 벚꽃이 참 예쁘더라. 벚꽃이 피어서 다행이야."

그랬다. 문상 갔던 날, B코와 장례식장에 도착했을 때 그곳 부지에 늘어선 벗나무에 꽃이 활짝 피어 있었다.

밤의 가로등과 장례식장의 불빛 아래 폭발한 양 핀 벗꽃을 보고 순간 소름이 돋았다. 점잖지 못하다고 생각하면서도 벗꽃 아래 상복을 입은 사람들이 매우 아름다워 보였다.

옛말에 있듯이 벗나무 밑에는 귀신이 서고 시체가 묻혀 있다.

지도리가후치나 야스쿠니 신사에서도 꽃놀이를 한 적이 있는데, 어느 순간 밤벗꽃 아래 실루엣처럼 돌아다니고 떠들썩하게 웃는 사람들이 산 사람이 아닌 것처럼 느껴질 때가 있다.

이곳에 있는 사람들은 모두 죽은 사람이 아닐까. 또는 죽은 사람이 꽤 많이 섞여 있는 게 아닐까.

문득 또 한 구절이 떠올랐다.

'꽃 밑에서.'

도쿄의 묘비명으로 이건 어떨까.

어둠 속에 피었다가 떠나가는 이들의 기억과 함께 진다. 그런 게 유적으로 발굴된 도쿄에 어울리지 않을까.

Piece 4

부엌의 스톤헨지

"얘, 식초가 없는데."

"어, 그럴 리가? 사다놓은 게 있을 텐데."

"찬장도 찾아봤는데 없는 것 같아."

놀러온 친구의 지적을 받고 식품을 비축해두는 찬장을 샅샅이 뒤져봤는데 정말 없었다. 갑자기 떨어지는 일이 없도록 미리미리 사다놓는다고 했는데, 사야지 사야지 하다가 산 줄 알고 잊어버렸나 보다.

기온이 오르면 소비량이 증가하는 게 있다.

식초다. 나이를 먹을수록 몸이 원하는지 해마다 사용량이 늘어나는 것 같다.

필자가 이십 년 가까이 써온 곡물 식초가 있다. 드레싱도 만들

수 있고 그냥 마실 수 있을 만큼 순한 식초라 매일 꽤 많은 양을 소비한다. 창업 백삼십 년 가까이 됐다는 기후 현의 한 제조업체에서 만드는데, 친구에게 식초가 없다는 말을 들은 바로 그날로 허둥지둥 늘 다니는 슈퍼의 식초 코너에 가봤더니 없었다. 상품의 교체 시기인가 해서 며칠 지나 다시 가봤는데도 역시 없다.

식초 코너는 꽤 넓은지라 이번 기회에 진열된 상품을 다시금 잘 살펴보니 국내 최대 업체 것이 거의 대부분을 차지하고 있었다. 업체가 같아도 요새는 용도별로 초밥에 쓰는 식초, 과일 식초, 마시는 식초 등 다양하기 때문에, 종류가 꽤 많아서 상표만 봐서는 같은 회사 것인 줄 모르겠다.

몇 년 전부터 '시장 점유율'이라는 말을 많이 듣는다. 비용 절감이 중요해진 현재, 시장 점유율이 일정 정도에 미치지 못하면 수익이 나지 않는다는 이야기다. 한편으로 이 정도로 다품종 소량 생산이 활발한 시대도 없어서, '종류가 너무 많아서 선택을 못 하겠다, 되레 구매 의욕이 감퇴된다'라는 결과까지 나와 있는 모양이다.

지난번 타이완에 갔을 때 최근 급속도로 매상이 증가하는 슈퍼가 있다고 들었다. 그곳은 샴푸와 세제, 우유, 설탕 등 각 상품 중에서 제일 잘 팔리는 업체 것 한 종류만 갖다놓는 게 방침이라고 한다. 한 종류만 대량으로 매입하니 관리가 편하고 다른 경쟁사보다 싼값으로 제공할 수 있다. 게다가 뭘 살까 고민할 필요가 없으니 손님이 머무는 시간이 짧아서 회전율이 높다는 모양이다.

어쨌거나 평소 쓰는 식초를 찾지 못해 곤란해졌다. 익숙해진 조미료를 바꾸기는 쉽지 않다. 근처 다른 슈퍼에도 가봤지만 필자가 찾는 업체 것은 어디에도 없었다.

홈페이지에 간토 지방의 도매업체 목록이 없나 찾아봤다. 그러나 도매업체 수가 막대한 데다 관리가 쉽지 않은 탓인지 목록이 없었다. 긴자에 식초 음료 카페를 여는 등 큰 업체와는 다른 독자 노선을 개척하는 듯했다. 물론 통판으로 직접 주문하면 되지만, 필자는 전자 결제라는 것을 영 신뢰하지 못하는지라 인터넷으로 물건을 산 적이 없다.

그런데 도쿄 영업소가 의외로 가까운 곳에 있다는 것을 알았다. 필자의 작업실에서 걸어서 갈 수 있는 거리다. 어쩌면 소매도 하지 않을까 하는 기대를 걸고 가보기로 했다.

주소는 하마마쓰 정의 사무실 밀집 지역이었다. 지도를 보고 대강 찍어서 갔는데, 주소 표지판을 차례대로 확인해도 해당되는 번지가 없었다. 일본의 주소는 번지수가 건너뛰는 경우가 종종 있다. 이 구획에 있는 것은 틀림없을 텐데.

이런 식으로 뭔가를 찾아 시내를 돌아다니다 보면 늘 모로호시 다이지로의《지하철에서 내려》라는 만화가 생각난다. 벌써 삼십 년도 더 전에 읽은 만화인데도 지금도 인상이 선명하게 남아 있다.

어느 날 퇴근길에 문득 지하철에서 도중하차한 직장인. 어느새 낯선 지하상가에 발을 들여놓은 그는 아무리 애써도 지상으로 나가지 못한다. 끝도 없이 뻗은 지하상가, 여기저기서 연결된 지하상가. 밤이 돼도, 지하철이 끊겨도 밖으로 나갈 수 없다. 지칠 대로 지쳐 주저앉는 남자. 근처에 있던 노숙자 남자에게 "다른 사람들은 어떻게 집에 갈 수 있는 거죠?" 하고 중얼거리자, 실은 그도 벌써 한 달째 출구를 찾고 있다고 대답한다. 노숙자는 말한다. "이 대도시 도쿄는 시키는 대로만 행동하면 대단히 편리하고 효율적인 장소이지만, 조금이라도 지시에서 벗어난 행동을 하려고 들면 순식간에 거대한 미로가 됩니다."

맞는 말이라고 고개를 끄덕이고 싶어진다. 설마 스치고 지나가는 직장인들도 이쪽의 목적이 식초 한 병이라고는 꿈에도 모를 것이다. 대도시의 대낮에 식초를 찾아 뙤약볕 아래를 돌아다니다니, 문득 생각하면 너무나도 부조리한 세계에 있다는 느낌이 든다.

한 장소를 계속 맴돌다가 드디어 이미 여러 번 지나간 모퉁이 건물의 안내 간판에서 필자가 찾는 사무실 이름을 발견했다. 하지만 건물 높은 층에 위치하는 데다 안내가 따로 없는 것을 보면 소매 판매를 하지 않는 것은 분명했다.

생각해보면 이 정도로 유통망이 발달하고 인터넷 쇼핑이 일반화됐는데 구태여 땅값과 유지비가 드는 점포를 둘 필요가 없다.

같은 이유로 도심에서도 '쇼핑 난민'이 차츰 느는 추세라고 들었다. 대형 점포는 교외로 옮겨가고 과거에 지역의 중심부였던 상점가의 공동화空洞化가 심화되는 것이다.

이렇게 식초를 찾아 돌아다니는 것도 딱 쇼핑 난민 상태다. 통판이나 인터넷을 이용하지 않는 소비자에게는 걸어서 갈 수 있는 범위에서 직접 살 수 있는 물건이 아니면 아무리 흔한 상품이라도 존재하지 않는 것이나 같다.

조금 전《지하철에서 내려》의 결말.

지하상가에서 나가지 못하는 남자는 노숙자 남자에게 '좌우지간 한 걸음이라도 더 걷고 한 단이라도 더 올라가라'라는 조언을 받는다. 조금이라도 올라가기를 계속하다 보면 언젠가는 지상으로 나갈 수 있을 것이라고.

남자는 위를 향해 끝없이 노력한다. 그리고 마침내 빛이 비치는 출구를 발견해 환성을 지르며 밖으로 나온다.

그러나 그곳은 어쩐지 고층 건물 옥상이고 지면은 까마득히 멀었다. 밑으로 내려가려면 다시 어두운 계단으로, 지하로 돌아가야 했다.

남자는 숨이 막힌다. 더는 지하로 돌아가고 싶지 않다. 또 나갈 수 없게 될 것이다.

막다른 곳에 몰린 남자는 난간을 타고 넘어 몸을 던진다.

어쨌거나 문제는 식초다.

길모퉁이에 잠시 우두커니 서서 이제 어떻게 할까 생각하다가 문득 생각나 바로 옆에 있는 편의점에 들어가보기로 했다.

보통 영업소가 있으면 영업 담당자는 일단 그 지역에서부터 영업을 시작하기 마련이다. 단순하지만 지리적 이점이라는 게 꽤 커서 '이웃이니까'라는 이유로 상품을 받아주는 곳도 많다. 편의점은 개인 점포도 아닌데 상관없지 않느냐고 생각할지 모른다. 하지만 편의점은 프랜차이즈이기 때문에 당연히 공통되는 상품도 있지만, 점포에 따라 취급하는 상품이 꽤 다르다. 이전에 주류 판매점이거나 했다면 당시의 매입 루트가 살아있을지도 모른다.

아니나 다를까 안에 들어가보니 진열된 식초는 바로 그 회사 것이었다. 지금까지 알아차리지 못한 것은 편의점의 PB 라벨이 붙어 있기 때문이었다. 그러니 단순한 우연이기는 해도 이렇게 식초를 찾아 여기에 오지 않았다면, 이 편의점의 식초가 필자가 찾던 업체 것인 줄 몰랐을 것이다.

새로운 발견을 기념하여 식초를 사 왔다.

집에 있던 거의 다 쓴 식초와 비교해봤는데, 라벨이 다를 뿐 속은 똑같았다. 그리고 PB 쪽이 몇 엔 더 쌌다.

요는 PB란 앞에서 말한 타이완에서 급성장중인 슈퍼와 같은 논리다. 편의점에서 한 상품을 한 업체 것으로 한정해 편의점 브랜드를 붙여 판매한다. 상품마다 한 종류밖에 없으니까 대량으로 매입할 수 있으니 단가도 낮출 수 있다. 이 편의점의 경우, 전국에 점포가 일만삼천 개 이상에 이른다. 단가를 낮춰도 취급하는 물량은 나쁘지 않다.

하지만 가격 경쟁이 전부인 세계는 감촉이 까끌까끌하고 무섭다. 한두 종류밖에 없는 세상, 양자택일만 가능한 혹은 아무것도 선택할 수 없는 세상이 돼간다. 한 종류밖에 없는 것은 어느 날 갑자기 없어질지도 모른다.

그나저나 도쿄에는 편의점이 참 많기도 하다. 현기증이 날 만큼. 일본의 편의점은 미국과는 다른 독자적인 진화를 이루었다. 티켓 판매와 공과금 납부 등 이제는 사회적 인프라로서 없어서는 안 될 존재가 됐다.

소비 방식도 달라졌다. 편의점에 들르는 게 습관이 돼서 훌쩍 들러 훌쩍 뭘 산다. 새로 나온 과자나 도시락을 사고 잡지를 선 채로 읽는다. 편의점 자체가 습관이 된 것이다. 차도 주먹밥도 얼마 전까지는 집에서 준비하는 게 당연했기 때문에 사는 데 대해 거부감이 있었다. 그런데 어느새 아무렇지도 않게 사게 됐다. 처음에는 거부했을 고령자가 지금은 오히려 그런 상품을 적극적으로 구매하고 편의점에 의존한다.

시장 원리라는 것은 참 불가사의하다고 생각하며 식료품 선반을 정리하다가 문득 기묘한 것을 깨달았다.

덥기도 하고 절전도 할 겸 부엌에 불을 켜지 않고 작업하고 있었는데, 자연광이 들어 3구 가스레인지의 삼발이 그림자가 겹쳐

벽에 비쳤다.

그게 아무리 봐도 스톤헨지와 똑같았다.

물론 시간이 지나면서 그림자가 차츰 길어지니까 딱 스톤헨지처럼 보이는 시간은 한정된다. 시간대에 따라 신기루처럼 보이기도 하고 유전자 검사 결과처럼 보일 때도 있다.

대수롭지 않은 발견이지만 '우리 집 부엌에 스톤헨지가 있다'니 꽤 재미있지 않나 하고 혼자 흐뭇해했다.

그러고 보면 전부터 스톤헨지는 삼발이와 비슷하게 생겼다고 생각했다. 스톤헨지 위에 뭔가가 얹혀 있지 않았을까.

조금씩 모양이 달라지는 스톤헨지를 보며 통조림과 건조 식료품을 바닥에 펼쳐놓고 있으려니 표본을 정리하는 기분이 들었다. 인류가 식량 획득과 보존에 기울여온 다대한 노력을 생각하면 정신이 아찔해진다.

그것은 갑자기 찾아들었다.

인스턴트커피 병을 집은 순간 어떤 장면이 플래시백처럼 눈앞에 떠올랐다.

이른 오후 부엌에서 여자 몇 명이 이야기하고 있다.

친척은 아니다. 낯선 타인들.

가끔 이런 순간이 있다. 이런 때는 되도록 움직이지 않고 호흡

마저 참으며 그다음 장면을 봐야 한다. 이 순간을 놓치면 안 된다.

왜냐하면 이건 〈에피타프 도쿄〉의 한 장면이기 때문이다.

언젠가 써야 할 도쿄의 희곡.

무슨 이야기를 하는 걸까. 그리 온건한 분위기가 아니다. 오히려 험악한 공기가 감돌고 있다.

낯선 타인들인 여자들이 부엌에서 험악한 분위기를 자아내는 것은 어떤 장면일까.

홈파티. 아니, 그런 느낌은 아니다.

유품 정리. 친척이 아닌데?

거기서 갑자기 이미지가 사라져버렸다.

한숨을 쉬고 표본 정리로 돌아갔다.

하지만 〈에피타프 도쿄〉의 무대가 부엌이고 여자들이 주인공이라는 것은 알았다.

사실은 내내 고민하고 있었다. 주인공을 남자로 할지, 여자로 할지.

구상하는 게 하나 있었다.

어느 중요한 정치적 인물이 세상을 떠난다. 수명을 다해 노쇠로 인한 사망이다. 대대적으로 장례를 치르는 중 한 중년 남자가 경찰에 자수한다. 남자는 자신이 그 중요 인물을 죽였다고 우긴다. 경찰은 망상이다, 얼른 나가라며 상대해주지 않는다. 그런데 한 경찰관이 남자의 고백에 관심을 갖는다.

남자는 자신이 흡혈귀고 오랜 세월을 살아왔다면서, 그 중요 인물을 비롯한 자들이 행한 범죄를 모두 알고 있다고 말한다.

물론 요시야의 이야기에 영향을 받았다는 것은 부정하지 않겠다. 자신이 흡혈귀라는 남자, 도쿄의 비밀을 가르쳐주겠다고 한 그 남자.

그와는 별개로 흡혈귀는 서술자로서 전부터 주목하고 있었다. 나이를 먹지 않고 영원히 산다는 게 포인트다. 가공의 것일 남자의 고백에 쇼와 시대1926년~1989년의 범죄를 이것저것 엮어넣는 전개를 생각했다. 제국은행 사건과 삼억 엔 사건, 기업 연속 폭파와 신주쿠 니시구치西口 버스 방화 사건 등등.

여자 버전도 생각했다. 이 또한 여자가 거짓으로 자수해서 자신은 흡혈귀고 모든 여자의 범죄를 알고 있다고 고백한다. 그리고 온갖 여자들의 범죄를 자기 신변의 이야기로서 연대기적으로 서술한다. 이쪽은 가정 폭력을 견디지 못하고 저지른 살인, 남자에게 바치려고 은행에서 거액을 횡령한 사건, 커플이 강도 살인을 거듭한 광역 사건 등이 주가 될 터였다.

어느 쪽 버전이 됐든 도시와 인간의 빛과 그림자를 가장 잘 비춰내는 범죄라는 거울을 중심으로 도쿄의 연대기를 풀어나가는 식으로 구상하고 있었는데.

탄산수 병을 재배열하며 방금 전 머릿속에 떠오른 장면을 생각했다.

그렇군.

다시 말해 〈에피타프 도쿄〉는 그런 이야기가 아닌 것이다. 높은 위치에 자리해서 도쿄의 범죄사를 줄줄 서술하는 대문자의 이야기가 아닌 모양이다.

부엌.

바닥에 주저앉은 채 주위를 둘러봤다.

아닌 게 아니라 이곳에는 사랑도 있고 비밀도 있다. 독도 약도 흉기도 있다. 스톤헨지까지 있으니 이야기의 무대로 적합하다. 부엌에서 시작되는 소문자의 이야기.

정어리 통조림. 콘비프 깡통. 통조림은 있으면 무척 안심이 되는데 동시에 어딘지 모르게 우스꽝스럽고 울적한 느낌이 드는 게 소문자의 이야기와 어울리는 것 같다.

알았다.

사 온 식초를 찬장에 넣고 문을 탁 닫았다.

〈에피타프 도쿄〉는 소문자로 서술되는 도쿄의 이야기다.

그건 예컨대 식초 한 병을 찾는 이야기일 수도 있고, 식초 한 병도 손에 넣지 못하는 이야기일 수도 있다.

여행하는 양탄자

이번에는 올리브를 주었다. 고추가 든 것과 마늘이 든 것, 이렇게 두 병. 그것도 반만 받은 것이었다. 씨가 든 검은 올리브와 허브가 든 올리브도 준다는 것을 애써 거절했다.

저번에는 쇼핑백 한가득 석류를 주었다. 석류라고 하면 귀자모신 이야기밖에 생각나지 않는데, 대체 마지막으로 먹은 게 언제인지도 모를 만큼 먹은 지 오래돼서 유튜브에서 '석류 껍질 벗기는 법' 동영상을 참고했다. 볼에 물을 받아 그 속에서 껍질을 까고 조심조심 알갱이를 빼냈다. 실수로 으깨져서 옷에 즙이 튀었다간 잘 지워지지 않는 데다 색깔이 색깔이다 보니 스플래터 영화 같아진다.

차게 식혀 먹었더니 아주 맛있어서 며칠 동안 식후의 낙으로 삼았다. 석류는 겨울이 제철이라는 것도 처음 알았다.

이곳은 페르시아 양탄자 상점이다.

가게를 보던 점원은 필자가 가져갈 양탄자를 포장하느라 분투 중이다.

허리에 좋다는, 다리 다섯 개에 바퀴 달린 사무용 의자 두 개를 작업실에 들인 것까지는 좋았는데, 움직일 때마다 달달 소리가 나고 바닥이 상하는 게 싫어서 의자 밑에 두꺼운 양탄자를 깔기로 했다.

본래 양탄자는 얇을수록 고급이라고 한다.

전에 터키공화국의 양탄자 공장에 갔을 때 들은 설명에 따르면, 두께가 얇고 앞뒤 문양이 비슷한 정도로 선명한 게 좋은 물건이라고 한다. 터키에서는 여름에 양탄자를 뒤집어서 쓰기 때문인데, 실밥이 나왔거나 문양이 도중에서 끊어진, '딱 봐도 뒷면'이라고 알 수 있는 것은 이류라나.

하지만 필자는 사무용 의자 밑에 까는 게 목적인지라, 소위 페르시아 양탄자 하면 생각나는 화려하고 섬세한 문양의 물건이 아니라 가베라고 부르는 두껍고 무늬가 소박한 것을 원했다. 이쪽은 몇 년씩 걸려 짜는 양탄자에 비하면 가격이 매우 합리적이지만, 그래도 쉽게 살 수 있는 값은 아니기 때문에 반년 전에 하나를 사고 이번에 하나 더 산 것이다. 그랬더니 지난번에는 석류, 이번에는 올리브를 선물로 주었다. 둘 다 고향에서 보내준 것이라고 했다.

페르시아라는 이름은 들어봤어도 그게 현재 어느 나라냐고 물으면 멈칫하게 되지 않을까. 세계사 시간에 배운 '사산조 페르시아'라는 이름을 떠올리는 사람도 있을 것이다.

정답은 이란. 최근에는 〈내 친구의 집은 어디인가〉〈그리고 삶은 계속된다〉 같은 아바스 키아로스타미 감독의 영화 이미지가 강할지도 모르겠다.

점원은 그쪽 사람답게 이목구비가 뚜렷하고 인상이 강해서 엄숙해 보이지만 아마 필자보다 열 살 이상 젊을 것이다. 일본어도 잘해서 전에 이야기했을 때 《루바이야트》를 일본어판과 비교해서 읽는 중이라고 하기에, 마침 최근에 나온 신역판을 가져다주었더니 "이 책은 없다"면서 좋아해주었다.

학창 시절에도 느꼈던 점인데, 가장 생생한 일본어를 말하는 것은 이란이나 아프가니스탄 같은 중동 국가에서 온 사람들이다. 그건 그들이 일본과 마찬가지로 지연地緣 사회이기 때문이라고 생각한다. 한국이나 중국 사람들은 혈연주의라고 할지 가족주의인데, 일본 사람은 지금 있는 장소에 섞여들자, 어우러지자 하는 동조압력이 더 강하다. 중동 사람에게서도 그와 비슷한 게 느껴진다. 그렇기에 그들이 일본어 감탄사를 쓰면 유난히 자연스럽게 들린다. 한국이나 중국 사람은 일본어를 배워도 그런 은근한 표현은 쓰지 않는다.

"이슬람교도는 술을 안 마시잖아요? 그런데《루바이야트》엔 '술을 마시자, 잔을 비우자' 같은 구절이 참 많이 나오죠. 국민 입장에서 그거 어떻게 생각해요?"

"으음, 오마르 하이얌은 시인이기도 하지만 본업은 과학자거든요. 그쪽이 더 유명하고 내내 그쪽으로 존경을 받아왔죠.《루바이야트》를 세계에 소개한 건 영국 사람이에요.《루바이야트》가 이란에서 평가를 받게 된 건 오히려 근래 들어서일 겁니다."

원래 페르시아는 조로아스터교를 믿었다. 조로아스터교는 술을 금지하지 않는다. 페르시아가 아랍에 정복돼서 이슬람교로 개종한 것은 7세기인데, 오마르 하이얌이 태어난 11-12세기에도 과거에 신앙했던 조로아스터교의 밑바탕이 아직 남아 있었던 모양이다.

다만 오마르 하이얌의 시에 등장하는 술은 결코 밝은 이미지가 아니다. 삶은 찰나요, 인간은 무에서 태어나 무로 돌아간다. 덧없는 세상, 한때의 근심을 잊기 위해 술을 마시자. 그런 취지다.《루바이야트》를 가리켜 허무를 노래한 4행시라고 하는 것은 그 때문이다.

허무와 술이라 하면 미스터리를 좋아하는 사람으로서 나카이 히데오가《허무에의 제물》의 제목을 따온 폴 발레리의 시 구절이 생각난다.

'허무'에 바치는 제물로
미주美酒를 조금 바다에 쏟았다
아주 조금

"오래 기다리셨습니다."
흠칫 놀라 정신을 차리자 포장을 마친 양탄자를 점원이 들고
있었다.
고마움을 표하고 물건을 받아 가게에서 나왔다.
그렇게 큰 양탄자는 아닌데 비탈길에 접어들자 중력이 부쩍 늘
어난 느낌이 들었다. 허덕허덕 집으로 향했다.
다다미 위에 양탄자를 까는 것은 쇼와 40년대에서 50년대까
지 유행했던 비교적 새로운 습관일 것 같다. 그 뒤로는 일본의 주
택에서 다다미방 자체가 모습을 감추었고, 그 이전에는 양탄자는
'직물', 요컨대 태피스트리로 장식에 사용되지 않았을까.
그 흔적이 교토의 기온 제祭에 남아 있다.
야마보코라고 불리는 장식 수레는 '앞가리개' '몸통가리개' 같
은 막을 옆면에 치는데, 그 대다수가 태피스트리로 그중에는 외
국에서 들여온 직물이 적잖이 있다. 예로부터 서로 경쟁하듯 진
기한 물품을 입수해 야마보코를 장식했다고 한다. 현재 남아 있

는 것만 해도 중국 명나라 시대의 직물에 인도 사라사, 벨기에의 고블랭직, 페르시아 양탄자에 터키 양탄자까지 있다.

벽에 천이 걸려 있다.

그 이미지는 〈에피타프 도쿄〉가 부엌에서 시작되는 소문자의 이야기라는 것을 깨달았을 때부터 막연히 있었다.

직물인지, 퀼트나 패치워크 종류인지는 알 수 없지만, 벽에 인상적인 천이 걸려 있다. 그런 무대를 상상하고 있었다.

여자들의 이야기(아마도)라면 천을 등장시키고 싶다. 퀼트가 됐든 직물이 됐든 천에는 적잖은 시간이, 세월이 담겨 있다. 벽에 걸린 천에는 여자들의 평온하지 않았던 세월이 담겨 있을 터다.

퀼트나 패치워크, 직물 같은 여자들의 수작업에 어렴풋이 공포를 느낀다. 한 땀 한 땀 뜨는 데, 또는 겨우 몇 센티미터를 짜는 데 얼마만큼 시간이 걸릴까, 대체 무슨 생각을 하며 작업을 하는 걸까 생각하면 어쩐지 무섭다. 순전한 애정만이 거기에 있다고 믿을 수 있는 사람은 행복하겠지만, 필자는 그만 부정적인 감정 쪽을 상상하게 된다.

예전에 읽은 소설이 생각난다. 직소퍼즐 마니아라는 여자가 나왔다. 그녀의 남편은 병적일 정도로 바람둥이다. 그녀는 남편이 집에 오지 않는 밤 묵묵히 직소퍼즐을 맞춘다. 남편의 바람기가 심한 해일수록 그녀의 작품이 늘어난다.

퍼즐 조각에 담긴 원한에 책을 읽으며 전율했다. 아무래도 그때 받은 인상이 여자들의 수작업과 겹친 것 같다.

〈에피타프 도쿄〉의 여자들은 각각 문제를 갖고 있다. 벽에 걸린 태피스트리는 그것을 상징한다. 십중팔구 갖고 있는 문제가 그들을 그곳에 가게 하고 매어놓는 것이다.

여자들은 그곳에 올 때 작은 선물을 들고 온다. 여자가 다른 사람의 집을 방문할 때는 꼭 뭔가를 들고 올 터다.

서두의 장면.

인상적인 태피스트리가 걸린 방에 흰 비닐봉지를 든 여자가 들어온다.

"자, 선물."

여자는 비닐봉지를 집주인에게 내민다.

비닐봉지에는 과일이 들었다.

이때 봉지에 든 것은 반드시 '껍질을 까는' 과일이어야 한다. 여름귤이나 배, 복숭아, 포도. 자기가 먹을 용으로는 잘 사지 않지만 남의 집에 들고 간다면 사도 되겠지 생각하는 과일. 어렸을 때는 많이 먹었는데 최근 별로 못 먹었다 싶은 과일.

비파, 감. 무화과. 아니면 석류.

그래, 석류가 좋을지도 모르겠다. 화제성이 있는 과일. 대화의
실마리로 좋을 것 같다.
과일을 받은 여자의 목소리가 들려온다.

"이거 뭔데?"
"석류."
"어머, 오랜만이네. 어렸을 때 많이 먹었는데. 먹은 지 오래됐
네."
"그렇지? 어쩐지 생각나서."
"석류는 껍질 어떻게 벗기더라?"
"빈혈에 좋다며? 여자한테 효과가 있대."

이야기가 잘 풀려나갈 듯한 예감이 든다.
다만 석류는 다른 과일에 비해 상징성이 강하기 때문에 관객에
게 선입견을 줄 가능성이 있다.
즙 많은 씨앗이 빽빽하게 들어찬 석류 열매는 동서양을 막론하
고 다산과 풍요의 상징이다. 유럽에서는 불사의 상징이기도 하
다. 재미있는 것은 기독교적 세계관에서는 빽빽한 씨앗을 신자에
비유해 석류를 교회의 상징으로 간주한다는 점이다.

일본의 경우, 석류 하면 역시 불교적인 상징이며 귀자모신 이
야기를 연상시킬 것이다.

귀자모신은 일설에 따르면 자식이 일만 명이나 있었는데 그중
에서도 특히 막내를 예뻐했다. 그런데 이 신은 인간의 아이를 즐
겨 먹었다. 여기저기서 인간 아이를 납치해와서 죽여 아작아작
먹었다.

사람들은 부처에게 너무 처참하다고 호소한다. 그래서 부처는
귀자모신이 인간의 아이를 납치하러 간 사이에 귀자모신의 막내
를 감춘다.

돌아온 귀자모신은 막내가 보이지 않는 것을 깨닫고 미친 듯이
자식을 찾아다닌다.

그 모습을 지켜보던 부처는 귀자모신에게 이렇게 타이른다.

너는 자식이 일만 명이나 있는데도 겨우 한 명 없어졌다고 그
렇게 법석을 떤다. 그러면서 기껏해야 대여섯 명밖에 자식을 갖
지 못하는 인간의 아이를 납치해서 먹는 잔인한 일을 어떻게 할
수 있는 것이냐.

귀자모신은 회개하고 앞으로는 아이와 육아의 수호신이 되겠
노라고 맹세한다.

일설에는 그때 앞으로 인간의 아이 대신 이것을 먹으라며 부처
가 귀자모신에게 내민 게 석류라고 한다.

이 이야기의 삽화에서 귀자모신은 아이를 먹던 때의 귀녀의 모

습 또는 손에 석류 열매를 얹은 자비로운 모습 둘 중 하나로 그려진다.

가장 위협적이던 존재가 가장 강력한 수호신이 된다는 전형적인 사례인데, 가장 의지가 되는 수호신인 어머니는 실은 가장 잔인한 지배자가 될 수 있다는 진실을 나타낸다는 생각도 든다.

어쨌거나 이 강렬한 에피소드 탓에, 무대 위에서 석류를 내미는 여자를 보면 관객은 무의식중에 어머니와 자식의 끈적한 이야기를 상상할지도 모른다.

그건 필자가 의도하는 바가 아니다.

아닌 게 아니라 〈에피타프 도쿄〉에 가족의 이야기는 포함되겠지만, 어머니와 아이라는 테마에 그렇게까지 무거운 의미를 부여할 생각은 없다. 소문자로 이야기되는 이야기이기는 하지만 숨은 주인공은 도쿄다.

그런데 석류 껍질을 벗기는 여자들의 대화가 들려온다.

"맞아, 석류 알맹이 진짜 이런 느낌이었어."

"까맣게 잊고 있었지 뭐야."

"그나저나 즙이 꽤 많이 튀네."

석류 과즙이 튄 앞치마 자락을 싱크대에서 비벼 빠는 여자.

"진해서 잘 안 빠지는데."

또 한 여자가 부엌을 둘러보며 벽이며 식탁보에 점점이 튄 석류 과즙의 얼룩을 본다.

"봐봐, 어째 피가 튄 것 같지 않아?"

"진짜, 꼭 스플래터 영화 장면 같은걸."

이 장면은 꽤 매력적이다. 딱 〈맥베스〉의 마녀들 같지 않나.

부엌에서 여자들 손에 해체되는 육체. 부엌에서 해체되는 가족.

그런 암유로서 석류는 안성맞춤일지도 모르겠다.

대도시 도쿄가 수십 년에 걸쳐 해체해온 것도 가족이나 지역,
공동체니까.

작업실에서 새로 산 양탄자 꾸러미를 풀어 바로 그 자리에서
깔고 사무용 의자를 놓아봤다.

이란의 산악 지방에서 짠 양탄자가 먼 길을 와서 도쿄의 한 좁
은 방에서 바퀴 달린 의자를 올려놓고 있다.

이국 여자들의 시간이 담긴 것.

이제 알겠다. 비탈길에서 느낀 양탄자의 무게는 직조된 세월의
무게와 운반된 거리의 무게였던 것이다.

소리의 지도

하늘은 회색이 낀 흰색이고 주위 풍경도 허여스름해 보였다.

그림자가 없으니 밋밋한 배경 그림 같다.

가모가와 강변을 걷다 보면 이따금 생각난 것처럼 폭력적인 강바람과 더불어 굵은 빗줄기가 쏟아지곤 한다. 강변은 길은 알기 쉬워도 바람이 세다고 생각을 고치고, 하나 안으로 들어온 길을 가기로 했다. 그래도 엉뚱한 방향에서 바람이 불어와 뺨을 후려치고 살이 튼튼하지 않은 접는 우산이 훌렁 뒤집혔다.

작품 취재차 교토에 가게 돼서 가는 김에 그곳에 사는 친구를 만나려고 하루 일찍 교토에 도착했다.

마침 대형 태풍이 무로토 곶에 상륙해 북상중이었던 터라 도쿄에서 태풍을 맞이하러 가는 꼴이 됐다. 긴 우산을 들기가 귀찮은데다 태풍은 지형에 따라 의외로 폭풍권 내에서도 비가 오지 않기도 하는지라, 도쿄도 맑았겠다 해서 접은 우산을 가져왔더니 이렇게 바람이 강해서야 전혀 도움이 되지 않는다.

도쿄에서 오는 길에 비가 심하게 쏟아지는 곳도 있어서 신칸센이 멈춰 서는 게 아닐까 조마조마했는데, 교토에 도착했을 때는 아직 비가 오지 않았다.

하나 안쪽 길로 들어서니 인기척이 없고 오가는 사람도 보이지 않았다.

가모가와 강은 그렇게 수위가 높지 않았는데, 가모가와 강으로 흘러드는 좁은 수로는 어디나 갈색 탁류가 요란한 소리를 내며 소용돌이치고 있었다.

교토는 태풍을 직격으로 맞은 적이 거의 없다고 한다. 몇 안 되는 사례가 1934년 9월의 무로토 태풍으로, 초대형 태풍이 오사카 만에서 요도가와 강을 따라 교토까지 올라왔다고 한다. 얼마전 마슈 호湖의 안개가 어디서 왔느냐 하는 다큐멘터리를 봤는데, 해풍이 이 역시 강을 따라 거슬러 올라와 마슈 호 주위의 산을 넘을 때 안개를 대량으로 발생시킨다고 했다. 강은 역시 통로다. 그나저나 이 정도로 풍수해가 많은 일본에서 태풍의 피해를 입은 적이 거의 없다는 것은 교토가 사신四神의 수호를 받는 도읍이기 때문일까.

폭풍우가 치는 거리는 오히려 기묘한 고요함이 느껴진다.

이 년쯤 전 오랜만에 오디오용 헤드폰을 새로 장만했다. 업무용 오디오로 유명한 업체 것인데 건전지를 넣어야 들을 수 있다. 재미있는 것은 스위치를 켜면 무음 상태가 된다는 것이다. 비행기 안에서 귀마개 대신 사용하는 사람이 많다는 것도 이해가 된다. 시끄러운 곳에서 스위치를 켜면 순식간에 소리가 차단되어 스튜디오 안 같은 정적에 싸인다.

어떻게 하는 거냐고 물었더니 주위 소리를 감지해 그것을 상쇄할 수 있는 소리를 방출한다고 했다. 소리로 소리를 없앤다는 게 딱 폭풍우의 정적 같다는 생각이 들었다.

평소 생활하다 보면 완전한 무음 상태라는 것을 경험할 기회는 좀처럼 없다. 오히려 어느 정도 소음이 있을 때 더 집중할 수 있고 그렇다. 찻집이나 패밀리레스토랑에서 원고를 쓰는 편이 집중할 수 있다는 사람이 많은 것도 수긍이 간다.

그 이상으로, 평소 의식하지 않지만 머릿속에서도 다양한 소리가 울린다.

필자는 몇 년 전부터 자료를 위해 피아노 곡을 대량으로 듣는데, 날이면 날마다 듣다 보니 버르토크의 피아노 소나타가 머리를 떠나지 않게 됐다. 우연한 계기에 뇌내 연주가 시작되면 정확하게 마지막까지 연주된다. 잊고 지낼 때는 잊고 지내는데 어쩌다가 서두 부분이 생각나면 끝날 때까지 멈추지 않는다.

이런 극단적인 예가 아니라도 평소 머릿속에서 온갖 소리가 들린다. 꼭 음악만 있는 것은 아니다. 사람 목소리나 차 소리, 길거리 소음 같은 것도 머릿속에서 '듣고 있는' 것 같다.

필자의 경우 바로 직전에 쓴 원고의 문장을 무의식중에 되풀이하는 일이 종종 있다.

쓰면서 인상이 강하게 남은 문장을 저도 모르게 자기 목소리로 낭독하곤 한다.

스스로의 행동에 뇌내에서 멋대로 BGM을 붙이는 사람도 많지 않을까. 자신의 테마 음악을 정해놓은 사람도 몇 알고 있다.

학창 시절 음악 동아리에 있었을 때 자신이 처음으로 산 레코드를 고백하는 이벤트가 있었는데 이게 꽤 재미있었다. 아이돌 가수에 무드 가요, 컨트리, 헤비메탈 등 각자의 부끄러운(십중팔구 지우고 싶은) 과거가 백일하에 드러나는 것이다.

필자는 영화 사운드트랙이었다. 그것도 여러 영화의 테마를 모은 것. 어렸을 때는 영화 음악이 최고로 멋있다고 생각했다. 타이업 같은 말이 아직 없던, 영화의 이미지와 음악이 떼려야 뗄 수 없던 시대였다.

그러고 보니 최근 영화 제작사가 화장품을 판매해서 화제가 됐는데, 최신판 광고에서 나온 곡을 어디서 들어봤다 싶었더니 영화 〈로슈포르의 연인들〉 테마였다. 프랑스의 거장 미셸 르그랑의

곡이다. 미셸 르그랑으로 말하자면 라이브 공연을 본 적이 있는데, 자신의 솔로 전에 반드시 양손 손가락을 살짝 핥는 게 인상적이었다. 르그랑의 DNA 검사를 하고 싶으면 저 피아노가 바로 압수되겠군 하고 생각했던 기억이 있다.

TV 드라마의 테마에도 인상적인 곡이 여럿 있는데, 신기원을 이룬 것으로 TV 드라마 음악사(그런 게 있는지 없는지는 알 수 없지만)에 남는 게 있다면 NHK의 〈아수라같이〉일 것이다. 그 강렬한 테마, 라면 포장마차의 날라리 가락을 격렬하게 만든 것 같은, 후려치는 듯한 음은 한 번 들으면 잊을 수 없다. 터키 군악이라는 사실이 당시 단숨에 널리 알려졌는데, 독특한 음계는 그로테스크하고도 유머러스한 게 드라마 내용과 딱 맞았다.

테마송은 아니지만 〈에피타프 도쿄〉에서 〈아수라같이〉처럼 인상적인 곡 한 곡을 도중에 몇 번 반복해서 틀고 싶은 마음이 있었다.

오리지널 곡이 아니라 이미 있는 곡. 1980년대의 소극단은 에릭 사티의 〈짐노페디〉나 ELO 매직 오케스트라의 〈비하인드 더 마스크〉를 종종 사용했는데, 그런 식으로 인상적인 인스트루멘털 곡을 쓰고 싶다.

진행중 또는 구상중인 작품은 언제나 모호하고 막연하게, 의식의 수면 밑이나 표면에서 어릿어릿 반사되는 빛처럼 종잡을 수 없고 형태가 잡히지 않는다.

현재 거칠게 휘몰아쳐 머리와 어깨를 적시는 비처럼, 산책중인 필자 안에서 〈에피타프 도쿄〉의 얼룩덜룩한 그림자가 이곳저곳에서 떠올랐다가는 가라앉곤 한다.

오락가락 헤맨 끝에 겨우 찾던 간판을 발견했다.

태풍 때문에 문을 닫았으면 어쩌나 했는데 열려 있는 것 같다.

문을 열자 세월의 무게가 묵직하게 느껴지는, 그러면서도 건조하고 청정한 공기가 슥 흘러나왔다.

발을 들여놓은 순간 인테리어와 조명에서 향수를 느꼈다. 벽돌로 쌓은 벽, 주황색 램프. 그리고 아랫배에 중후하게 울리는 트럼펫 소리가 벽에 설치한 어른 키만 한 거대한 스피커 두 개에서 흘러나오고 있었다.

벽에 걸린 레코드 재킷은 〈스터디 인 브라운〉.

이렇게 재즈 카페에서 클리퍼드 브라운을 듣는 게 대체 몇 년만일까. 그것도 전부터 오고 싶었던 교토의 유서 깊은 재즈 카페 Y에서.

손님은 필자 하나. 날씨가 이런데 그럴 만도 하다. 가끔씩 돌풍에 문이 덜컹덜컹 흔들려 깜짝 놀랐다.

한눈에 이곳 사람이 아니라고 알겠는지 여주인이 "어디서 오셨어요?"라고 말을 걸었다. 다른 손님이 없으니 잠시 잡담을 나누고 가게 안을 구경했다.

이곳은 여러 소설에도 등장했다. 안쪽 레코드 캐비닛으로 둘러싸인 코너는 지금까지 사진으로만 봤기 때문에 찬찬히 둘러봤다.

재즈 카페라는 형태의 음식점은 일본에만 있는 모양이다. 레코드 값이 비싸던 시절에 생겨났다.

남의 집에 일부러 찾아가 돈을 내고 음악을 신청해 듣는 것이다. 하지만 지금도 음량을 원하는 만큼 높여 음악을 듣기는 쉽지 않다. 헤드폰으로 듣는 것도 좋지만 갇힌 느낌이 든다. 가끔 이렇게 거대한 스피커로 음악을 들으면 평소 얼마나 아무것도 '듣지' 못하는지를 통감하게 된다. 온갖 소리가 BGM이 되다 보니 집중해서 음악을 듣기가 어렵다.

처음에는 구석에 앉아 있었는데 "원하는 자리에서 들으세요"라고 하기에 스피커와 스피커 사이 바로 앞에 앉았다. 커피를 마시다가 기네스를 주문하고 말았다.

회사에 다니던 시절에는 가끔씩 지방 도시로 훌쩍 여행을 떠나면 재즈 카페를 기점으로 삼을 때가 많았다. 오래된 거리에는 재즈 카페가 대체로 한 곳씩은 있다. 그런 가게는 문화인적인 사람이 경영하게 마련이라 그곳에서 맛있는 음식점을 소개받곤 했다.

도쿄에는 전설적인 재즈 카페가 여럿 있다. 경영자가 카메라맨이나 평론가를 겸업하고 그런다.

재즈와 SF는 닮았다는 게 필자의 지론이다. 진화하는 게 본래의 목적인 재즈는 진화하는 것도 수습되는 것도 빠르다. 도쿄의 고도성장 속도와 재즈 및 SF의 진화는 정확히 일치한다. 순식간에 진화한 두 장르는 확산돼 나갔다. 애니메이션도 소설도 드라마도 전부 SF적 발상이 당연한 게 됐고, 재즈는 기분 좋고 편안하게 들을 수 있는 음악으로 음식점의 BGM이 됐다. 모든 게 재즈와 SF가 된 것이다.

하기야 그 두 개만 그런 게 아니다. 음악이 됐건 문학이 됐건 장르로 나눠져 있던 것은 경계가 녹아 사라지는 추세다. 뿐만 아니라 지금은 음반이나 책 같은 물체도 녹아 없어지려고 한다. 곡은 인터넷에서 한 곡씩 다운로드되고, 텍스트는 전자화되어 모바일 기기로 전송된다.

잡지꽂이를 살펴봤다. 그러고 보면 〈스윙 저널〉도 휴간했다.

태풍이 부는 낮, 재즈 카페에서 마시는 기네스가 어쩐지 잘 어울린다는 생각이 들었다.

이 정도 음에 둘러싸여 있는데도 머릿속에서는 다른 음악, 누군가의 목소리가 얼핏얼핏 들려왔다. 이건 슈만의 〈사육제〉 일부일까. 루빈스타인 쪽.

재즈 카페에서 레코드는 한 면만 튼다. 멍하니 기네스를 마시는 사이에 벌써 네 장째 재킷이 벽에 걸렸다.

A면, B면이라는 말도 사어死語가 됐거니와 조만간 레코드 재킷도 세상에서 사라질 것이다.

〈고엽〉이 나왔다.

〈에피타프 도쿄〉의 무대에는 재즈 스탠더드넘버가 좋지 않을까 싶다.

시대성이 느껴지는 것은 피하고 싶고, 가사가 있는 것도 NG. 〈아수라같이〉처럼 강렬한 인스트루멘털.

존 콜트레인의 〈마이 페이버릿 싱스〉는 어떨까 하고 생각이 든 것은 교토에 있기 때문일까.

JR 도카이의 광고 '그래, 교토에 가자' 시리즈에 일관되게 사용되는 곡이 〈마이 페이버릿 싱스〉다.

원래는 〈사운드 오브 뮤직〉이라는 뮤지컬에 나오는, 로저 해머스타인 주니어가 작사한 곡이다. '내가 좋아하는 것들'이라는 제목대로 좋아하는 것을 열거하는 노래다.

실은 필자는 전부터 이 노래의 어두운 분위기가 영 마음에 걸렸다.

고양이 수염과 애플파이, 장미에 맺힌 빗방울, 망아지와 눈.

그런 근사한 '좋아하는 것'을 열거하는 곡인데 어쩐지 구슬프고 쓸쓸한 인상을 주는 것이다. 이렇게 좋아하는 것을 떠올리면 외롭지 않다는 가사 내용 때문일까.

하물며 콜트레인이 소프라노 색소폰으로 연주하는 앨범 쪽은 전주에서부터 음울한 분위기가 감돌아서는 테마가 시작되자마자 우울한 기분이 든다.

이 버전을 〈에피타프 도쿄〉에서 전주부터 여러 번 반복해서 내보내면 어떨까. 오프닝, 중간의 주요한 장면, 물론 마지막에도. 음악은 그것뿐. 불현듯 생각난 것처럼 그 곡이 나오는 것이다.

아닌 게 아니라 좋아하는 것을 나열한다는 것 자체가 조금은 쓸쓸한 행위일지도 모른다. '좋아하는 것'은 대체품으로는 만족할 수 없다. 거꾸로 말하면 '좋아하는 것'은 언제나 상실의 예감을 지니고 있다. '좋아하는 것'에는 상실의 아픔이 포함되어 있는 것이다.

내가 좋아하는 것. 이른 오후에 마시는 기네스. 기네스가 놓여 있는 검은 나무 테이블. 옛날 레코드 재킷. 레코드를 넣는 바스락거리는 반투명 봉투. 잡지의 화보 사진 냄새.

내가 좋아하는 것. 전에 '좋아하는 것을 세 개 드는' 에세이를 청탁받았을 때, 그중 하나로 '도쿄'라고 썼던 게 기억났다.

남자 손님 한 명이 들어왔다.

비를 예감케 하는 바람이 불어든 것을 신호로 그만 일어나기로 했다.

내일은 오랜만에 다니자키 준이치로의 무덤에라도 가볼까.

drawing

시나가와 역 다카나와 출구에서 짧은 에스컬레이터를 타고 올라가면(그렇게 길지도 않은데 늘 마치 빨려들듯 이 에스컬레이터를 타게 되는 이유는 뭘까. 가령 유아는 모름지기 움직이는 것에 관심을 보인다. 움직이는 것 = 식료품 = 바로 뒤쫓아야 한다, 하는 태고의 기억이 남아 있나), 높다란 천장에 반향하는 소음이 파도 소리처럼 몸을 감싼다. 빠른 발걸음으로 개표구로 빨려드는 직장인들. 꼭대기에 시계를 얹은 토템 폴 같은 기둥 밑에서 약속 상대를 기다리는 사람들.

시나가와 역의 파도 소리를 들으면(실제로 역에서 나가면 바로 운하도 있겠다. 시나가와 역은 항상 바다의 기척이 느껴진다) 당장 신칸센 표를 사서 어디론가 가고 싶은 기분이 든다.

도쿄 역이나 신주쿠 역처럼 거대하면 그건 이미 역이 아니라 하나의 시가지다. 플랫폼에 다다르는 것만 해도 나에게는 큰일이다. 길을 가다가 훌쩍 여행을 떠나는 느낌이 전혀 아니다(아, 하지만 도쿄 역 야에스 출구에 있는 버스 터미널은 멋지다. 장거리 버스의 출발과 도착에는 별개의 관심이 있다). 그러니 시나가와 역 정도가 딱 적당하다. 본래의 기능을 하는 역으로 완결돼 있으면서, 그렇다고 너무 국지적이지도 않고 도시의 익명성을 획득할 수 있는 규모의 터미널이다.

통로를 슬렁슬렁 걸어간다. 타원을 그리는 천장의 커브에 어쩐지 거대한 척추동물의 몸속을 걷는 것처럼 착각하게 된다. 여기서 야호 하고 소리치면 엉뚱한 곳에서 메아리가 들려올 것 같다. 언제나 소리쳐보고 싶은 마음이 들지만 그래 봤자 주위 사람들이 얼어붙을 뿐이니까 오늘도 그만둔다.

과거 고도성장기의 잔재가 남아 있는 다카나와 출구를 벗어나 신칸센 개표구로 다가가면 예전에 상상했던 '근미래'가 그곳에 있다.

통로를 따라 늘어선 기둥마다 모니터가 똑같은 광고를 비추는 것을 보면 '빅브라더가 보고 있다'고 생각하는 사람은 나만이 아닐 것이다. 아무리 가도 똑같은 광고가 뒤따라온다.

그대로 미나토미나미 출구로 나가면 그곳은 통째로 재개발된, 기능 제일주의의 밋밋한 '근미래'다. 미나토미나미 출구 쪽이 바다에서 더 가까울 텐데도 다카나와 출구에서 바다 느낌이 농후하게 나는 이유는 뭘까.

미나토미나미 출구 로터리에서 하늘을 흘깃 보고 나서 발길을 돌려 다시 걷기 시작했다.

역 건물 통로에 위치한, 유리벽의 세련된 델리에 들어갔다.

유리. 초자. 애자. 단자. 전자. 중성자. 확장자. 떠오르는 대로 속으로 중얼거려봤다.

로스트비프 여섯 조각, 토마토와 치즈 샐러드 200그램, 브로콜리와 옥수수 샐러드 200그램, 콩과 감자 샐러드 200그램.

히나 인형처럼 살빛이 희고 얼굴이 조그마한 젊은 여자가 음식을 담아주었다. 나를 보고 생긋 웃으며 인사하기에 그러고 보면 전에도 이 사람에게 산 적이 있지 하고 생각났다.

고맙습니다. 아뇨, 삼십 분이면 가니까 아이스팩은 필요 없어요.

거스름돈을 받아 가게에서 나왔다.

전에는 꼬박꼬박 아이스팩을 받았지만, 집에서 요리를 하지 않는 나는 외식이나 테이크아웃으로 식사를 해결하다 보니 아이스팩이 하도 많아져서 요새는 어디서나 '삼십 분이면 간다'라고 말한다.

저번에, 대여점에서 빌려 본 영화에 아주 공감되는 부분이 있었다.

평소 동포를 그린 영화는 되도록 챙겨 본다. 그때 본 것은 북유럽 영화로, 거기에 나오는 우리 동포는 귀엽고 조그만 여자애였다. 그 애는 친해진 인간 남자애가 준 사탕을 "먹어볼게"라며 머뭇머뭇 받는다.

다음 장면에서 그 애는 건물 뒤에서 벽에 손을 짚고 괴로워하며 먹은 것을 게워낸다. 아아, 가엾게도 몸이 인간의 피만 받아들이는 것이다.

나는 혈액을 섭취하지 않고 일단은 뭐든 다 먹을 수 있지만 맛을 잘 모르겠다. 이곳 음식을 사는 것은 간이 세지 않기 때문이다. 외식은 아무래도 간이 세게 마련이라 테이크아웃을 할 때는 되도록 맛이 싱거운 집을 고른다.

다시 혼잡한 거리의 기분 좋은 파도 소리 속으로 나와 분주하게 지나가는 사람들의 잔상을 접하고 공기에 떠도는 에너지를 흡수한다. 도시가 있고 이 혼잡한 거리가 있는 한 내가 배를 곯는 일은 없다. 사실 시나가와 역을 좋아하는 것은 오가는 사람들로부터 흡수하는 에너지에 불순물이 적어서 탈이 나지 않기 때문이다.

이른 시간의 바도 좋아한다. 느긋한 시간이 흘러 그곳에 머무는 사람들의 에너지도 편안하고 향기롭다. 아무것도 먹지 않아도 뭐라 하지 않고, 나는 술이 아주 세기 때문에 잔을 비우다 보면 오래 있을 수 있다.

이렇게 혼잡한 거리에 몸을 담그고 사람들의 자취를 흡수하다 보면 그들의 기억이며 감정도 조금씩 내 세포 속으로 침전되는 것 같다. 이윽고 다음번 내가 그 기억을 계승할 것이다.

내가 나에 대해 털어놓으면 다들 어리둥절해하다가 이윽고 웃어넘긴다. 같이 일하는 사람들, 술 마시는 사람들은 나를 '약간 특이한 사람'이라고 보는 것 같다. 네 살 어린 남동생은 나와 친하지만 '형은 망상이 심하기는 해도 나쁜 인간은 아니다' 정도로 인식한다. 어쩔 수 없다. 동생은 같은 어머니 배에서 태어나기는 했어도 나와 달리 보통 사람이니까.

다카나와 출구에서 조금 걸어간 곳에 있는 호텔에서 동생을 만나기로 했다.

나는 콧노래를 흥얼거리며 음식 봉지를 들고 짤막한 에스컬레이터를 내려간다.

대형 호텔 몇 개가 우뚝 솟은 하늘을 황홀하게 올려다보고는 비탈길을 올라간다. 이중에 도내에 위치한 내 보금자리 중 한 곳이 있다.

도쿄는 호텔이 많은 것도 멋지다. 창문 하나마다 에너지 하나. 수많은 인생이 교차하는 로비. 누구나가 연기를 하는 지금 이 순간만의 무대.

널따란 로비에서 소파에 앉아 있던 남자가 나를 보고는 일어섰다.

오랜만에 만나는 동생. 짙은 색 양복이 몸에 자연스럽게 어울렸다.

"여어. 오래 기다렸어?"

"형도 별일 없는 것 같네."

동생은 대형 종합건설사의 자재 조달 부서에서 일한다. 이리저리 바쁘게 돌아다니는지라 이렇게 둘이서 만나는 게 얼마 만인지 생각도 나지 않는다.

"벌써 완성됐던가?"

"대부분은."

동생의 회사는 지금 시타마치에 거대한 탑을 짓고 있다. 옛날 오층탑과 구조가 비슷한 유구조柔構造의 하얀 탑.

"잠깐 방에 이것 좀 두고 올 건데 같이 올라갈래?"

동생은 내가 든 봉지를 흘깃 보더니 얼굴을 찡그렸다.

"형, 또 음식을 그렇게 많이 샀어?"

"야식이랑 아침밥이야."

"거짓말 마. 잘 먹지도 않으면서. 하여간 여전하네. 왜 맨날 그렇게 다 먹지도 못할 만큼 사는 건데?"

"사는 걸 좋아하니까. 먹을 게 없으면 불안하거든."

"아깝잖아."

투덜거리는 동생과 둘이 엘리베이터에 올라탔다.

네모난 밀실 안, 거울에 비친 따분한 표정의 두 남자.

과거에는 거울에 모습이 비치지 않는 동포도 있었다고 한다. 그래서 거울에 비치는 척했다고. 그런 타입의 동포는 오늘날 도쿄에서 살기는 무리다. 도쿄는 사방이 거울이니 가는 곳마다 어디에 거울이 있는지 신경 쓰려면 노이로제에 걸릴 것 같다.

엘리베이터에서 내려 쥐 죽은 듯 고요한 복도를 나아가 익숙한 방으로 들어갔다.

"어쩌 갑갑하네."

동생이 불평했다.

커튼을 친 탓일 것이다. 나는 창으로 다가가 커튼을 열었다.

"아니 왜, 난 햇빛을 보면 재가 되잖아? 그래서 낮엔 늘 커튼을 치고 지내거든."

"그러시겠지."

오랫동안 실없는 소리를 들어온 동생은 전혀 상대도 해주지 않았다.

"오오, 도쿄 타워가 이렇게 가까운 곳에!"

동생은 창가로 달려가 조명으로 장식된 붉은 탑에 어린애처럼 환성을 질렀다.

"네가 짓는 게 훨씬 더 높으면서 뭘."

"그렇지만 도쿄 타워는 역시 특별하다고."

도쿄 타워는 오늘은 청색 조명을 받고 있었다. 요새는 분홍색이니 녹색이니 다양한 버전이 있는데 뭘 나타내는 건지 잘 모르겠다.

"저거 암호 아닐까."

내가 그렇게 말하자 동생은 의아한 표정을 지었다.

"요새 색을 다양하게 조합해서 조명을 쏘거든. 혹시 누구한테 신호 보내는 걸지도 몰라."

"누구한테?"

"그야 모르지. 내 동족일지도."

"동족이라니?"

"그 왜, 전세계에 퍼져 있는 나랑 같은 족속들 있잖아."

동생은 어이없다는 듯 아무 말도 하지 않았다. 나는 아랑곳없이 말을 이었다.

"그렇지만 알리바이를 증명하는 데는 도움이 될 수도 있겠어. 사진에 찍힌 도쿄 타워의 색깔로 날짜하고 시간을 알아낸다든지."

"그건 안 돼, 형. 요새 디지털카메라는 얼마든지 색을 수정할 수 있다고."

"그래? 추리소설 트릭으로 써먹을 수 있을까 했더니."

"밥이나 먹으러 가자."

동생은 어깨를 으쓱하고 창가를 떠났다.

"늘 이 방에 묵어?"

나가려다가 동생은 뭔가가 불러 세우기라도 한 양 걸음을 멈추고 방 안을 돌아봤다.

"응."

동생은 방 안을 유심히 꼼짝 않고 쳐다봤다. 아니, 그게 아니라 창 너머 도쿄 타워일까.

"이 방이 없을 땐?"

"그땐 안 묵어. 여기가 비어 있을 때만 묵고."

"그래? 왜? 여기가 그렇게 마음에 들어?"

"응, 뭐. 원래 한번 어디로 정하면 잘 안 바꾸게 되는 거야."

"그런가?"

"그럼."

적당히 넘기고 방을 나섰다가 깨달았다. 혹시?

"혹시 뭐 느꼈어?"

복도를 걸어가며 물어봤다.

"뭘?"

동생은 의아한 얼굴로 물었다.

"아니, 실은 말이지. 거기 옛날에 내가 죽은 방이거든."

"엥?"

동생은 괴상한 소리를 지르며 멈춰 섰다. 되레 내가 놀라고 말았다.

"왜 갑자기 큰 소리야?"

"잘못 들은 거 아니지? 옛날에 내가 죽은 방이라고 한 거 맞아?"

"응, 맞게 들었어. 정확히 말하면 2대 전 나지만."

"형, 나도 이젠 익숙해진 줄 알았는데 그건 또 뭐야. 이상한 소리 하는 거 이제 좀 그만두지?"

동생은 진지한 표정으로 화를 냈다.

"미안하다, 화내지 마. 평소엔 그냥 들어넘기면서."

"그냥 들어넘길 이야기가 아니잖아."

골이 잔뜩 난 동생을 달래며 걸음을 뗐다.

실은 사실인데 말이지, 하고 내심 중얼거리며 방금 나온 방의 문을 얼핏 돌아봤다.

그 방에 처음 들어갔을 때 나도 뭔가 느꼈는데.

엘리베이터 홀에서 아래로 향한 화살표 버튼을 눌렀다.

나에게는 여러 세대를 이어져온 '나'의 기억이 모두 남아 있다. 다양한 '나'는 다양한 죽음을 맞이했다. 범죄와 관련된 죽음, 사고로 인한 죽음, 병으로 인한 죽음. 물론 노쇠해서 죽은 '나'도 있었다.

나는 꼭 그들이 있었던 장소를 찾게 된다. '나'의 잔재를, '나'가 있었던 장소를 따라가게 된다.

분명히 나는 몇십 년 전 그 방에 있었다.

그때 나는 어린애였다.

그래, 그 나는 태어났을 때부터 몸이 약했다. 이 호텔에 투숙한 것도 부모가 나를 근처 병원에 데려가기 위해서였다. 그때 나는 어머니와 외가에서 지냈는데, 건강이 좋아질 기미가 전혀 없었다. 원인도 알 수 없는 채 나날이 쇠약해지는 나를 걱정한 아버지가 방을 잡아줘서 다음 날 아침 일찍 소개장을 들고 대학 병원에 갈 예정이었다.

추운 밤이었다. 어머니는 내게 옷을 여러 겹 껴입히고 세심한 주의를 기울여 이곳으로 데려왔건만, 몸이 약해져 있던 나는 폐렴에 걸려 열이 심하게 올랐다.

밤중에 기침이 멎지 않았다. 어머니는 약을 먹이려고 했지만 나는 이미 아무것도 삼킬 수 없는 상태였다. 아버지가 나를 데리고 나가려고 했으나, 심장이 약했던 나는 아버지가 안아 들었을 때 이미 심장이 뛰지 않았다.

호텔 직원이 달려와 바로 병원으로 실려갔지만 결국 살아나지 못했다.

그래, 힘들었지?

나는 무심코 뒤를 돌아보고 싶은 것을 참았다.

그 때문에 나는 이 호텔을 택하고 그 방을 택한 것이다. 과거의 나를 위로하기 위해, 과거의 나의 추억을 위해.

Piece 7

미
행
자

낯익은 모습이 시야 끝에 보인 것은 진보
초 헌책방 거리를 걷고 있을 때였다.

선선한 금요일 오후였다. 가을이라는 말
이 비로소 어색하지 않게 느껴지고 복장도
가을다운 색이 익숙해졌다. 초년생들이 가득한 신록의 계절도 헌
책 축제의 늦가을도 아닌 이런 평범한 주말의 진보초가 좋다.

굳이 소개가 필요 없는 세계 최대의 헌책방 거리다. 학창 시절
에 처음 발을 들여놨을 때는 좋아서 어쩔 줄 몰랐지만, 이용 방법
도 변변히 모른 채 그저 서점이 잔뜩 있다는 사실에 들떠 있었던
것 같다.

서점과 영화관과 도서관이 어마어마하게 많은 도시, 그게 고등

학교 때까지 필자가 생각했던 도쿄였다.

학창 시절에 처음 간 이래로 이십 년 이상 지난 지금은, 가면 일정하게 찾는 가게와 걷는 코스가 있다. 원고를 쓸 때 자료를 모은 적도 있고, 각 서점의 전문 분야를 비로소 파악할 수 있게 된 것 같다.

구단시타 방향에서 짧은 비탈과 짧은 다리를 지나 진보초에 들어선다. 아무런 특징도 없던 거리가 진보초에 들어선 순간 어딘지 모르게 특별한 분위기를 띠는 게 신기하다.

맨 가장자리에 있는 중국 고서 전문점에서부터 시작한다. 필자는 인보印譜를 좋아하는데 갖고 싶은 책은 값이 상당히 나가는지라 살 수 없다. 그래도 책장을 넘기며 18세기부터 20세기까지의 인발을 한참 바라보고 나서 밖으로 나온다. 그리고 이와나미 북센터에서 인문서적 신간을 구경하고, 연극 관계 헌책방, 악보와 음악에 특화된 헌책방, 외국문학 전문점, 서브컬처 전문점, 요리책 전문점 등을 돈다. 필요할 때면 모퉁이를 돈 곳에 있는 군사전문 서점에 들어갈 때도 있다. 그런 서점은 서가 진열이 고정돼 있기 때문에 오랜만에 가도 서가를 본 순간 그곳에 뭐가 있었는지 생각난다.

필자는 오래전부터 찾고 있는 책이 몇 권 있지만, 인터넷으로 검색할 생각은 한 번도 해본 적이 없다. 지금까지 몇 번인가 '이런 책을 찾는다'라고 했더니 아는 이가 인터넷 중고 서점에서 곧

바로 찾아내준 적이 있다. 그렇게 해서 책이 도착했을 때는 확실히 기뻤지만, 동시에 서운하기도 해서 기분이 복잡했다. 필자는 언젠가 헌책방에서 우연히 만나게 될 것을 고대했던 것이다.

실제로 헌책은 이상해서 '어째 오늘은 만날 것 같다'라고 생각하면서 진보초를 걷다 보면 수색 목록에 올려놨던 책이 연달아 발견되기도 한다. 그때 맛보는 기쁨을 대신할 수 있는 게 뭐가 있을지 잘 모르겠다.

이날은 자료로 쓸 악보를 몇 점 입수하는 게 가장 큰 목적이었던지라 일찌감치 달성하고, 그 뒤로는 늘 다니는 코스를 돌며 머릿속에 있는 헌책 수색 목록과 맞춰볼 생각이었다.

모습을 발견한 것은 영화 팸플릿과 광고지, 외국 미스터리와 SF를 전문으로 취급하는 헌책방에서였다. 거리 모퉁이에 위치한 그 책방은 바깥에도 서가가 있다. 골목으로 꺾어진 곳에 면한 서가에는 미술 관련 서적이 많은지라 뜻밖의 수확이 없을까 찬찬히 둘러볼 때가 많다. 그 골목에 서서 삼사십 년 전 책의 책등을 보다 보면 왜 그런지 늘 외국에 있는 기분이 든다. 그것도 1970년대 외국, 멀었던 시절의 외국. 사실 1970년대 일본 자체가 이미 현대의 우리에게는 외국이나 다름없지만.

중국 자기磁器 연구서를 훑어보는데 열려 있던 입구로 가게 안이 보이고 낯익은 모습이 눈에 들어왔다.

큰 키에 긴 머리. 외국인이 아닐까 생각이 들게 하는 국적 불명의 외모.

요시야다. 그렇게 깨달은 순간 반사적으로 숨었다는 게 스스로도 이상했다. 길에서 아는 사람과 마주치면 어째서 그렇게 동요하게 되는 걸까. 분명 그때까지 편안하게 몸을 담그고 있던 도시의 익명성을 빼앗기기 때문일 것이다.

다시 한 번 슬그머니 서점 안을 들여다봤다.

그 가게가 아닌 다른 장소에서 이 남자를 본 것은 이번이 처음이었다. 음식점 카운터라는 곳은 일종의 무대고, 손님들은 그곳에서 보이고 싶은 자신을 연기한다. 익숙한 카운터에서 익숙한 각도로 보는 게 아닌, 본모습의 손님은 흡사 무대 뒤의 배우를 보는 기분이다.

요시야는 스텝이라도 밟는 것처럼 경쾌하게 가게 안을 돌아다니고 있었다. 체격이 큰데도 존재감이 별로 없는 게 기묘하다. 그림자처럼 바로 뒤를 걷고 있어도 모르지 않을까. 점원도 그가 눈앞을 지나가도 "아무도 지나가지 않았어요" 하고 증언할 것 같다.

요시야는 가게에서 만날 때 그러하듯 반쯤은 기분이 좋고 반쯤은 정신이 딴 데 팔린 것처럼 보였다. 이런 식으로 속성을 알 수 없는 남자는 도시에만 있다. 막연히 디자인과 관계된 일을 하는 직장인이 아닐까 생각했는데, 이런 시간에 이런 곳에 있다면 역시 자유업일 것이다.

손에 든 갈색 비닐봉지는 진보초에서도 유명한 카레 가게의 테이크아웃 봉지였다. 왜 진보초에 카레 가게가 많은지는 수수께끼인데, 책을 읽으면서도 한 손으로 먹을 수 있기 때문이라느니, 스파이스가 헌책 냄새를 지워주기 때문이라느니 수많은 설이 있지만 진위는 알 수 없다. 필자는 학생들이 모여드는 지역으로 일본 최대급인 간다 진보초에서, 전국 각지에서 올라온 학생들이 간장, 된장 등 각 지방 특유의 미각의 벽을 넘어 먹을 수 있는 최대 공약수의 음식이 카레가 아니었을까 생각하는데, 어떨지?

꼼짝 않고 숨어서 요시야의 옆얼굴을 주시하다 보니 기묘한 충동이 생겨났다. 그가 여기서 어디로 가는지 확인하고 싶은 충동이다.

왜 이때 그를 미행할 생각을 했는지 잘 모르겠다. 도시의, 그것도 진보초 길모퉁이에서 누군가를 미행한다는 행위가 에도가와 란포의 소설 같이 어울린다고 생각했는지도 모른다.

필자가 편애하는 본격 추리소설이나 탐정소설은 도시소설, 풍속소설로 발달돼왔다. 범죄는 사회의 발달 과정에 따르는 부산물 또는 사생아다. 탐정이라는 직업은 도시의 익명성 없이는 성립되지 않는다.

요시야는 비닐봉지에 넣어 서가에 꽉 차게 꽂은 큰 판형의 문화 잡지 과월호를 꺼내 보고 있었는데, 뭔가를 찾는다기보다 시간을 때우기 위해서 막연히 손에 드는 느낌이었다. 그러다 이윽고 관심을 잃은 것처럼 종종걸음으로 가게를 나섰다.

필자는 황급히 큰길로 나와 그를 뒤쫓았다.

오가는 행인보다 머리 하나만큼 더 큰 요시야를 따라가는 것은 바싹 붙어가지 않아도 그렇게 어렵지 않았다. 다만 요시야의 보폭이 필자보다 넓다 보니, 결코 서두르는 것처럼 보이지 않는데도 금세 거리가 벌어졌다. 평소보다 빨리 걷지 않을 수 없어서 거의 달음질을 치다시피 해서 따라갔다.

요시야의 행동은 잘 알 수 없었다. 목적이 있는지 없는지, 시간을 때우는 중인지 산책중인지, 즐기고 있는 건지 뭔가에 정신이 팔려 있는 건지. 모든 점에서 그는 막연했다. 걸음을 멈추고 쇼윈도에 장식된 희귀본을 구경하나 싶으면 차도 쪽으로 몸을 내밀고 뭘 찾는 시늉을 했다. 택시를 잡는 건가 했는데 이윽고 다시 인도를 걷기 시작했다.

헌책방 앞에 놓인 백 엔 균일 서가를 열심히 구경하기에 이쪽도 옆 서점의 비슷한 서가 앞에서 책을 물색하는 척했다.

그렇군, 미행은 꽤 스릴이 있다. 겉으로 보면 평소와 똑같이 한가하게 걷는 중인데, 모든 행동이 미행 대상과의 줄다리기인 것이다. 이것도 도시이기에 가능한지도 모른다. 쌍방이 군집 속의 익명이기에 무수하게 엇갈리는 시선 속에 숨을 수 있다.

그런데 갑자기 요시야가 뛰기 시작하는 바람에 아차 했다. 파란불이 켜진 앞쪽 횡단보도를 건넜다. 당황해서 따라 뛰었지만, 그가 횡단보도를 다 건넜을 때 신호등 앞까지 가지도 못했고 이미 빨간불로 바뀐 뒤였다.

길을 건넌 그는 다시 걸음을 멈추고 케이크 가게 앞에 서서 구경하기 시작했다. 이 정도면 놓칠 위험은 없을 듯했다.

신호가 바뀌었다. 다른 보행자와 함께 시치미 떼고 횡단보도를 건너자, 앞쪽에 슬렁슬렁 걸어가는 요시야의 뒷모습이 보였다. 안심하고 다시 거리를 좁혔다. 그때는 이미 미행 자체가 목적이었다.

전에 본 영화 중에 미행 마니아 청년이 주인공인 게 있었다. 거리에서 발견한, 어쩐지 관심이 가는 사람을 따라가 집에 도착하는 모습을 지켜본다. 거기까지가 한 세트인데, 어느 날 우연히 뒤를 밟은 남자가 범죄와 관련된 운반책이었다. 그런데 미행을 들켜서 "누가 시킨 일이지?" 하고 격하게 추궁을 받았다. 미행이 취미라고 말해도 믿어주지 않아서 성가신 일에 말려든다는 내용이었다.

요시야는 모퉁이 상점의 유리문을 열고 안으로 들어갔다.

뜻밖이었던 것은, 그곳이 필자도 진보초 헌책방 순례를 마치고 곧잘 이용하는 L이라는 오래된 비어 레스토랑이었기 때문이다. 과거에 요시다 겐이치도 즐겨 다녔다는 곳이다.

아직 해가 지려면 멀었고 테이크아웃 카레도 있으면서 이런 시간에 레스토랑에 들어가다니. 혹시 누구를 만나나? 지금까지 시간을 때운 것은 여기서 약속이 있었기 때문인지도 모르겠다.

필자는 레스토랑 앞에 서서 유리 벽 너머 2층을 바라봤다. 이곳은 2층이 테이블석이다.

어쩌지? 미행을 중단하나, 그가 누구를 만나는지 확인하나?

잠깐 망설였지만 테이블도 많고 이른 오후부터 술을 마시는 손님도 많은 곳이라 들어가기로 했다.

2층으로 올라가자 창가 테이블에 앉은 요시야가 보였다. 그는 혼자 있었다. 상대방은 아직 오지 않았나 보다.

레스토랑은 안쪽 자리를 중심으로 삼분의 일 정도가 차 있었다. 필자는 눈에 띄지 않게 얼굴을 돌리며 어디쯤 앉을까 생각했다.

그런데 요시야가 이쪽을 보며 손을 크게 흔들었다. 움찔해서 저도 모르게 뒤를 돌아봤다. 누가 왔구나 생각했기 때문이다.

그러나 뒤에 아무도 없었다. 허둥지둥 다시 요시야 쪽으로 고개를 돌리자 그는 역시 이쪽을 향해 손을 흔들고 있었다.

입을 딱 벌리고 있으려니 요시야가 "K씨, 여기요, 여기" 하며 필자의 이름을 큰 소리로 불렀다.

순간 귀를 의심했지만 그는 한 손으로 손짓을 하며 다른 한 손으로 "여기요, 여기" 하고 자신의 맞은편 자리를 가리켰다.

이제 와서 도망칠 수도 없으니 필자는 주뼛주뼛 그에게 다가갔다.

"안녕하세요." 얼빠진 인사를 했다. "오랜만입니다. 이런 우연이 다 있네요."

"요새 B에선 못 만나는군요."

요시야는 온화하게 말했다.

"저, 다른 분하고 약속이 있으신 게 아닌가요?"

맞은편에 앉아 주위를 두리번거렸다.

"네, 있죠."

요시야는 고개를 크게 끄덕였다. 필자는 당황해서 엉거주춤 일어섰다.

"그럼 여기 앉으면 안 되겠네요."

"괜찮습니다. K씨하고 약속한 거니까."

"네?"

요시야를 보자 기묘한 웃음을 띠고 있었다.

"K씨, 제 뒤를 밟으셨죠? 저도 슬슬 술 생각이 나던 참이라 여기서 기다리기로 한 겁니다."

필자는 할 말을 잃었다.

"아, 저, 저기. 절대 수상한 생각을 한 건 아니고요. 물론 충분히 수상하겠지만요."

쩔쩔매는 필자의 뇌리에 영화 속에서 미행 마니아라고 고백하는 청년의 모습이 떠올랐다.

아뇨, 저는 미행 마니아도 아니에요. 정말로 우연히 당신을 발견하고 충동적으로 따라가보자고 생각했을 뿐…… 정말로 이번이 처음이었습니다. 당신이 아니었다면 따라갈 생각을 했을지조차 의심스러운걸요.

"네, 알죠. 비난하려는 게 아닙니다. 모처럼 만났으니까 같이 한 잔하자고 생각한 것뿐입니다."

요시야는 상관하지 않고 메뉴를 내밀고는 웨이터를 불렀다.

필자는 체념하고 당당하게 나가기로 했다.

"언제 눈치채셨죠?"

"도회지에 많고 시골에는 적은 게 뭘까요?"

질문에 질문으로 답하는 바람에 당혹했다.

"네? 사람인가요?"

맨 처음 떠오른 답을 말했다.

"네, 그것도 있죠." 요시야는 웃음을 띤 채 고개를 끄덕였다. "하지만 제 생각에 시골에선 별로 찾아볼 수 없는데 도회지에 압도적으로 많은 것, 그건 거울이랍니다."

"거울?"

의표를 찔렀다.

"상점이라든지 건물이라든지 꼭 거울이 있잖습니까. 거울이 아니라도 유리가 있으면 거울 역할을 하죠. 모퉁이 헌책방에서 가게 안 거울로 밖에서 책을 보는 K씨가 보였거든요. 그래서 알았습니다."

"그랬군요."

필자는 머리를 긁적이며 속으로 식은땀을 흘렸다. 무수한 시선. 그건 도시를 뒤덮은 무수한 거울 속에 숨어 반사되고 이리저리 날아다닌다. 요시야를 감시한답시고 되레 요시야에게 감시를 당한 것이다.

"죄송합니다. 나쁜 뜻은 없었어요. 웬일로 여기서 만나네 싶어서 대체 어디 가는 걸까 궁금해져서⋯⋯."

"후후후, 미행당하는 것도 꽤 즐겁던데요. 어디 한번 따돌려볼까, 뛰면 어떻게 할까 생각하고 말이죠."

"그럼 횡단보도를 건넜을 때 시험하신 건가요?"

"네, 뭐."

"용케 알아채셨네요. 설마 눈치채셨을 줄은 몰랐어요."

"전 거울에 민감하거든요. 언제나 어디에 거울이 있나 눈여겨보는 버릇이 있죠. 흡혈귀와 거울은 옛날부터 인연이 있으니까요."

요시야는 빙긋 웃고는 바로 곁에 있는, 천장까지 이어지는 창유리에 손을 가볍게 댔다.

Piece 8

덴구와 성터

도쿄는 넓다.

　눈 아래 펼쳐지는 간토 평야를 바라보며 그런 감개에 젖는다.

　신주쿠에서 이런 산속까지 한 시간도 채 걸리지 않았다.

"일본은 역시 산이 많은 나라라니까. 어디에 있으나 차로 삼십 분만 가면 산속인걸."

옆에 있는 사람은 최근 등산인으로서도 활동중인 B코다.

물론 조건반사적으로 담뱃불을 붙이고 있다.

가끔씩 휴가를 얻어 혼자 산에 올라서는, 남은 일이 끝나지 않아 미칠 지경인데 된장 어묵을 먹고 있다느니, 메밀국수를 먹었다느니, 낙엽이 예쁘다느니, 멋대로 사진까지 곁들여 휴대전화로 실황중계를 한다.

B코는 재미있는 여자다. 굳이 따지자면 마니악한 인상이건만, 대중성도 확실하게 겸비했다고 할지 시대의 추세를 따른 대상에 관심을 갖는다. 마음 내키는 대로 행동하는데 그게 항상 세상 사람들의 최대공약수와 일치한다. 이런 사람이 유행이나 시대의 흐름을 만들지 싶다. 후지코 F. 후지오의 만화 중에 항상 일본 국민의 평균치, 다수에 속하는 것을 선택하는 가정이 있어서 큰 마케팅 회사가 그 가정을 모니터링한다는 단편이 있었다. B코가 그렇다는 말은 아니지만, 의식하지 않아도 꼭 다수파를 선택하는 가족은 어딘가에 있을 것 같다.

그녀는 떡 버티고 서서 연신 고개를 끄덕였다.

"미슐랭 별 세 개, 다카오 산이라. 분하지만 그 인간들 하여간 쾌적한 장소를 찾아내는 재주가 있다니까. 도심에서 가까우면서 삼림욕도 할 수 있고 설비도 갖춰져 있고."

"타이어도 만들고 말이지. 우리 덴구 도그 먹자."

타고난 게으름뱅이인 필자는 케이블카로 전망대까지 올라온 것만으로 만족해서, 신심 깊은 사람들이 도쿠가와 이에야스에게 참배하러 가는 것도 아랑곳하지 않고 바로 휴게소로 향했다.

"다카오 산 하면 덴구지."

"뭐, 수험도修験道의 산이니까."

역에도 거대한 덴구 가면이 있었다.

길이가 보통의 두 배는 되는 소시지가 빵 양끝으로 삐져나온 거대한 핫도그가 나왔다.

"전부터 이상했는데" 필자는 겨자와 케첩을 대량으로 치며 중얼거렸다. "덴구란 건 대체 뭘 비유한 걸까."

B코가 핫도그를 베어 물며 대답했다.

"일반적으로는 불그스름한 얼굴에 코가 크고 길다는 홍모인紅毛人, 그러니까 네덜란드 사람이나 포르투갈 사람이지, 그쪽 사람을 말하는 거라고 이야기되는데. 아닐까?"

"글쎄, 그것도 일리는 있다고 생각하지만 덴구는 산 위에 살잖아? 게다가 그 모습은 그거, 행각승이지. 네덜란드 사람이랑 행각승이 어떻게 연결되는 건지 잘 모르겠거든. 아닌 게 아니라 네덜란드 사람은 덩치가 크긴 하지만. 남자 평균 신장이 세계에서 제일 큰 게 네덜란드 사람 아니던가? 네덜란드 사람이 큰 건 국토 대부분이 제로 미터 지대라서 높은 곳이 없으니까 계속 발돋움을 해서 그런 거라고 진지하게 생각하는데 아닐까?"

B코는 웃음을 터뜨렸다.

"그럴 리 있어?"

"웬걸, 필요는 발명의 어머니라고."

덴구 도그를 다 먹고 우리는 하산하기로 했다. 오늘 목적은 다카오 산이 아니라 하치오지다.

하치오지라는 장소에 전부터 흥미가 있었다. 과거 도쿄 도의 절과 신사 중 상당수가 집중돼 있었다고 해서, 교통의 요충지이자 성지이기도 했다는 사실에 관심이 생긴 것이다.

하지만 현재는 절과 신사의 대부분이 사라졌고 사적은 하치오지 성의 옛 성터가 남아 있는 정도라고 한다. 성을 축성한 호조 우지테루는 공성攻城에 능했던 터라 지키는 쪽에도 최적의 지형을 찾아 경사가 가파른 산속에 성을 지었다. 그러나 도요토미 군의 처참하기 그지없는 대공세 앞에 성은 한나절 만에 함락돼서 희생자는 일천 명 남짓, 아녀자도 모두 자해했고 강물은 사흘 낮 사흘 밤 피로 물들어 있었다고 한다.

평일에 찾은 하치오지 성터는 사람이 거의 없었다. 재현된 돌담과 다리는 근사하고, 외부로부터 성을 감춰주는 계곡 지형을 교묘하게 이용한 것이 명백했다. 일본 100대 성으로 도쿄 도에서는 에도 성 외에 유일하게 선택됐다는 것도 납득할 수 있었다.

공원을 정비하는 중인지 곳곳에서 공사를 하고 있었다. 비명에 죽은 무장이 '우지테루 군'이라는 2등신 캐릭터가 된 것을 보고 말문이 막혔다. 모든 권위를 '귀여움'이라는 명분 아래 끌어내리는 일본인의 무시무시한 악력에는 송구스럽다 못해 감탄하게 된다. 그 엄청난 악력을 정치나 외교나 다른 곳에 써주면 좋겠는데, 어째서 그 방면으로는 전혀 활용되지 않는 건지 알 수 없다.

하지만 의외로 높은 곳에 위치한 우지테루의 묘는 비명에 간 그의 죽음에 어울리게 고요하고 어딘지 모르게 기이한 박력이 있었다. 주위에 있는 가신들의 무덤도 이끼가 껴서 무상함을 느끼게 했다.

"다리가 막 후들거리는데."

"무릎 들어올리기 일백 회였어."

비슬비슬 떠났을 때는 이미 해가 기울어가고 있었다. 산속에서는 날이 빨리 저문다.

그래도 조금 시간이 있기에 근처에 있는 무사시노 능陵에 들르기로 했다.

쇼와 일왕의 영묘다.

신궁이라는 곳에 여기저기 다녀봤지만 이 정도로 생긴 지 얼마 안 된 무덤을 본 것은 처음이었다. 말이 얼마 안 됐지, 헤이세이 연호가 시작된 지 벌써 사반세기라는 생각을 하고 경악했다.

휴지 조각 하나 떨어져 있지 않은 가지런한 참배길. 울창한 숲 속으로 이어지는 참배길은 폭이 넓고 자갈을 깐 양옆으로 포장길도 있었다.

왕궁 경찰 대기소에 불빛이 흐릿하게 들어와 있는 곳은 마치 마그리트의 그림 〈빛의 제국〉을 보는 느낌이었다. 낮인데도 어딘지 모르게 어둠을 내포하는 곳. 그건 능 자체의 인상이기도 했다. 거대한 도리이 너머에 울타리로 둘러싸여 우뚝 솟은 능은 그야말로 '숨는다'일본에서 신분이 높은 사람의 죽음을 '숨는다'고 표현한다는 말을 실감하게 해주었다. 공기는 묘하게 건조한데 무덤 속에 원초적인 어둠을 감춘 게 느껴진다.

뜻밖에 참배객이 있었다. 그것도 개인으로 온 듯 보여서 이상했다.

참배길을 되돌아가 입구 광장으로 나와서 거대한 문밖에 파출소의 붉은 조명을 봤을 때는 필자도 B코도 어딘지 모르게 꿈을 꾸는 것 같은, 여우에게 홀린 기분이었다.

왠지 모르게 잠자코 얼굴을 마주 봤다.

"뭔가 좀 이상했지."

"꼭 에어포켓 같지. 평행 우주에 갔다 온 느낌. 요즘 세상에 이런 세계도 있구나."

일왕의 묘가 있는 도시, 도쿄.

B코는 밖으로 나오기 무섭게 담배에 불을 붙였다. 휴대전화로 택시를 불렀다.

"아이고야, 담배라도 한 대 피우면서 정신을 차려야지."

그녀가 그렇게 말하고 싶은 기분을 알 수 있을 듯했다.

"지난번에 마사카도의 머리 무덤에 갔잖아?" B코는 재주 좋게 연기를 뱉으며 불현듯 중얼거렸다. "그 머리 무덤, 왕궁에서 보면 귀문 방향이란 말이지. 그런데 최근에 책에서 봤는데 왕궁 안에서 공사를 할 때마다 거처가 조금씩 남서쪽으로 이동한대. 일왕 입장에선 마사카도는 딱 역적이잖아. 그러니까 어떻게든 무덤에서 멀어지려고 건물이 움직인다나봐."

"그거 재미있네."

헤이안 시대 귀족 차림을 한 남녀가 살금살금 멀어져가는 모습을 상상했다.

"어쨌거나 도쿄의 그랜드 디자인은 꽤 오래전에 완성됐다는 이야기야. 지금도 거기에 따라 살고 있는 거지."

"이에야스랑 덴카이 승정의 도시계획으로."

"도쿄는 계획 없이 마구잡이로 만들어졌다고들 하지만, 처음엔 역시 주술적으로도 디자인을 생각했을 거야. 고대 일본이 그렇게 여러 번 천도를 한 것도 그래서잖아."

"미국 수도 워싱턴도 영적으로 설계됐다는 소설이 있지 않았나?"

"점성술로 디자인했다는 그거 말이지?"

택시를 탄 우리는 하치오지 중심가로 돌아왔다. 그곳에 오늘 코스의 최종 목적지가 있다.

하치오지는 큰 도시였다. 지방의 현청 소재지 같은 인상을 받았다. 다시 말해 역사가 오래됐고 그 지역 내에서 기능이 완결된다는 뜻이다.

교통의 요충지였던 만큼 가도街道의 이름이 전부 고색창연하고 무게 있다. 야엔野猿 가도라는 이름에는 놀랐다. 대체 얼마만큼 산속이었던 건가 싶은 이름이다.

필자가 또 한 가지 보고 싶었던 것은 하치만 야쿠모 신사였다. 두 신사가 합병했기 때문에 도구가 모두 두 개씩 있다는 신사다.

그 신사는 번화가를 벗어난 외곽에 있었다. 운이 트이게 해주는 신사로 유명한 듯 이런저런 효험이 있다고 광고하고 있었다.

안으로 들어가려다가 건물을 얼핏 보고 어안이 벙벙했다.

"이거……."

B코를 보니 그녀도 같은 인상을 받은 듯했다.

"딱 냐로메네."

정면에서 본 인상이 말 그대로 아카쓰카 후지오의 만화에 나오는 고양이 냐로메의 얼굴과 똑같았다. 눈 부분에 해당되는 곳에 박공이 있고, 좌우 지붕의 위로 젖혀진 부분이 볼이다. 박공의 널과 서까래를 붉은색으로 칠한 것도 냐로메를 연상시켰다.

곧장 가니 안이 보였다.

좌우대칭이 완벽했다. 거울과 비쭈기나무도 둘씩 나란히 있다.

대륙이나 한반도에서 건조물은 완벽한 대칭을 이룬다. 반면 일본의 신사는 건조물 자체가 대체로 비대칭적이다. 이런 식으로 대칭을 이루는 신사는 의외로 흔치 않다.

하치만 님은 전국 방방곡곡에 있는 데 비해서는 수수께끼가 많은 신인데, 필자도 관심을 갖고 있다. 제철 기술의 전파와 깊은 관련이 있다는 것은 명백하며, 신불습합일본 전통신앙인 신도와 유입된 불교가 융합한 신앙 형태도 이 신을 권청하려고 각지의 절과 신사에서 움직인 게 발단이었다.

메이지 시대에 '철은 곧 국가다'의 상징이 하치만 제철소였다는 것도 흥미롭다. 철, 국가, 전쟁의 연결이 과거에 이미 여러 차례 반복된 것이다.

손을 딱딱 마주치며 기도했다.

최근 어디를 가도 〈에피타프 도쿄〉를 완성할 수 있게 해달라고 기도를 드리게 된다.

날이 저물어 음식점의 불빛이 서서히 늘어갔다.

"아이고야, 이거저거 많이 봤네."

"신이 한가득. 역시 일본의 성스러운 숫자는 8이구나 _{하치만, 야쿠모} 모두 여덟팔자가 들어간다."

"덴구의 정체는 결국 알 수 없었지만."

"갈 때 아즈사 타고 가자."

특급 아즈사의 운행 시간은 미리 알아났다.

번화가에 위치한, 감탄이 나올 만큼 완벽한 영국풍 펍에 들어갔다. 다카오 산, 하치오지 성, 무사시노 능, 하치만 야쿠모 신사라는 코스의 끝마무리로 브리티시 펍은 어울리는 것도 같고 안 어울리는 것도 같고.

문득 생각났다.

"해피아워는 일본에서 말하는 '마물과 마주치는 시간'이지."

B코가 의표를 찔린 표정을 지었다.

그 얼굴이 벽에 걸린 앤티크풍 거울에 비쳤다. 다른 각도에서 보는 B코는 어쩐지 다른 사람처럼 보였다.

"그럴지도 몰라. 그래서 마물을 만나지 않도록 술로 정화를 하는 거야. 정화하자, 정화."

필자는 왜 그런지 거울에서 눈을 뗄 수 없었다.

거울 속의 B코가 술을 주문하고 있었다.

무사시노 능에서 마그리트의 그림을 떠올렸던 게 생각났다.

어둠을 내포한다. 그건 이 거리뿐 아니라 이 거대한 도시 어디에나 공통되는 사실일지도 모르겠다.

Piece 9

●

도쿄 기념품

주르르 늘어선 모형 장난감 같은 흰 차량.

해안도로변에 위치한 널따란 차고에 장난감 같은 신칸센 차체가 끝이 보이지 않을 만큼 무수히 늘어서 있었다.

철도 마니아가 아니라도 신칸센 차체는 보고 있으면 즐거운 법이라, 택시 창문에 들러붙어 즐비하게 늘어선 '노조미'며 '히카리' 도쿄에서 오사카, 하쿠타 간을 운행하는 신칸센 열차의 애칭를 넋을 놓고 바라봤다.

연말이 다가와 분주한 섣달의 도쿄를 통과해 신칸센 차고를 곁눈으로 바라보며 필자가 가는 곳은 하네다 공항이었다.

하늘이 점점 넓어졌다.

구름 하나 없는 전형적인 서고동저, 도쿄의 겨울 하늘이다.

거대한 창고 지역을 지나자 바다가 다가왔다. 도로를 따라 크게 커브를 돌면 하네다 공항이다.

"JAL인가요, ANA인가요? 어느 쪽 터미널에 차를 댈까요?"

그렇게 묻는 택시 기사에게 필자는 고개를 내저었다.

"아뇨, T 호텔로 가주세요."

비행기를 타려는 게 아니다. 공항에 인접한 호텔에서 누구를 만나기로 약속했다.

어렸을 때 살았던 호쿠리쿠의 지방 신문에서 신년 특집을 위한 3인 좌담을 의뢰해왔다. 필자 외의 두 사람도 그 지역 출신이었지만, 한 명은 수도권에 사는 데다 필자에게 마감이 코앞에 닥친 원고가 여러 개 있었던 탓에 급거 하네다에서 만나게 된 것이다.

필자는 비행기를 타는 것은 아주 질색이지만 공항이라는 장소는 싫지 않다. 열린 느낌, 그야말로 하늘의 현관이라는, 세계와 연결된 느낌이 여정을 불러일으킨다.

하네다 공항은 마침 국제선 터미널이 신설(아니, 대부활이라고 해야 할까)돼서 식당가와 기념품 상점이 작심하고 갖춰져 있었다.

새로워지고 나서 한 번 가봤는데, 번쩍번쩍 광나는 거대한 쇼핑몰 같은 게 이전의 아담한 터미널을 생각하면 격세지감이 느껴졌다(사실 몇 년 전 작은 시골 기차역 같은 하얀 건물에 INTER-

NATIONAL AIRPORT라고 쓴 간판이 붙은 것을 봤을 때는 무슨 농담인가 싶었다). JR 동일본이 당시 상업 시설로 과세되지 않았던 역 구내 상점가를 소위 에키나카驛內 비즈니스로 개발하기 시작했을 때와 비슷한 기합이 느껴졌다. 다시 말해 손님을 절대로 여기서 못 내보낸다. 기어코 여기서 돈을 쓰게 하겠다는 굳은 의지다.

하네다 앞바다에서 날아오른 기체가 이 또한 장난감처럼 잇따라 대각선으로 상승했다.

무서운 이야기를 들은 적이 있다.

실은 비행기가 어떻게 나는 건지 지금도 아는 사람이 아무도 없다는 것이다. 부력이니 장력 같은 이론으로 일단 설명되기는 하지만, 전문가에 따르면 사실 그것만으로는 설명할 수 없는 뭔가로 비행기가 난다는 모양이다.

맙소사. 그래도 되는 건가.

일정한 간격을 두고 날아가는 비행기를 믿을 수 없는 심정으로 올려다봤다.

전부터 비행기를 볼 때마다 느꼈던 석연치 않음과 부조리함은 거기에 기인한다고 확신했다.

애초에 인간도 어떤 동력으로, 어떻게 해서 활동하는지 아무도 모르는데 마찬가지 아니냐는 말을 들은 적이 있는데, 그 둘은 종류가 다르다고 생각한다.

그 이야기를 들은 뒤로 비행기를 보면 멜리나 메르쿠리의 영화 〈일요일은 참으세요〉에 나오는 여자 주인공의 대사가 반사적으로 생각나게 됐다.

"새를 봐요. 새는 악보를 못 읽지만 결코 노래하기를 그만두지 않죠."

납작하고 기름한 터미널이 보였다.

호텔의 로고가 눈에 띄었다. 터미널에 인접했다기보다 거의 터미널의 일부다.

공항이라는 장소는 가까이 갈수록 맥박이 빨라진다. 대부분은 비행기 공포증 탓이지만 아주 조금은 '여기가 아닌 어딘가'에 갈 수 있는 곳이라는 설렘도 섞여 있는 것 같다.

택시 요금을 세면서 옆에 놓아둔 과자가 든 커다란 종이봉투를 챙겼다.

안 그래도 바쁜 기업 경영자 두 사람과 지방지 기자들에게 연휴가 시작되기까지 얼마 남지 않은 섣달 이 시기에 일부러 하네다까지 왔다가 바로 돌아가게 하는 셈이니, 도쿄 기념품이라도 선물하자고 생각했다.

하지만 도쿄 기념품은 좋은데 요즘 세상에 대체 뭘 택하면 되는지, 뭐가 도쿄 기념품인지. 아주 고민이었다.

바야흐로 유통망은 전국 방방곡곡 미치지 않는 곳이 없어서,

통판이나 직접 주문이라는 형태로 국내라면 대개의 경우 하루 만에 상품이 집으로 배달된다. 그곳에 가야만 입수할 수 있는 물건이 많지 않아진 것이다.

받는 사람이 누구냐에 따라서도 달라진다.

나이는 몇 살인가, 술은 마시나, 출신지는, 하는 일은, 아이는 있나, 생활 스타일은 등등.

어느 정도 사회적 지위가 있는 남자에게는 본인보다 부인이 좋아할 만한 선물을 고른다. 본인은 접대나 거래처 사람과의 만남 등으로 맛있는 음식을 먹을 기회가 많기 쉬운 데다, 그런 인물은 대개 아내의 내조 덕을 보고 있기 때문이다.

여자의 경우는 대체로 먹을 것을 잘 아는 데다 특히 직업을 가진 사람은 유행에도 민감한지라, 센스 있는 것을 고르려고 애쓴다. 나이가 좀 있는 여자라면 너무 세련된 것보다 먹기 쉽고 맛이 편안한 게 좋다.

회사원 시절 고객에게 명절 선물을 보낼 때는 몰랐는데, 개인적으로 보내게 되면서 깨달은 게 있다. 선물은 물론 상대방이 좋아할 만한 것을 주지만, 심리적으로는 상대방보다 자신의 만족을 위한 부분이 크다는 사실이다.

받는 사람에 따라서는 "뭐 이런 걸 다"라는 이도 있지만, 도와주는 셈치고 받아달라고 이쪽에서 부탁한 적도 있을 정도다.

일본인의 선물론에 관해서는 과거 여러 곳에서 다뤄졌지만, 결국에는 선물함으로써 자기 마음이 편해지기 때문인 것 같다. 휴가 끝나고 출근할 때 직장에 가져가는 선물이 가장 큰 예일 것이다. 예전에는 왜 하와이 여행 선물이 립스틱이나 향수인지 도무지 이해할 수 없었다. 면세점이라는 시스템을 몰랐던 것이다.

필자는 단것을 좋아하지는 않지만 과자를 선물로 들고 가는 것을 좋아한다.

과자를 사는 일은 즐겁다. 과자 자체가 눈으로 보기에 아름다운 데다, 포장 디자인도 요새 점점 더 세련돼져서 미술 공예품을 들고 걷는 기분이다(그래서 선물로 과자를 받으면 상자와 깡통을 못 버리겠다). 과자를 사면 확실히 뇌내에 쾌락 물질이 분비된다.

백화점 지하 과자 매장에 발을 들여놓으면 과자가 하도 많아서 현기증이 날 정도다. 찬찬히 구경하고 다니다 보면 점점 고를 수 없게 돼서 정말로 머리가 어질어질해진다. 필자만 고민하는 게 아닌 듯, 선물을 고르지 못해 우왕좌왕하는 직장인을 보곤 한다.

회사원 시절, 거래처를 방문할 때 종종 자비自費로 과자를 사들고 갔다. 어떤 회사든 영업사원이 자리를 비운 동안 사무실을 지켜주고 실제로 사무 업무를 처리하는 사람은 여자 직원이다. 그들이 선호하는 것은 간단히 돌릴 수 있고 포크니 접시를 걱정하지 않아도 되는, 그러면서 화제성이 있는 것이다.

도쿄의 과자점 중에는 사람들이 선물할 때만 찾는 가게가 몇 곳 있다. 누구나 먹어봤지만 선물로밖에 본 적이 없는 과자. 반대로 산 적은 있지만 평소 자기가 먹을 용으로는 사지 않는 과자. 어느 쪽이든 '선물'이라는 기호에 특화된 과자다.

이런 과자는 두 종류가 있다.

줘서 기쁘고 받아서 기쁜, 그야말로 선물의 왕도이자 기본인 과자. 선물용으로 살 때 작은 사이즈를 자기 것으로 같이 사기도 한다.

또 하나는 너무나도 기호화돼서 '선물했다'라는 증거로만 기능하는 과자. 이쪽은 자기 것은 사지 않는다. 직장에 있으면 가끔은 집어 먹지만 먹으려고 일부러 사러 가지는 않는 과자다.

당연히 후자는 받은 쪽에서 좋게 평가하지 않는다. 필자가 직장에 다니던 때는 은밀히 후자의 목록이 존재해서, '이 목록에 있는 과자를 준 거래처는 센스가 없다고 보고 이후 미묘하게 대우 수준을 낮춘다'라는 불문율이 여자 사무원들 사이에 존재했다. 기껏 선물을 들고 갔는데 역효과인 셈이니 직장인 여러분은 유념하시도록.

이번에는 어떻게 할까 고민했다.

너무 부피가 크지 않은 것. 어느 정도 두고 먹을 수 있는 것. 그리고 도쿄스러운 것.

생각 끝에 에도 느낌이 나는 것과 수입 양과자의 조합으로 정했다.

더 생각한 끝에 센베와 초콜릿 세트라는 답을 도출해냈다.

센베 → 새해도 얼마 남지 않았으니 대략 명절 느낌에 에도스러운, 가부키 좌에도 입점한 긴자의 유명 점포 것.

초콜릿 → 벨기에 초콜릿. 최근 여러 제조사 것이 일본에 수입되지만 호쿠리쿠에는 아직 지점이 없는 것.

그렇게 정리하고 한 번에 둘 다 살 수 있는 곳을 인터넷으로 검색했다.

집에서 해야 할 일이 하도 많아서 나간 김에 다른 볼일도 한꺼번에 처리해야 했다. 매년 12월이면 師走 일본어로 '시와스'라 읽고 '섣달'을 의미한다가 얼마나 딱 맞는 이름인지 실감한다. 연말은 어째서 이렇게 할 일이 많은 걸까.

조사 결과, 긴자에 있는 백화점과 도쿄 역을 돌면 과자 사기와 연말의 볼일을 한 번에 처리할 수 있다는 게 판명됐다.

섣달에 들어서부터 평일에는 내내 집에 틀어박혀 일만 했기 때문에 주말에 도쿄 역이 어떨지 깊이 생각해보지 않고 간 필자가 어리석었다.

평소 사람이 많이 모인 곳에 되도록 가까이 가지 않는데, 그곳에는 수도권 인구 삼천칠백만 명의 존재를 증명이라도 하듯 이 순간 도쿄 역 구내에 대체 몇 명이나 있는 건가 싶을 만큼 사람이 많았다.

얼마 동안 오지 않은 사이에 야에스에서 역 구내에 이르는 상점가가 거대화돼서, 찾아갈 가게가 몇 층 어느 위치에 있는지 그것부터 알 수 없었다.

안내 센터에 있는 여자 직원에게 물은 결과, 필자가 찾는 곳은 '역내'에 있어서 입장권을 사야 한다는 사실이 판명됐다. 입장권을 사서 상점가에 간다는 것도 묘한 기분이었지만, 발을 들여놓은 순간 상점이 너무 많고 사람이 너무 많아서 압도됐다.

곳곳에 과자를 사려고 사람들이 줄을 서 있었는데, 대체 무슨 줄인지 통 알 수 없었다. 줄 앞에 커다란 흰색 상자가 쌓여 있고 다들 차례대로 받아가는데, 상자에 뭐가 들었는지 알 수 없는 데다 간판에 적힌 가게 이름도 처음 듣는 것이었다.

그렇지 않아도 유행에 어두운 필자는 특히 과자나 선물의 유행에는 전혀 따라가지 못하는 터라, 처음 보는 회사의 보이지 않는 과자를 사려고 줄을 선 사람들이 외계인처럼 보였다. 미로 같은 역 구내를 멍하니 헤매다가 우연히 원하는 가게에 다다랐다.

이곳에서도 또 뭐가 무슨 줄인지 알 수 없는 행렬이 통로에 구불구불 이어져 있고, 열차를 타려는 승객들도 분주하게 오가고 있어서 엄청난 속도감에 따라갈 수 없었다.

이미 연말의 민족 대이동이 시작된 것이다. 일본인의 선물 구매 욕구에 압도되어 가까스로 인파를 뚫고 원하는 과자를 구입했을 때는 녹초가 돼 있었다.

호텔에서 다른 사람들과 합류하자, 대뜸 "진짜로 태평양 쪽은 건조하군요. 우리가 출발했을 때 눈이 오고 있었는데요"라고 했다. 어렸을 때 살았던 호쿠리쿠의 무거운 눈과 볕이 없는 나날이 생각났다.

좌담은 더없이 차분하게 진행되어 예정된 시간에 무사히 끝났다. 필자의 도쿄 기념품과 호쿠리쿠 기념품이 엄숙하게 교환됐다. 호쿠리쿠 기념품은 명산인 송어 초밥과 전통 과자, 이 역시 단맛과 짠맛의 조합이었다.

동지가 얼마 남지 않아 공항에서 떠날 때 이미 날이 어두워지고 있었다.

도심으로 향하는 차창을 바라보고 있노라면 언제나 이십대 중반 학창 시절 친구들과 함께 보낸 어느 날 저녁이 생각난다.

도쿄 디즈니랜드가 생긴 지 몇 년 됐을 때였다. 친구 차를 타고 다 같이 가서 하루 놀고 밤에 돌아왔다.

수도 고속도로에서 보이는 도쿄의 야경. 거품 경제의 입구에서 있던 당시, 무한한 발전과 상승만이 눈앞에 있었다. 도쿄의 야경은 그것을 상징하듯 화려한 보석 상자처럼 반짝였다.

다들 환성을 지르며 넋 놓고 바라보는데 누가 말했다.

이게 바로 도쿄 디즈니랜드다, 진짜 도쿄 디즈니랜드는 아까 우리가 놀았던 그곳이 아니라 눈앞에 펼쳐진 이쪽이다, 라고.

〈에피타프 도쿄〉 1막 1장에서

무대 위는 어둡고 옆쪽에서 희미한 빛이 비쳐 사람이 있는 것을 알 수 있는 정도. 사람은 움직이지 않고 가만있다.

존 콜트레인의 〈마이 페이버릿 싱스〉가 흐른다. 도입부에서 일 분 십구 초 지난 곳에서 갑자기 그치고, 초인종이 울리면서 무대가 밝아진다.

어느 집 부엌이다. 중앙에 커다란 테이블. 뒤쪽 벽에 무늬가 인상적인 커다란 태피스트리가 걸려 있다.

테이블을 둘러싸고 A와 B, C, D, 네 여자(사십대에서 육십대 초반)가 선 채로 커다란 볼 몇 개에서 반찬을 각각 밀폐 용기에 나눠 담고 있다. 창가 휠체어에서 노부인 E가 꾸벅꾸벅 졸고 있다. 젊은 여자 F가 그 곁에서 뭐라 말을 걸고 있다.

A 문 열려 있어. (소리친다)

B (인터폰에 제일 가까이 있던 B, 인터폰으로 다가가) 열려 있어.

문이 열리고 여자 G가 들어온다. 숄더백을 어깨에 메고 손에는 흰 비닐
봉지와 케이크 상자. 케이크 상자는 테이블 한옆에 놓고 비닐봉지를 내
민다.

G 자, 선물.

B 고마워. 뭔데? (봉지를 들여다본다) 어머, 석류네. 오랜만이다.

G 그렇지? 모퉁이 슈퍼에 잔뜩 쌓여 있길래 어쩐지 사고 싶어져서.

B 맛있겠네. 오늘 디저트로 담아볼까? 손님도 좋아하지 않을까?

C 어떻게 담게? 꽤 큰데. 한 개씩?

A 세상에, 한 개씩이라니. 우리 손님은 다 못 먹을걸. 껍질 벗기는
   것도 쉽지 않고. 넣으려면 쪼개서 넣어야지.

B 석류는 어떻게 까더라? 하도 오랜만이라 잊어버렸어.

F 물에 담가서 까면 좋아요.

모두 F를 쳐다본다.

A 젊은 사람이 별걸 다 아네.

F 저번에 마침 석류가 생겨서 껍질을 어떻게 까나 알아봤거든요. 그

랬더니 유튜브에 있더라고요.

B   물속에서 어떻게 하는데?

F   우선 제일 두꺼운 부분에 빙 둘러서 칼집을 넣어요. 그러고 나서
     물을 받은 볼 속에서 쪼개면 위아래로 갈라지죠. 그럼 알맹이를
     꺼내는 거예요.

B   일단 싱크대에서 하나 해볼까?

C   그래.

A, B, C, 객석을 등지고 테이블 반대편에 있는 싱크대 앞에 나란히 서서
작업.

B   진짜 깔끔하게 까지네.

C   맞아, 이랬어.

A   헉, 즙이 꽤 튀는데.

B   정말. 꼭 피 같아.

A   어째 시체를 해부하는 기분이네.

C   어머, 맛있다. 살도 단단하고.

B   그나저나 석류 씨가 이렇게 컸나? 먹을 게 별로 없네. 석류 주스
     는 너무 비싼 거 아닌가 했는데 납득했어. 하나 짜도 즙이 얼마
     안 나오겠는걸.

C   토막 시체는 왜 발견되는 걸까.

A 왜라니?

C 그렇잖아. 기껏 토막 냈으면 따로 싸서 음식물 쓰레기로라도 버리
  면 절대로 들킬 일 없을 것 같은데. 엄청 추운 날 쓰레기 수거하
  기 직전에 죽여서 토막 내면 냄새도 그렇게 나지 않을 거고, 요새
  소각로는 고온에서 태우니까 흔적이 전혀 안 남을 것 같거든.

C 그런 소설 있었는데. 도시락 공장에서 일하는 여자들이 그중 한
  명이 죽인 남편을 같이 해체한다는 거.

A 지방이 엄청나게 많다면서? 어디서 봤는데, 시대극에 몇십 명씩
  칼로 베는 장면이 나오지만 그거 거짓말이래. 두세 명만 베면 칼
  날이 이가 빠지는 데다가, 지방이 잔뜩 묻어서 칼이 무용지물이
  될 거라고 하지 뭐야.

B 옛날 사람은 지방이 얼마 없어서 그런 거 아냐? 먹는 것도 달랐
  고.

A 체지방률 7퍼센트라든지 말이지. 거의 운동선수급으로.

B 나 지난여름에 수박이 상했거든.

C 수박? 통째로?

B 응. 두 개 샀는데 상자에 들어 있었거든. 하나는 바로 먹었는데 어
  째선지 하나 더 있다는 걸 잊어버리는 바람에. 다 먹은 줄 알았어.

C 아까워라.

B 진짜 아까웠어. 그래서 생각나서 허둥지둥 잘라봤더니 벌써 못 먹
  겠더라고. 의외였던 게, 상했다기보다 수분이 없어져서 구멍이 숭

숭 난 거야, 수박이.

C 저런.

B 그래서 어쩔 수 없으니까 버리기로 했는데 그게 진짜 끔찍하지
   뭐야.

C 뭐가?

B 무게도 그렇고, 크기도 그렇고 딱 사람 머리만 하잖아?

A 헉, 토막 시체다.

B 응, 토막 시체를 버리는 기분이 이런 걸까 싶었어. 괜히 겁이 나
   선, 버리려다가 그만두고 결국 작게 잘라서 버렸어.

A 아파트 같은 층에 사는 여자를 죽여서 토막 내서 변기에 버린 남
   자가 있었지.

B 변기에 버릴 수 있는 크기라니 대체 얼마나 작게 자른 거지?

A 수사원도 힘들었겠어. 하수 배수구에서 파편을 찾았을 거 아냐?

C 헉, 싫다. 그런 걸 찾다니.

B 그보다 해체하는 장면을 상상하면……. (모두 비명)

G 자, 그쯤에서 일단 중지. 여러분, 일합시다.

모두 G를 본다. G는 어느새 문 근처에 놓여 있던 의자에 앉아 팔짱을 끼
고 다른 이들을 보고 있다.

A (한숨을 쉬며) 그래, 그러네. 여러분, 일합시다.

E와 G를 제외한 다섯 명이 케이크 상자가 놓인 테이블 한옆으로 모여 상자를 연다.

F   아, 맛있겠다.

B   오늘은 초콜릿 케이크네.

모두 가위바위보를 해서 이긴 사람부터 케이크를 꺼낸다. 그리고 선 채로 케이크를 먹기 시작한다.

F   가위바위보는 좀 그렇지 않나요?

G   그렇지 않느냐니, 뭐가?

F   가위바위보는 공평한가요?

G   공평하지 않은 거 같아?

F   글쎄요, 그렇지만 가위바위보에 강한 사람이 분명히 있잖아요.

G   그렇지만 결국 어디에 들어 있는지 모르니까 마찬가지 아닐까?

F   그럴지도 모르죠.

G   뭐하면 제비뽑기도 괜찮아. 1번부터 5번까지 숫자를 적어서.

F   괜찮아요. 이대로 해도 돼요.

G   불만이 있으면 말해줘.

F   아뇨, 없어요.

G   당신이 하려는 말도 이해해. 나도 전엔 그렇게 생각했거든. 하지

만 결국 지금 방식으로 굳어졌어. 그렇잖아. 이렇게 번거롭게 할

거 없이 직접 주문을 받아도 되는 거잖아?

A   그러게. 그냥 눈 가리고 아웅이지 뭐. 케이크를 고르는 차례를 우

연에 맡기는 것도, 누가 뽑힐지 알 수 없게 해놓는 것도.

F   아뇨, 전 방법을 말하려는 게 아니에요.

A   그럼 뭔데?

F, 대답하지 않고 잠자코 케이크를 먹는다. 다른 사람들도 케이크를 먹는

다. 이윽고 하나둘씩 케이크를 다 먹는다. 모두 케이크를 쌌던 포장지를

본다.

B   꽝.

C   나도.

A   아쉽다고 해야 하나.

F   (말없이 아무것도 쓰여 있지 않은 종이를 보여준다)

D   당첨이야.

D, 손안의 종이를 보며 중얼거린다. 모두 D를 주목한다.

A   어머, 자기 2연속이네.

C   재수 좋네.

B   그러게, 저번에도 그랬지. 저번 건 보수도 쏠쏠했고.

F   정말 재수가 좋은 걸까요.

모두 F를 본다.

G   (일어선다) 하고 싶은 말이 뭐야?

F   (D에게 손을 내민다) 보여주세요.

D   왜?

F   정말로 당첨 표시가 있는지 보고 싶어요.

G   뭘 이제 와서.

F   저 깨달았거든요. 모두가 '꽝'이라고 말하면 마지막 한 사람이 '당첨'일 거라고 다들 생각한다는 걸. 뒤집어서 말하면 케이크 다섯 개에 당첨 표시가 하나도 없어도 마지막 한 사람이 '당첨됐다'라고 말하면 당첨이 된다는 걸.

G   무슨 뜻이야?

F   당신이 특정한 사람한테 일을 맡기는 게 아니냐는 말이에요.

G   내가?

F   네. 당신이 그 사람하고 사전에 협의하면 그 사람한테 일을 맡기는 게 가능하다는 걸 깨달았어요. 우연을 가장해서, 우리 중 누군가한테 일이 돌아갈 것처럼 꾸미면서, 특정한 사람한테 일을 맡길 수 있다는 걸.

G   내가 왜 그래야 되는데?

F   그건 몰라요. 그 사람이 우연히 일을 맡은 것처럼 보이게 하고 싶
     은 걸 수도 있고, 그 사람한테 부탁을 받았는지도 모르죠.

G   이거 봐, 내가 그런 일을 했다간 일 자체가 없어진다고. 우리가 여
     기에 있는 이유가 근본부터 사라지는 거야.

F   (단호하게 고개를 끄덕이며 손을 다시 내민다) 맞아요. 그러니까
     보여주세요. 아니면 전 아무도 믿을 수 없어요.

D, 말없이 G와 마주 본다. G, 고개를 끄덕인다.

D, 종이를 펴서 사람들에게 내보인다.

한가운데에 빨간 펜으로 그린 별표.

D   어때? 이제 믿어주겠어?

시간 엄수

피아노 3중주 연주가 끝나고 청중이 성대한 박수를 보내고 있었다.

차이콥스키 피아노 3중주. 풀코스 뒤로 치즈가 나오고 또 나오는 것 같은 진하고 긴 곡이다. 이 까다로운 곡을 트리오는 소름 끼치는 박력으로 멋지게 연주해내 청중을 열광하게 했다.

그러나 박수로 앙코르를 청하면서도 차 시간을 신경 쓰는 청중이 여기저기서 일어나 빠른 걸음으로 출구로 향하는 모습이 2층에서 보였다. 느긋하게 박수하고 싶고 앙코르 곡도 듣고 싶지만 슬슬 나가지 않으면 차를 놓친다. 하지만 훌륭한 연주를 들려준 연주자가 아직 무대 위에 있는데 그들을 두고 나가고 싶지 않다.

그런 망설임마저 느껴지지만 역시 집에 가는 쪽이 중요하다고 몸을 굽혀 눈에 띄지 않게 통로로 나선다. 이 빠진 것처럼 객석에 빈자리가 늘어갔다.

도쿄의 콘서트는 대개 저녁 7시에 시작해서 9시경에 끝난다.

야근과 잡무가 많은 일본 직장인이 가까스로 맞출 수 있는 시각이고, 멀리서 온 청중이 가까스로 집에 가서 다음 날을 준비할 수 있는 시각이기도 하다.

필자는 콘서트에서 앙코르 박수를 할 때 늘 일본의 철도를 생각하게 된다.

일본의 철도가 시간표대로 정확하게 운행된다는 것은 세계적으로 널리 알려져 있는데, 반대로 말하자면 세계적으로 철도는 예정대로 운행되지 않는 게 당연하다는 사실도 일본에 널리 알려지게 됐다. 철도 시간이 이렇게 정확해진 것은 종전 후 일왕 폐하의 전국 유행遊幸이 계기가 됐다고 이야기되는데, 전후 부흥과 고도성장기에 대량으로 증가한 노동자를 회사까지 실어 날라 정시부터 일하게 하려면 철도도 시간을 엄수해야 한다, 그래야 산업이 제대로 돌아간다 하는 사정이 더 크지 않았을까 싶다. 도쿄에서 직장이 집에서 가까운 사람은 소수이다 보니 꽤 멀리서부터 노동자를 실어와야 한다. 아침 9시에 일제히 업무를 시작하려면 모든 철도가 정확하게 운행돼야 하는 것이다. 아침 출근 시간에 한 편이라도 늦어지면 역에 사람이 발 디딜 틈 없이 들어차서 엄청난 혼란에 빠진다. 매일 아침 기적 같은 줄타기가 일본 경제를 지탱하고 있다.

콘서트나 연극이 도내에 존재하는 무수한 홀에서 다 같이 7시에 시작할 수 있는 것도 시간에 정확한 교통기관 덕이라 할 수 있을 것이다.

만족스레 감상을 주고받는 청중들 틈에 섞여 이른 봄의 차가운 밤공기 속으로 나왔다.

나가타초에서 가까운, 일본을 대표하는 철강 회사가 소유하는 공연장. 정치 중심지의 밤은 어둡다. 고요하게 밝혀진 고급 요릿집의 불빛. 편의점에서 도시락을 사들고 직장으로 돌아가는 피곤한 얼굴의 젊은 직장인.

문득 진보초에서 서툰 미행을 들켜 요시야와 맥주를 마셨을 때 나눈 대화가 생각났다.

그때 요시야는 역시 B에서 만날 때처럼 두서없이 이런저런 이야기를 했다. 필자가 아닌 다른 사람이 상대였어도 같은 이야기를 하지 않았을까.

도회지에 많고 시골에는 적은 게 뭘까요?

요시야의 천연덕스러운 목소리가 들려왔다.

그의 답은 '거울'이었다.

지금 필자는 거울 못지않게 도회지에 많은 것으로 시계를 들고 싶다.

도쿄는 말 그대로 분 단위로 돌아가는 도시다. 무수한 사람들이 만나고 이동하고 시간에 쫓긴다. 편의점 계산대 뒷벽에서, 건물의 네온 간판에서, 택시 내비게이션의 액정 속에서 시시각각 변화하는 시각이 어디에 있어도 날아든다. 휴대전화에 설정해놓은 알람이 울리고, 어디선가 들려오는 라디오 속에서 시보가 주의를 재촉한다.

실은 지금도 원고 마감 때문에 근처 비즈니스호텔에 갇혀 있는 상태였다. 호텔에 갇혀야 할 만큼 절박한 상황이지만 듣고 싶은 연주회를 근처 홀에서 해서 기분 전환을 겸해 나왔다.

일하러 가기 싫으니 무의식중에 걸음이 무거워졌다.

이런 때 담배를 피울 수 있으면 좋을 텐데 하는 생각이 종종 든다.

B코 같은 헤비스모커는 되고 싶지 않지만, 한때의 휴식을 위해 담배 한 대 피울 수 있으면 좋을 텐데 싶다. 담배를 피울 때 사람은 시간의 구속에서 해방되는 것처럼 보이기 때문이다.

어두운 비탈을 홀로 오르다가 건물 사이에 조용히 놓인 자동판매기를 발견했다.

도회지에 많고 시골에 적은 것을 또 하나 발견했다. 자동판매기다.

물론 시골에도 많고 시골에 더더욱 필요한 것이지만, 도회지에도 곳곳에 자동판매기가 있다. 돈이 든 상자가 길거리에 있는 셈

이니 치안 상태가 좋은 일본이기에 가능한 일이다. 도쿄의 자동
판매기 설치 대수는 세계 최다일 것이다.

전에 텔레비전에서 한 음료수 회사의 자동판매기 영업을 하는
남자를 밀착 취재한 다큐멘터리를 본 적이 있다.

당연히 자동판매기에도 돈을 많이 버는 것과 별로 못 버는 것
이 있다. 말할 필요도 없이 그게 입지에 영향을 미친다.

신주쿠의 어느 사무실 밀집 지역 모퉁이에 자동판매기가 아홉
대쯤 늘어선 곳이 있는데, 그곳이 도내에서도 손꼽히는 매상을
자랑하는 격전지다. 자동판매기는 각기 다른 음료수 회사 것으
로, 일정 기간의 매상이 가장 적은 것은 철거된다. 축구 1부 리그
의 최하위 팀이 2부 리그 수위首位와 교대하는 것과 마찬가지다.
그 때문에 자사의 자동판매기를 설치하고 매상을 올리기 위해 실
로 눈물 나는 노력을 기울이며 레이아웃이나 자동판매기에 붙이
는 광고 등 다양한 아이디어를 투입하는 것을 보고 놀랐다.

필자는 길모퉁이에 있는 자동판매기가 가끔 섬뜩하게 느껴질
때가 있다.

요새 자동판매기는 전자 기기화가 현저하다. 전자화폐에 대
응하고 다양한 데이터를 축적하며 네트워크화돼서 정보를 송신
한다.

자동판매기에서 마실 것을 사는 사람을 볼 때마다 문득 생각하
게 된다.

자동판매기에 카메라와 감시 기능을 넣으면 어떻게 될까 하고.

이 또한 요새 급증한 것 중에 CCTV 카메라가 있다. 상점가나 반상회에서 치안을 위해 구입하는 것 외에 CCTV의 운영에 대한 규제가 없는 탓에 목적이 명확하지 않은 것도 많다고 한다.

하지만 만약 내가 어떤 목적을 가지고 불특정 다수의 사람을 감시한다면 자동판매기를 이용하는 게 제일이다 싶다.

자판기 속 상품 뒤에 매직미러 같은 형태로 카메라를 설치한다. 상품을 고르고 구입할 때 반드시 그곳을 보니까 개인 인증 소프트 같은 것을 넣어두면 특정한 사람에게 반응하도록 할 수도 있다.

또는 전자화폐를 사용하면 이력이 남으니까 누가 썼는지 추적할 수도 있을 것이다. 그러면 특정 개인 또는 불특정 개인의 행동 기록을 축적, 보존해서 분석할 수 있다. 자동판매기끼리 네트워크로 연락을 주고받으면 구입한 상품의 내용을 분석해서 다음에 어디로 갈지, 무엇을 할지 예상하는 것도 가능할지 모른다.

자동판매기는 길거리뿐 아니라 주택가에도 들어와 있다. 자동판매기의 눈을 피해 살기는 쉽지 않다.

최근 세계 최대 검색 프로그램 회사의 내막을 다룬 책이 화제가 됐다.

우리는 인터넷으로 어떤 것을 검색할 때마다 뭔가를 생각한다는 것이다. 데이터 수집이 처음에는 다른 목적에 부수되는 이차적인 것이었다 해도 계속되는 사이에 수집 자체가 목적이 된다.

사십 년도 더 전에 쓰인 호시 신이치의 소설《목소리의 그물》은 '개인 정보를 수집하는 것 자체가 컴퓨터의 목적이 돼간다' 하는 지금의 정보화 세계를 예언하는 작품인데, 지금 읽어보면 SF 작가의 예견 능력에 감탄하게 된다.

나아가 필자는 망상하게 된다.

하늘에서 본 도쿄의 밤을 찍은 사진집이 있다. 그것을 보면 도쿄의 도로가 모세혈관처럼 사방으로 뻗어 있어서 하루 스물네 시간 쉬지 않고 물자와 사람이 혈액처럼 운반되는 것을 잘 알 수 있다.

그와 마찬가지로 도내 곳곳에 무수하게 설치된 자동판매기가 마치 뇌의 시냅스처럼 보인다.

그것들이 네트워크화돼서 이어졌을 때 무슨 일이 벌어질까.

황당무계한 이야기라고 웃지 마시라. 이윽고 그것들은 뇌가 기능하듯 고차원적인 의사를 가지고 '생각하기' 시작하지 않을까. 인간의 뇌가 어떤 전기 활동의 작용으로 사고 능력을 획득했다고 한다면, 자동판매기가 무수한 시냅스로서 연동하게 될 경우 그들도 어떤 지능을 획득할 가능성이 있지 않을까.

그런 생각을 평소 산책하면서 자동판매기를 볼 때마다 한다.

어떻게 하지. 알고 봤더니 녀석들은 벌써 '생각하기' 시작해서 그런 의혹을 품고 있는 필자를 감시하고 있는지도 모른다.

필자가 지나갈 때마다 캔 커피와 페트병에 든 차 뒤에서 카메라가 스르르 움직인다.

방금 지나갔어.

이쪽을 봤어.

여느 때처럼 의심하는 눈초리였어.

그쪽으로 갔어. 보기에 어때?

오늘은 대여점에 안 가는 모양이군. 방금 신호등을 건넜어.

건너편 빵집에 가는 게 분명해.

어떻게 생각해? 위험한 녀석일까?

바로 어떻게 해야 할 일은 아니겠지. 그렇지만 경계는 하는 게 좋겠어.

우리에게 반감을 갖는 자, 의혹을 품는 자는 항상 파악해두어야 해.

저 인간이 전자화폐를 쓰게 할 방법은 없을까.

그러게, 전자화폐를 쓰면 저 인간의 사고를 보다 이해할 수 있을 테고 저 인간에 관한 데이터를 보다 획득할 수 있을 텐데.

현금을 넣는 곳을 막아버리지. 저 인간이 왔을 때만 쓸 수 없게 하면 돼.

저 인간이 늘 사는 건 너희 커피지?

그래. 다음번에 저 인간이 사러 오면 현금을 쓸 수 없게 해주겠어.

부탁한다.

그런 대화가 무선 랜이나 뭐나를 통해 은밀히 오가고 있을지도
모른다.

이윽고 지능을 가진 자동판매기는 이 또한 전자 기기화된 가전
제품이나 외부로 가지고 나온 개인의 컴퓨터 및 스마트폰에도 촉
수를 뻗기 시작한다. 무수한 전자 기기를 조직화해서 서서히 인
간들을, 도쿄의 중추를 지배하려 한다.

필자는 어두운 밤 비탈을 느릿느릿 오르다가 한 자동판매기 앞
에 멈춰 섰다.

좋아하는 회사의 즐겨 마시는 음료수가 있는 것은 이 근처에서
여기뿐이다.

어둠 속에서 조용히 손님을 기다리는 자동판매기. 희미한 불빛
도 어쩐지 그곳에 인간이 서 있는 듯한, 묘하게 의인화된 분위기
를 느끼게 한다.

전자화폐의 사용을 재촉하는 불빛이 내부에서 어렴풋이 빛나
고 있다.

어림없는 소리, 내 데이터를 축적하게 둘 줄 알고.

필자는 동전을 꺼내 투입구에 넣었다. 딸랑하는 소리가 들려
무사히 동전을 쓸 수 있었다고 안심했다.

불빛이 들어온 버튼을 거칠게 누르자 음료수가 덜커덩하고 떨어졌다.

페트병을 꺼내 발길을 돌려서는 오늘 밤도 아침까지 시간과 싸우는 일로 돌아가기로 했다.

drawing

나는 언제나 감춰진 것을 찾고 있다.

　거리를 걸으며 주위를 두리번거리고 사람들의 에너지를 흡수하면서 정처 없이 찾기를 계속한다.

　대체 누가 뭘 감췄느냐고?

　그건 설명하기가 조금 쉽지 않다. 비유를 하자면 세계 각지에 남아 있는 고대 유적 같은 것이다. 과거에는 무슨 목적으로 존재하는지 모두가 알고 있었는데, 오랜 세월을 거치면서 알고 있던 사람들이 없어져 그 결과 수수께끼가 된 것. 의미가 그곳에 드러나 있는데 아무도 알아차리지 못하는 것. 그런 것을 나는 '감춰진 것'이라고 부른다.

그렇기에 내가 그렇게 느끼면 그게 '감춰진 것'이고, 나는 발견했다고 말하지만 다른 사람 눈에는 이렇다 할 것 없는 평범하고 하잘것없는 것일지도 모른다.

또는 그건 같이 일하는 사람이 좀처럼 보이지 않는 본모습 같은 것일 수도 있다. 어느 때는 늘 웃는 얼굴에 활기가 넘치고 분위기를 띄우는 재주가 있는 유쾌한 사람이, 혼자 있을 때 한순간 보이는 공허한 표정.

우연히 그런 표정을 보게 되면 가슴이 덜컥 내려앉고 어쩐지 못할 일을 한 기분이 들 것이다. 그 사람이 눈치채지 못하도록 슬그머니 도망쳐 본 것을 가슴속에 가만히 담아둘 것이다.

그런 것.

나는 도쿄라는 도시의 그런 표정을 찾고 있다. 그건 도쿄의 비밀. 무수히 흩어져 있는 비밀의 파편을 나는 몰래 주워 모은다.

오늘도 슬슬 탐색 시간이 돌아왔다.

그렇지만 오늘은 레스토랑에서 친구와 약속이 있기 때문에 여느 때처럼 도중에 느긋하게 딴짓할 수 없다. 여기서 만나기로 한 음식점까지 걸어서 삼십 분쯤 될까.

밖은 이미 어두웠다. 이른 봄의 저녁.

올해 3월은 추웠다. 언젠가 오키나와 현을 제외한 현청 소재지의 기온이 전부 영하인 날이 있어서 웬일이람 하고 생각한 적이 있다. 매화도 복숭아꽃도 개화가 늦어지는 바람에 매화와 복숭아꽃과 벚꽃이 한꺼번에 핀 기이한 풍경이 곳곳에서 눈에 띄었다. 목련과 조팝나무, 개나리까지 한데 뭉쳐 피어 있다.

문득 과학 시간에 키운 식물이 뭐였더라 하고 생각했다.

초등학교 1학년 때는 나팔꽃, 2학년 때는 해바라기, 3학년 때는 수세미였다. 6학년 때 벼였다는 것은 기억하는데, 4학년과 5학년이 생각나지 않는다. 히아신스의 수경 재배도 기억나는데 그게 몇 학년 때였더라? 마리골드 화분을 들고 있었던 기억도 있다. 그건 무슨 과목이었을까. 이렇게 보면 어렸을 때는 하여간 별별 괴상한 일을 다 시켰다.

나팔꽃 시장과 꽈리 시장에 간 적이 몇 번 있다. 나팔꽃은 과거 에도 시대에 일대 붐을 일으켰던 모양이다. 품종 개량을 통해 관상용으로 다양한 형태의 나팔꽃이 생겨났다. 도무지 나팔꽃 같지 않은, 걸레를 비틀어 짠 것 같은 기발한 모양도 있었다.

남보라색과 흰색의 산뜻함이 에도 사람들에게 사랑받은 것은 알 것 같다. 아침에 슥 피었다가 낮에 오므라드는 것도 에도 사람에게 호감을 주었을 것이다.

어엿한 성인이 돼서 밤에 혼자 수도 고속도로 밑 도로를 자박자박 걷고 있으면 어쩐지 나쁜 짓을 하는 것 같아서 가슴이 두근거린다.

고가高架 밑은 특히 근사하다. 어딘지 모르게 퇴폐의 향기와 쇼와의 분위기가 감돈다. 이미 사어가 된 고도 경제성장이라는 단어가 반사적으로 떠오른다.

머리 위에서는 어디론가 서둘러 가는 트럭과 차가 지나가는 살벌한 소리가 들려오건만, 고가 밑은 어둡고 고요하다.

울타리에 둘러싸인 놀이터와 주차장. 쓸쓸한 주황색 가로등. 저 전등 불빛 속에서는 모든 게 모노크롬으로 보여 수십 년 전 세계로 타임슬립한 기분이 든다.

어둠 속에 커다랗게 커브를 그리는 고속도로는 하늘에 흐르는 검은 강이다. 도쿄의 하늘에는 사나운 강이 여러 개 흐른다.

그 실루엣 아래 진짜 강이 있다. 속도랑처럼 발밑에 흐르는, 이 또한 검은 강. 고속으로 하늘을 달리는 상공의 강에 비해 이쪽 강은 물이 흐르는지 아닌지 얼핏 봐서는 알 수 없다. 천개처럼 위를 덮는 고속도로 틈새로 비쳐드는 희미한 가로등 불빛에, 수면이 발톱으로 할퀸 것처럼 흐릿하게 빛난다.

바닥을 알 수 없는 어두운 수면을 바라보다 보면 늘 '그 느낌'이 덮쳐든다.

지금이라면 '감춰진 것'을 발견할 수 있을 것 같다는 확신. 바로 가까이에, 눈앞에 그게 감춰져 있다는 예감.

나는 수면을 물끄러미 바라봤다.

자세히 보면 수면은 보일 듯 말 듯 흔들리고 있었다. 얼마 동안 응시하자 역시 천천히 흐르는 것을 알 수 있었다. 계속해서 보니 물속에서 누가 꼼짝 않고 올려다보는 느낌이 들었다.

속도랑 깊은 곳에서 이쪽을 올려다보는 무수한 눈.

이건 누구 기억일까. 내 기억? 예전의 내 기억? 다른 내가 본 풍경? 아니면 도시가 가지는 장소의 기억일까.

나는 간선도로를 벗어나 오래된 상점가를 걷기로 했다. 머리 위 수도 고속도로를 따라가면 목적지에 다다를 수 있을 것이다.

하나 안쪽 골목으로 들어서니 차 소리가 작아졌다. 저녁식사 냄새와 빨래방 냄새, 축축한 나무 냄새가 뒤섞여 코에 스며든다. 명백한 사람들의 일상, 생활의 냄새다.

이 주변에는 오래된 가정집을 개조한 주점이나 카페가 점점이 있다. 밤이 되면 부드러운 불빛이 들어와 골목을 매력적으로 비춘다.

깨끗이 닦은 유리문 안쪽에 앤티크 가구를 놓은 작은 음식점을 보면 또다시 시간을 되돌린 듯한 기묘한 친숙함에 울고 싶어진다.

늘 이런 식으로 골목을 떠돌았다. 카레와 생선구이 냄새에 코를 벌름거리며 집 안으로 들어갈 수 없는 소외감을 끌어안고 느릿느릿 거리를 걷던 과거의 나.

몇 세대 전 나의 기억이 있다는 것은 기묘한 느낌이다. 이렇게 걷고 있어도 몇 명의 내가 겹쳐져 어깨에 묵직하게 올라앉아 있는 기분이 든다. 중국 기예단에 여러 명이 부채꼴을 이루며 자전거 한 대를 타는 곡예가 있는데 딱 그런 느낌이다. 결코 무겁지는 않지만 분명히 뭐가 있는 느낌.

불현듯 멈춰 선 것은 인적 없는 삼거리에 접어들었기 때문이었다.

요코오 다다노리의 사진집 《도쿄 Y자로》가 생각난다. 그는 한때 Y자로에 홀린 사람처럼 사방의 Y자로 사진을 찍고 Y자로 그림을 그렸다.

그 책을 보고 그가 Y자로에 끌린 이유를 막연히 이해할 수 있을 것 같았다.

갈림길. 어느 한 지점에서 좌우로 나뉘어 같은 장소에 있던 게 차츰 멀어져서는 이윽고 전혀 다른 곳으로 향한다. 마치 인생처럼. 운명처럼.

아마 우리는 언제나 무수한 갈림길에서 선택하고 있을 것이다. 무심코 오른쪽으로 가기도 하고, 어느새 왼쪽 길로 들어서기도 하고.

나는 삼거리에 꼼짝 않고 서 있었다. 장식품처럼 한가운데에 있는 오래된 모르타르 건축 이층집을 바라봤다.

목제 현관문은 원래 녹색으로 칠했던 것 같은데 세월이 색채를 벗겨냈다.

이 문인가?

나는 문을 물끄러미 쳐다봤다. 문 위 불투명유리가 어렴풋이 환한 것을 보면 안에 사람이 있을 것이다. 내가 이렇게 우두커니 서서 문을 바라보는 것을 알면 싫겠지.

　H. G. 웰스의 단편이 생각났다. 서둘러 길을 가다 보면 꼭 시야 끄트머리에 보이는 녹색 문. 언젠가 열어봐야지 하는데 기회가 좀처럼 없다. 그 문을 열면 또 하나의 세계에 갈 수 있을 터. 또 하나의, 있었을 수도 있는 인생이 그곳에 있을 것이라고 확신하는데, 찾아보면 문이 보이지 않는다.

　내가 찾는 '감춰진 것'도 이런 문이나 평범한 집과 집 사이에 시치미를 떼고 슬쩍 숨어 있다.

　여기일까. 문을 열면 찾을 수 있을까.

　집 주위에 늘어놓인 조금 기운이 없는 화분들. 이름은 모르지만 알로에 같은 것과 진달래 같은 것이 번갈아 놓여 있다.

　주택가 골목에 곧잘 화분이 놓여 있는데, 그건 관상용이라기보다 집 주위에 결계를 치기 위한 것 같다. 서양에서 창가에 장식하는 꽃과 뉘앙스가 조금 다르다는 생각이 든다.

　나는 다시 걷기 시작했다.

　에어포켓 같은 오래된 주택가. 길도 좁고 지나가는 사람들도 속도가 느릿하다.

　전파상의 불빛이 점포의 형태로 떠올라 있다. 전체가 분홍색과 노란색으로 된 약간 세련된 전파상은 흡사 꿈속에 나오는 가게 같은 게 마법 도구를 살 수 있을 것 같다.

　매화 향기가 코를 스쳤다. 어디 매화가 피었나 보다. 매화라는 꽃은 향기로 존재를 주장한다. 모습은 잘 보이지 않는다.

그에 비해 벚꽃은 '여기 있다'고 명확하게 주장한다. 밤에도 어둠 속에서 팽창해 존재감을 나타낸다.

아아, 나는 몇 번 이런 봄을 체험했을까. 밤거리를 걸으며 그들의 존재를 느꼈을까.

큰 물줄기가 흐르는 요란한 소리가 귀에 돌아왔다. 다시 수도 고속도로 밑으로 돌아온 것이다.

나는 허공에 뜬 검은 강을 올려다봤다. 유선형으로 포개지는 세찬 흐름.

한층 사납게 핀 벚꽃이 조명 가운데 보였다. 어쩐지 나를 비웃는 것처럼 느껴지는데 기분 탓일까.

다음 순간 나는 환영을 봤다. 연분홍 꽃이 건물과 수도 고속도로를 폭 싸고 있었다. 거대화된 벚꽃이 도시를 뒤덮었다. 건물도 도로도 벚꽃에 질식하게 생겼다.

마지막에 승리하는 것은 그들이다. 그렇게 생각했다.

어떤 풍경이 눈앞에 떠올랐다.

전에 살던 집 근처의 큰 스포츠클럽이 도산했다.

권리 관계가 복잡해서 청산에 시간이 걸린 듯, 재개발되기까지 오랫동안 상당히 넓은 부지가 높다란 담장에 둘러싸여 있었다. 어느 날 그 앞을 지나던 나는 무심코 담장 틈새로 안을 봤다가 흠칫했다.

그 안은 정글이었다.

아니, 담장 안이 마치 커다란 녹색 수영장 같았다. 내 키보다 큰 울창한 여름풀이 부지 전체를 빽빽이 메우고 있었다.

일본은 식물이 잘 자라서 공터가 조금이라도 있으면 순식간에 풀이 우거진다. 빈집이 있으면 눈 깜짝할 새에 지붕에 냉이가 자라고, 대문과 집 사이에 키 큰 풀이 늘어나 집을 압박하고 또는 침입해 무시무시한 힘으로 파괴한다. 관리가 되지 않으면 단독주택 정도는 순식간에 식물에 집어 삼켜진다.

장차 도쿄는 녹색 도시가 될지도 모르겠군.

나는 수도 고속도로를 뒤덮은 벚꽃의 환영을 올려다봤다.

그건 그것대로 보고 싶은 것도 같다.

그때 나는 대체 어떤 나일까. 인간의 모습일까. 아니면 강철을 뒤덮은 정글에서 살 수 있도록 새나 곤충 같은 모습일까.

또다시 벚꽃이 나를 비웃은 것 같았다.

그렇게 웃지 말라고. 다 아니까. 너희한테 못 당한다는 걸.

나는 가볍게 어깨를 으쓱했다.

밤하늘을 뒤덮은 연분홍 꽃이 미래의 나와 현재의 나를 향해 언제까지고 소리 높여 웃고 있었다.

몽

고

탁자를 주웠다. 아니, 탁자는 너무 과장됐
나. 커피테이블이라는 이름이 더 어울릴
지도 모르겠다.

연휴의 틈바구니. 포근한 날씨에 산책
을 겸해 궁금했던 북카페에 가보려고 주소를 찾아 이리저리 헤매
는데 길가에 놓인 그것이 문득 눈에 띄었다.

필자의 무릎 높이쯤 되는 작은 타원형 나무 테이블. 꽤 낡아서
다리 부분의 쇠붙이에서 세월이 느껴졌다. 그냥 재활용 쓰레기로
내놓은 듯, 수거할 수 없으니 대형 폐기물로 신고하라고 그날 날
짜와 함께 빨간 스티커가 붙어 있었다.

십중팔구 같은 사람이 내놨을 스테인리스 수납장으로 보이는

것도 똑같은 스티커를 붙이고 옆에 있었다. 이사를 갔나, 집 단장을 새로 했나.

도쿄에는 온갖 물건이 떨어져 있다.

버렸는지 떨어뜨렸는지 확연하지 않은 것도 많다.

의외로 많은데 잘 생각해보면 이상한 것은, 신발이 한 짝만 떨어져 있는 경우다.

어린애 신발은 이해할 수 있다. 안고 가다가 벗겨졌다 하는 일은 곧잘 있기 때문이다. 하지만 어른 신발이라면 제법 이상하지 않나.

전에 모로코에 갔을 때 페스라는 도시의 구시가지를 걷다가 유난스레 큰 어른 신발이 한 짝만 떨어져 있기에 고개를 갸웃했다.

도쿄에서도 가끔 본다. 새것도 아니고 오래 신은 느낌이 드는 것. 저 신발을 떨어뜨린 사람은 어떻게 걸어갔을까.

한편 도쿄의 쓰레기는 해마다 점점 보이지 않게 되는 것 같다. 음식물 쓰레기는 까마귀와의 전쟁에서 승리하기 위해, 눈 좋은 까마귀가 볼 수 없는 어두운 시간대에 수거하는 곳도 있고.

이번 테이블의 경우, 떨어뜨린 게 아니라는 것은 명백했다.

물건은 나쁘지 않은데.

처음에 눈에 띄어 멈춰 섰을 때는 그저 유심히 바라봤을 뿐이었다.

그러나 북카페에서 커피를 마시는 사이에 점점 갖고 싶다는 충동이 커졌다.

필자는 작은 테이블을 좋아한다. 그것도 오래된 것. 현시점에서도 고물상이며 골동품 상점에서 사 온 테이블이 세 개 있다. 사 본 사람이면 알겠지만 신품이나 대형마트에서 살 때에 비해 꽤 비싸다. 같은 테이블을, 지금까지 몇 번 물건을 산 적이 있는 유럽 골동품 상점에서 산다면 사오만 엔은 하지 않을까 싶었다.

오는 길에 다시 가보니 아직 있었다.

다시 한 번, 차분히 들어올려 살펴봤다. 표면의 래커가 벗겨졌고 흠집이 났다. 사인펜 같은 것으로 낙서를 한 흔적이 있는 것으로 봐서 아이가 있는 가정에서 썼나 보다. 하지만 만듦새는 단단했거니, 뭣보다도 천판의 커브와 다리의 디자인이 우아한 것이 일본에서 만든 게 아닌 것 같았다.

결국 스티커를 떼고 가져가기로 했다. 그렇게 무겁지는 않았지만 얼마 동안 들고 가다 보니 서서히 팔이 아팠다.

주운 순간 떠오른 단어가 '몽고MONGO'였다.

예전에 산 책에서 본 미국 속어다. 1980년대 이후 뉴욕에서 길에 버려진 아직 쓸 수 있는 쓰레기 또는 고철을 줍는 사람을 가리킨다고 했다. 대량 생산 및 대량 소비의 발상지 미국답다.

다만 그 책에서는 몽고를 넓게 해석했다. 빈 캔을 주워 돈을 버는 사람부터 귀중한 폐자재(낡은 목재와 문, 포석 등)를 찾아내 새 건축물에 쓰는 건축가, 옛날 장난감이나 유리병을 수집하는 사람까지 좌우지간 '쓰레기'로 취급되는 뉴욕의 온갖 물건에서 '새로운 가치'를 발견하는 사람이라는 뉘앙스로 사용했다.

그중에서도 19세기 옥외 화장실 옛터를 전문으로 찾는 사람이 인상에 남아 있다. 분뇨를 퍼내는 식인지, 모아두는 식인지는 알 수 없지만, 화장실이란 곳은 사람들이 곧잘 뭘 떨어뜨리는 장소인 듯(떨어뜨려도 웬만하면 회수할 생각을 하지 않을 테고) 귀금속이나 동전 등이 꽤 떨어져 있다고 한다. 이쯤 되면 고고학 발굴의 세계나 다름없는데, 실제로 '사적史蹟'으로 발굴하는 고고학자와 대립하는 모양이다.

또 하나 필자의 직업 때문인지, 버려져 있는 책 중에서 가치 있는 책을 가려내 희귀본 전문점이나 수집가에게 판다는 사람이 재미있었다. 현재는 인터넷 경매도 있어서 전보다 훨씬 팔기 쉬워졌다고 한다. 길가에 아무렇게나 내다놓은 책 중에 제임스 조이스의《율리시스》나 이언 플레밍의《카지노 로열》초판본을 발견했다는 말을 들으면 나도 좀 찾아볼까 싶다.

일본의 경우, 과거에 헌 신문지, 잡지는 휴지와 교환하는 게 당연했다. "파지 삽니다 휴지 드립니다" 하는 안내 방송은 다들 흉내 내 본 적이 있을 것이다. 어렸을 때 신문 한 달 치에 두루마리 휴지가 두 개 정도였던 기억이 있다.

에도 시대 때부터 종이는 귀중품이었다. 파지를 전문으로 취급하는 업자도 존재했거니와, 수거업자, 도매상, 폐지 도매업자, 재생지 업자의 손을 거쳐 종이는 최대한 재활용됐다. 에도 시대가 철저한 재활용 사회였다는 것은 유명한 사실이다.

하지만 거품경제 시기와 그로부터 얼마 동안은 폐지 가격이 너무 떨어져서 휴지로 교환하기는 고사하고 수거조차 해가지 않았던 터라 잡지는 일반 쓰레기로 내놓는 수밖에 없었다. 어쩐지 엄청난 죄를 짓는 것 같아서 쓰레기봉투에 잡지를 넣는 불쾌한 감촉이 지금도 손에 남아 있을 정도다. 폐지 수거가 부활했을 때 크게 안도했던 기억이 있다.

그런데 몇 년 전부터 폐지 가격이 급상승하는 바람에 지자체에서 수거하도록 내놓은 폐지를 멋대로 가져가는 게 문제가 됐다. 재활용 쓰레기 수거일에 내놓은 것은 지자체의 재산이라는 해석이 내려졌다고 한다.

몇 년 전 이사했을 때 그런 현실을 목격했다.

재활용 쓰레기 수거일 아침 일찍, 헌책방에 미처 보내지 못했거나 가져가주지 않은 책과 잡지 과월호를 대량으로 내놨더니, 어디선가 아저씨, 할아버지가 슥 나타나 '봐도 되냐' '가져가도 되냐' 하고 물었다. 정말로 어디서 왔는지 전혀 알 수 없었다. 자전거를 타고 지나가던 사람도 한 명 있었지만, 나머지 몇 명은 빈손으로 걸어온 사람들이었다.

가져갈 거면 나머지는 다시 묶어놓으라고 부탁했는데, 신간을 취급하는 중고서점에 팔려고 닥치는 대로 가져가는 것도 아닌 것 같고 명백히 선별했다. 정말 수수께끼였다. 게다가 새벽 5시 전후, 아직 개미 새끼 한 마리 지나가지 않는 시간대였다. 뿐만 아니라 다들 지금까지 한 번도 본 적이 없는 사람들이었다.

그게 끝이 아니었다. 몇 주에 걸쳐 그런 식으로 책을 내놨더니, 마지막 주에 내놓고 집으로 돌아온 순간 명백히 지자체에서 위탁한 게 아닌 트럭이 나타나 책과 잡지를 싹쓸이해서 가져갔다. 계속해서 책을 많이 내놨더니 '저곳은 수거일에 대량의 책을 내놓는다'는 정보가 퍼졌다고 생각할 수밖에 없었다. 어쩌면 평소 재활용 쓰레기 수거일에 곳곳을 돌면서 정보를 교환하는 네트워크가 있는 게 아닐까.

커피테이블을 가지고 돌아와 현관에 내려놨을 때는 숨이 차서 주저앉고 말았다. 주저앉은 채 테이블을 쳐다봤다.

얼마 동안 살펴보며 이것을 가지고 온 게 과연 옳은 일이었는지 자문하고 나서, 젖은 걸레로 몇 번 박박 닦은 다음 비로소 집 안에 들였다.

그러고 보면 예전에 회사 다니던 시절에도 처분할 물건을 가지고 오려고 한 적이 있었다.

입사한 지 이 년쯤 됐을 때다. 회사에서 사무자동화를 추진하면서 동시에 집기도 철제로 바꿔 헌 나무 책상과 책장 등이 처분됐다.

필자가 갖고 싶었던 것은 목제 고객 카드함이다. 옛날 도서관에 흔히 있던 대출 카드함과 비슷하다. 카드 크기가 CD와 똑같았기 때문에 CD를 보관하는 용으로 쓰려고 한 건데, 가져가자고 결심하고 신청했을 때는 간발의 차로 처분된 뒤였다. 게다가 사원에게는 줄 수 없다고 했다.

다음으로 갖고 싶었던 것은 백화점이나 옷가게에서 쓰는 바퀴 달린 업무용 옷걸이다. 통로 같은 데서 대량의 옷을 걸어 밀고 가는 튼튼한 녀석이다.

이건 다른 층에 있던 회사에서 버리려고 한 건데, 이 또한 부탁했다가 거절당했다. 통판 같은 데서 흔히 보는, 바퀴 달린 날씬한 옷걸이보다 그런 튼튼한 업무용이 갖고 싶은 게 필자뿐일까. 어째서 어중간한 물건보다 용도에 특화된 전문 용구를 팔지 않는 건지 도무지 이해가 안 된다.

스테인리스제 열쇠 보관함은 얻는 데 성공했다. 건물이나 아파트 관리실 벽에서 흔히 보는, 열쇠를 거는 고리가 줄줄이 붙어 있고 문이 달린 A3 사이즈의 연녹색 열쇠 보관함.

쓴 흔적이 거의 없는 새것이나 다름없는 열쇠 보관함이 버려져 있었다. 가져도 되느냐고 총무 부서에 묻자 '되기는 하는데 어디 쓸 거냐'라며 이상하다는 표정을 지었다.

'액세서리를 보관하는 용으로 쓴다'라고 대답하자, 상대방은 납득한 것도 같고 아닌 것도 같은 미묘한 표정이었지만 어쨌거나 무사히 집으로 가져올 수 있었다. 목걸이는 걸어두는 게 제일이다. 한동안 그런 식으로 썼는데, 그렇게 편하지는 않았는지 어느새 처분해서 지금은 없다. 하지만 처분한 기억이 없다는 게 이상하다. 혹시 다른 용도를 생각해낸(또는 본래의 용도를 선택한) 다른 사람에게 줬는지도 모르겠다.

학창 시절 남에게 얻은 물건으로만 생활하는 사람이 꼭 있었다. 가전제품이나 가구까지 전부 주워와서 쓰는 사람도 있었다.

누군가의 쓰레기는 누군가의 몽고다. 그 반대 또한 진실.

필자는 연필꽂이에서 도저히 버려지지 않는 패스트패션 회사의 태그를 꺼냈다. 크기도 그렇고 두께도 그렇고 서표로 안성맞춤이다. 이것도 몽고인 셈이다.

Piece 12

《위대한 개츠비》

위대한 개츠비 곡선이라는 용어가 있다.

최근 등장한 경제용어인데, 물론 유명한 F. 스콧 피츠제럴드의 소설에서 따온 이름이다.

가난했던 청년이 재산을 모아 상류계급으로 파고들려다가 실패하는 이야기. 어떤 의미에서 '아메리칸 드림'을 그린 소설인데, 씁쓸한 미국의 비극 내지는 부정적인 이미지로 이야기되는 소설이다.

위대한 개츠비 곡선은 가로축으로 빈부 격차의 크기를 나타내고 세로축으로 부모와 자식의 소득 연동성을 나타내 각국의 수치를 비교한다. 다시 말해 아메리칸 드림, 즉 벼락출세가 가능한 사회인지 아닌지 시각화한 것이다.

그에 따르면 현대 미국은 선진국 정도가 아니라 전세계를 다 뒤져도 최저 수준으로, 이제 아메리칸 드림은 사어임을 보여준다고 한다.

그런 생각을 한 것은 오사카의 수상 크루즈 선착장을 출발했을 때였다.

오사카 하면 필자의 머리에는 왜 그런지 센바오사카의 한 지역가 떠오른다. 다니자키 준이치로의 작품《세설》의 이미지다. 하기야 다니자키는 간토 대지진 이후 간사이로 이주했을 뿐 그곳 사람이 아니거니와,《세설》에는 센바의 상점도 장사도 거의 등장하지 않는다. 하지만 '센바'가 큰 상점들이 모여 있는 일등지라는 인상, 그리고 '이토 씨' '고이 씨'일본 에도 시대에서 근대 초기에 이르기까지 각각 상가의 하인이 주인집 큰딸과 막내딸을 지칭하던 말 등 처음 듣는 호칭에서 가미가타간사이 문화를 느꼈던 기억이 남아 있다.

최근 읽은 책에서 '고료 씨'라는 말을 처음 알았다. 큰 상점의 안주인을 가리키는 말인데, 고용인의 채용에서 교육, 고객 관계를 도맡는, 상상만 해도 상당한 기량과 재량이 필요한 직무였다. 일반적으로 생각하는 '안주인'과는 뉘앙스가 다소 다른 듯(더 높은 모양이다) 직업을 가진 간사이 여자 중에서 최고의 지위였고, 서민이 '나도 언젠가 고료 씨가 되고 싶다' 하고 동경하는 직업이었다 한다.

그런 의미에서 일본은, 요새는 어떤지 몰라도 위대한 개츠비 곡선으로 따지면 '벼락출세'가 가능한 사회였다. 특히 간사이는 재능 하나로 성공할 수 있었고 그런 성공이 칭송받는 세계가 아니었을까 싶다.

장마가 반짝 갠 6월 중순. 도쿄는 장마철 추위로 웃옷 없이는 다닐 수 없었는데 오사카는 무더웠다. 뱃놀이에는 안성맞춤인 날씨였는지도 모른다.

오사카는 과거 '물의 도시'라고 불렸다.

도시가 있는 곳에 큰 강이 있게 마련이고 물론 도쿄도 강이 많은 데다 운하도 있었지만, 오사카는 그 이상이다. 예로부터 세계 최고 수준의 상업도시였다. 전쟁 전에는 한때 경제 규모가 도쿄보다 훨씬 컸기 때문에 당시 '대大오사카'라고 불렸다 한다. 정비된 운하가 풍부한 물류를 지탱해 시장이 발달했다. 현재 당연한 것으로 여겨지는 선물 거래가 에도 시대의 오사카에서 세계 최초로 이뤄졌다는 것은 유명한 사실이다.

배는 천천히 나카노시마 곁을 통과한다. 주민 회관, 도서관, 일본은행. 역사적인 건축물이 잇따라 눈앞에 나타났다가 뒤로 흘러간다.

필자가 좋아하는 동양 도자陶磁 미술관도 보였다.

이 미술관의 바탕이 된 아타카 컬렉션은 수집가라는 인종이 얼마나 섬뜩하고 무시무시한지를 필자에게 일깨워주는 상징인데,

덕분에 명품으로 이뤄진 훌륭한 컬렉션이 남았다. 수집가의 인격 및 생애에 대한 세간의 평판과 컬렉션의 내용이 정비례하지 않는다는 점이 미술품의 재미있는 부분이다. 간사이 부자의 돈 씀씀이는 보통 사람의 이해를 초월한다.

최근 청룽成龍이 자기 유산은 전부 기부하고 자식에게는 남기지 않겠다고 선언했다는 게 화제가 됐다. 이유를 묻는 질문에 '만약 우리 애에게 재능이 없다면(아무리 많은 유산을 받아도) 금세 쓸데없는 일에 다 써버릴 테고, 재능이 있다면 유산이 없어도 혼자 힘으로 잘 살 수 있을 것이다. 어느 쪽이든 필요 없다'라고 대답하는 것을 보고 납득했다.

돈은 벌기보다 쓰는 게 훨씬 어렵다. 하물며 자식에게 남기는 것은 더 어렵다. 필자가 어렸을 때부터 막연히 간사이 사람에 대해 열등감과 주눅(어쩌면 공포심)이 들었던 것은, 간사이 사람에게 축적된, 돈을 통해 현장 경험으로 얻은 막대한 세상 사는 지혜 때문인 것 같다.

간사이 사람에게 필자가 공포를 느끼는 또 한 가지 요인은 '웃음'이다.

필자는 어렸을 때부터 코미디언이 무서웠다. 이유는 모르겠다. 진정한 코미디언이란 강렬한 독과 르상티망을 발산하는 존재로, 필자는 웃음보다 그쪽에 먼저 반응한다. 그렇기에 어렸을 때부터 주위 사람들이 웃어도 혼자 파랗게 질릴 때가 많았고, 왜 다들 웃는지 이해할 수 없었다. 그중에서도 간사이의 웃음에 더욱 강하게 그런 것을 느껴 '코미디'가 오랫동안 불편한 장르였다. 요시모토 신희극에 이르러서는 지금까지도 어디가 웃기는 건지 전혀 모르겠다.

배는 천천히 도지마 강을 나아간다.

다리라는 것은 시대가 드러나기 마련이라 생김새도 소재도 제각각 다르다. 고전적인 것부터 당시의 최첨단에 이르기까지 멋진 다리들을 강 위에서 바라보면 재미있다. 배 높이가 꽤 낮은 것은, 수면과의 거리가 상당히 짧은 낮은 다리가 있기 때문인 것과 조수 간만의 영향으로 수면이 높아질 때가 있기 때문이라고 한다.

〈에피타프 도쿄〉는 암초에 부딪혔다.

배를 탄 상황에서 '암초에 부딪혔다'라니 불길하지만, 반대로 참 그럴싸한 표현이라고 감탄하게 된다.

장기간에 걸쳐 구상하고 고쳐 쓰고 하는 작품이 그 밖에도 몇 편 있는데, 희곡이라는 것은 시대성이 나타나는지라 너무 오래 쓰다 보면 어느새 시대와 어긋나게 되거나 초점이 흐려진다.

도시의 흐름, 기세, 성쇠. 〈에피타프 도쿄〉에 시대성과 더불어 그런 것을 배경 어딘가에 슬쩍 넣고 싶었는데, 적당한 정도를 가늠하기가 상상 이상으로 쉽지 않다.

커다란 배와 엇갈려 지나치면 수면이 출렁여 진주잡이 배를 개조했다는 작은 배가 크게 흔들린다. 물결을 피하기 위해 선장은 물결과 수직을 이루도록 배를 돌린다.

그러고 보면 시대의 물결이라는 말도 있다. 아닌 게 아니라 작은 배를 타고 있으면 강이 물결치는 것을 어쩔 수 없다. 그저 물결의 힘을 견디며 나아가는 수밖에 없다.

아지 강에 들어서자 양옆으로 재건축이 진행되는 건물과 건설 중인 초고층 아파트가 잇따라 눈앞에 나타났다. 강폭이 넓어지면서 철교도 커져 난간이 멀어지고 보행자와 자전거가 저 높이 보인다.

앞쪽에 기묘한 게 나타났다.

거대한 반원형 아치.

수문이다. 1961년 태풍 낸시 이후 만들었는데, 한사리 등과 겹쳐 물이 내륙부로 들어오는 것을 막는다고 한다.

이걸 어떻게 닫는 건가 했더니 아치 부분을 강 속으로 넘어뜨린다고 한다. 원리로 보면 단순하다. 넘어뜨리는 장면을 보고 싶다. 다음 폐문일이라고 써 붙인 것을 보면 같은 생각을 하는 사람이 있나 보다.

강폭이 넓어지면서 바다 냄새가 났다. 오사카 만이 가까운 것이다.

강어귀에 접근하면서 어째선지 영화 〈부활의 날〉이 생각났다. 생물학 무기로 인해 인류가 멸망의 위기에 처한 세계에서 주인공의 애인이자 간호사를 연기하는 다키가와 유미가 환자와 함께 어두운 도쿄 만으로 배를 저어 나가는 절망적인 장면.

몇백 년 뒤 도시가 종말을 맞이한다는 것은 어떤 상태일까, 하고 잠시 생각했다.

신주쿠나 우메다의 인파 속을 걸으며 이 시끌시끌한 소음도 사람들의 모습도 사라지는 세계가 정말 있을까 하고 상상한다.

올해 초 국립신미술관의 전시회에서 어떤 화가의 작품을 봤다.

젊은 화가는 '미래의 폐허'를 끝도 없이 리소그래프에 담아내고 있었다. 국회의사당과 아사쿠사 가미나리몬, 요요기 체육관, 긴자 4번가. 시드니 오페라하우스, 샌프란시스코의 골든게이트교, 베이징의 올림픽경기장 등등.

인류가 자취를 감추고 폐허가 된 도시 풍경은 대단히 사실적이었다. 어쩌면 몇 백 년 뒤에는 이렇게 될지도 모르겠다는 생각이 들 만큼 사실성이 있었다.

중남미에서 마야문명과 잉카문명 유적을 봤을 때도 비슷한 기시감을 느꼈다.

이 도시를 만든 사람들은 틀림없이 이곳이 텅 비고 정글에 파묻히리라는 것은 상상도 못 해봤겠지. 전성기에는 어디나 아름답고 붉게 칠한 피라미드가 햇빛을 받아 숭고하게 반짝여 왕의 치세가 영원히 계속되리라고 믿었겠지.

도쿄도 관리를 하지 않으면 공터는 순식간에 정글이 된다. 최근의 온난화를 생각해도 사람들이 없어지면 눈 깜짝할 새에 수풀로 뒤덮이고 숲에 삼켜질 게 틀림없다.

〈에피타프 도쿄〉의 클라이맥스에 등장시킬 대사는 몇 가지 생각해둔 게 있었다.

한 등장인물이 존 콜트레인의 〈마이 페이버릿 싱스〉를 BGM으로 말하는 긴 대사.

아마 그건 지금까지 도시라는 것이 삼켜온 수많은 생명에 관한 게 될 것이다. 도시라는 것이 초기 성립 과정에서 제물로 삼아온 사람들, 도시가 성장해 거대화하기 위해 소모해온 무수한 노력, 또는 벼락출세를 꿈꾸며 도시로 빨려들었다가 맥없이 패배하고 떠난 여러 포부를 추모하는 대사가 될 것이다.

배는 창고 지역을 바라보며 강어귀를 향해 나아간다.

안벽에 우뚝 솟은 기중기는 각각 모양이 다른 게 거대한 생물처럼도, 기념비처럼도 보였다.

기린 같은 것, 코끼리 같은 것, 공룡 같은 것.

회색으로 안개 낀 하늘 속에 떠오른 그림자들은 과거에 멸종된 고대생물의 무리 같았다. 당장이라도 걷기 시작할 듯 보인다. 기기묘묘한 광경이다.

머리 위 까마득히 높은 곳에서 나미하야 대교가 급커브를 그린다. 보행자와 자전거도 이용할 수 있다는데, 고소공포증이 있는 필자의 눈에는 터무니없이 높다. 커브도 유난히 급격해서 차를 타고 가다가 잠깐만 한눈팔면 바로 바다에 다이빙할 것 같다. 그 너머에 2단으로 포개져 뻗은 것은 빨간 미나토 대교. 지상에서는 좀처럼 접할 수 없는 다이내믹한 풍경이다.

인프라는 위대하다. 다리를 세운다, 도로를 닦는다, 철도를 놓는다, 하수도를 정비한다. 어느 것이나 그야말로 생명선이고, 말 그대로 도시의 골격을 형성한다.

근대화 이후, 전세계의 대도시는 어디나 인프라의 수명이 다해 경신에 골치를 앓고 있다. 도시가 기능을 유지하면서 새로이 고쳐나가기는 쉽지 않다. 재산을 자손에게 남기는 것만큼, 아니 그보다 더 어렵지 않을까.

종점이 가까워진 배는 도톤보리 강을 향해 천천히 나아간다.

바다의 기척이 사라지고 대신 열차와 차 소리가 돌아왔다.

갑문 운하에 들어가보는 것은 생전처음이다. 도톤보리 강과의 수위 차를 메우기 위해서라기보다, 물이 흐르지 않아 탁해지기 쉬운 도톤보리 강에 물을 들이기 위해 갑문 운하를 설치했다고 한다.

배가 멈추자 뒤에서 천천히 수문이 닫혔다.

이곳 수문은 강 속에 있는 판상의 문이 천천히 올라오는 형식이다. 순식간에 배가 올라가는 것을 알 수 있었다.

이번에는 앞쪽에 있는 수문이 좌우로 열렸다.

배가 다시 움직였다. 도톤보리 강의 이미지 그대로 물결도 없는 짙은 녹색의 묵직한 수면 위로 배가 나아간다.

번화가로 돌아왔다는 느낌이 들었다.

선착장은 세련된 느낌의 나무 덱deck이다. 오사카는 '물의 도시'의 부활에 힘을 쏟는 듯, 곳곳에 '강 역'이 정비돼 있었다.

다리 위에서 젊은 남자애 둘이 요란한 몸짓을 섞어가며 떠드는 게 보였는데, 만담 콤비 지망생이 종종 이 선착장을 연습 장소로 이용한다고 했다. 아닌 게 아니라 그 밖에도 젊은 남자애 몇 팀이 주위를 거들떠보지도 않은 채 쓰코미개그를 할 때, 특히 만담 시 태클을 걸며 이야기를 리드하는 것를 반복해서 연습하고 있었다.

이곳에도 '벼락출세'를 목표로 하는 사람이 있었다.

그들도 도시의 흐름을 만들어내는 무수한 벡터 중 하나다.

선착장을 떠나면서 그런 생각을 한 것조차 금세 잊어버리고 어느 선술집에 들어갈까 하는 생각으로 머리가 꽉 찼다. 도시는 무수한 번뇌를 삼켜주어 그저 이름 없는 위장胃腸이 될 수 있게 해주는 고마운 장소다.

Piece 13

옥상과 나들목

B코와 일본 영화를 봤다.

여자 감독이 찍은 화제작인데, 필자도 B코도 그리 좋아하지 않는 시부야가 매력적으로 그려졌더라는 감상으로 일치를 봤다.

영화 촬영지가 관광지가 된 것은 〈로마의 휴일〉이 처음이었다고 한다.

로마는 영화를 찍기 전에 이미 유명 관광지였으니까 괜찮지만, 잘 생각하면 영화를 찍은 곳에 가보고 싶다는 바람은 이상하다. 스크린에 비친 것은 허구의 풍경이다. 영화가 픽션인 이상 이야

159

기의 배경인 풍경도 허구의 배경이다. 현실 속 장소에 가서 허구를 추체험하겠다는 생각은 어쩐지 모순인 것 같다.

한편으로 스크린에서 보는 도시는 확실히 매력적이다. 소피아 코폴라의 영화 〈사랑도 통역이 되나요〉가 개봉된 뒤 무대가 된 신주쿠 호텔에 미국인 관광객들이 몰려들었다는 것은 유명한 이야기다. 하지만 파리나 뉴욕이 매력적인 영화는 얼마든지 있는 반면, 도쿄가 매력적으로 그려진 영화는 별로 기억나지 않는다. 그렇기 때문에 신기해서 화제가 됐을 것이다.

제목부터가 〈도쿄 이야기〉인 오지 야스지로의 명작이 있는데, 도쿄를 그렸다기보다 도시와 지방의 관계성을 그린 묘한 작품이다. 오지를 경애하는 빔 벤더스가 만든 오마주 〈도쿄가〉를 보면 오지를 사숙하는 외국 영화감독의 인터뷰가 나오는데, 〈도쿄 이야기〉를 도쿄 영화라고 생각하는 사람은 아무도 없었고 다들 도시화가 진행되는 어느 나라에서나 공감할 수 있는 보편성을 가진 영화라고 대답했다.

여기서 생각난 게 아는 소설가의 이야기다.

신문에 소설을 연재할 때 전국지와 지방지가 있는데, 지방지의 경우 소설 게재를 전문으로 다루는 회사가 있어 그곳에서 지방지에 소설을 판다고 한다.

그래서 지방지에 소설을 연재할 때, 도쿄가 무대인 것은 상관없지만 다른 특정 지역을 무대로 삼는 것은 피하라는 말을 들었다는 것이다.

도쿄는 어느 지방에서나 균등하게 거리가 있어서 괜찮지만, 다른 지방 도시가 무대일 경우 불공평한 느낌을 주는 모양이다.

다시 말해 도쿄는 기호나 다름없으며 영화 속 풍경과 마찬가지로 거의 허구의 세계라는 이야기다.

어렸을 때 왜 드라마의 무대는 늘 도쿄일까 이상했는데, 도쿄라면 무슨 일이 벌어져도 이상할 것 없거니와 누구에게나 거리가 있기 때문이다. 그러니까 〈도쿄 이야기〉도 기호로서의 도쿄를 그린 영화다.

이건 다른 이야기인데, '홍콩 영화에는 늘 옥상이 있다'라고 말한 사람이 있었다.

명언이지 싶다.

그건 단순히 기억에 남아 있는 홍콩 영화에 옥상 장면이 종종 등장했기 때문이지만, 그 의미를 정말로 이해한 것은 최근 들어서다.

한때 화제가 됐던 형사 드라마를 보다가 감탄한 게 있었다.

주연 두 명의 캐릭터가 역과 딱 들어맞아 재미있었던 것도 있지만, 시선을 끈 것은 화면에 비치는 도쿄가 하도 아름다워서였다. 이 드라마의 숨은 주역은 도쿄구나 생각했다.

그 뒤 퍼뜩 깨달았다. 형사 드라마에는 꼭 옥상 장면이 나온다는 것을.

수사가 벽에 부딪혔을 때 담배를 물고 잠깐 휴식을 취하는 장면. 또는 사건의 수수께끼가 풀리는 종반의 장면.

등장인물은 반드시 옥상으로 간다.

과거의 진상에 대한 고발, 참회, 격려. 또는 증거 인멸, 최후의 결투, 범인의 자살.

그런 것들이 대부분 옥상에서 벌어지는 것이다.

거기서 '홍콩 영화에는 늘 옥상이 있다'라는 말이 생각났다.

즉 옥상 장면이 자주 나오는 것은 범죄가 얽힌 드라마라는 이야기다. 그렇다면 '홍콩 영화에는 늘 옥상이 있다'는 것도 당연하다. 홍콩 영화의 대다수가 범죄 액션 영화니까.

그러다가 문득 생각났다. 도시가 가장 아름답게 보이는 것은 형사나 범죄 드라마가 아닐까.

고도성장기의 인기 형사 드라마 〈태양을 향해 외쳐라〉의 타이틀백이 신주쿠 부도심의 고층 건물 풍경이었던 것도, 그런 고층 건물들이 늘어선, 어떤 의미에서 미래적인 광경이 아름답다고 시청자에게 각인시킬 필요가 있었기 때문이다.

도쿄만 그런 게 아니다. 생각해보면 당연하다. 도시의 어둠, 도시의 암부, 그곳에 사는 사람들의 본질을 폭로하는 것은 범죄다. 도시의 성격과 특성도 거기에 강하게 드러난다. 게다가 형사들은 언제나 밖으로 나가는 직업이다. 도시 어딘가에서 무슨 일이 벌어지면 감춰진 것을 찾으러 가서 온갖 풍경을 보고 도시의 또 하나의 얼굴을 목격하게 된다. 수사관들은 매일 도시 안에서 이형의 광경을 보고 있는 것이다.

또 하나, 영상 속 도쿄의 상징적 풍경은 단지를 비롯한 거대 공동주택이다.

낯모르는 이웃 사람과 무수한 익명성이 가득 들어찬 상자.

떠나는 가족과 새로 오는 가족이 교차하는 세계인 단지는, 전근轉勤족이라는 이동하는 사람들도 낳았다.

일설에 따르면 단지를 무대로 한 픽션의 대표작은 오토모 가쓰히로의 《동몽童夢》이라 한다. 거대한 단지 안에서 초능력을 가진 소년과 노인이 싸우는 이야기. 두 사람은 서로 이름도 모른 채 단지 안 공원에서 만나 대결한다.

그 과정에서 단지는 심하게 파괴되는데, 괴수 영화라는 장르가 존재하던 일본에서 도쿄는 항상 파괴되는 대상이기도 했다.

어딘가에 새로운 명소가 생기면 고질라는 스크린 속에서 반드시 그걸 파괴하곤 했다. 지금 생각하면 픽션의 세계에서 미리 파괴함으로써 반대로 영속성을 기원했던 것 같다.

지진에 태풍, 공습에 조직범죄까지 수많은 재난을 당해온 도쿄는 언제나 파괴의 예감이 있고 폐허에 대한 기시감이 있다. 일본인에게 스크린 속의 파괴는 '언젠가 본 광경'이요 '언젠가 볼 광경'인 것이다.

바벨의 탑 때부터 파괴의 예감이 존재하는 곳에는 높은 건물을 짓게 돼 있다.

도쿄를 매력적으로 찍은 영화라.

오는 길에 B코와 그런 이야기를 했다.

이상하단 말이지, 외국인이 만든 영화면 역시 외국인이 본 도쿄지 내가 아는 도쿄로 보이질 않거든. 그거 결국 그 사람들이 본 도쿄야. 그 사람들 머릿속에 있는, 그 사람들이 갖고 있는 도쿄의 이미지. 타란티노의 〈킬빌〉하고 별 차이 없어. 다들 자기가 아는 도쿄를 찍는 거야.

그렇겠지.

B코와 함께 시부야에 새로 생긴 극장의 사전 오프닝에 들렀다. 뮤지컬 전용을 표방하는, 세련되고 멋진 설비를 갖춘 극장이었다.

고층 건물의 중간쯤에 위치한 극장은 로비에서 시부야 거리가 한눈에 내려다보였다.

와, 아름답다. 가본 적은 없지만 맨해튼 같아.

필자가 그렇게 말하자 맨해튼에 가본 적 있는 B코가 웃었다.

이렇게 보면 시부야에 의외로 거리를 내려다볼 수 있는 건물이 별로 없지. 처음 보는 풍경 같아.

그러게, 시부야는 고층 건물이 없어.

스태프가 분장실과 연습실을 보여주었다. 분장실에 여러 등급이 있는데, VIP용 대기실은 꽤 호화롭다.

그중 한 곳에서 도쿄 스카이트리가 보였다. 그 방만 창문이 다른 방과 다른 방향이다.

분명 외국 배우들 사이에 소문이 퍼져서 난 스카이트리가 보이는 방으로 줘요, 하는 사람도 나오겠어.

왜 내 방에선 안 보이는데? 하고 불평하고 말이지.

그나저나 진짜 아무 데서나 다 보이더라, 스카이트리. 도쿄 타워 밑을 지날 때마다 스카이트리는 이거보다 높이가 두 배 가까이 되는 거지 생각하면 상상이 안 돼.

로비로 돌아오며 소곤소곤 잡담을 주고받았다.

벽이 유리로 된 로비에서 날 저물어가는 시부야의 거리가 어둠 속에 잠겨 보였다.

아, 하나 생각났다. B코가 갑자기 멈춰 섰다.

뭐가?

그렇게 묻자 도쿄가 아름다운 영화 말이야, 라고 대답했다.

제목은 잊어버렸는데, 분명히 위성방송 회사에서 만든 영화였어. 마지막 장면에서 여주인공이 화면 구석에 오도카니 서 있거든. 그리고 그 뒤로 엄청나게 큰 나들목이 보여. 아마 시나가와나 가와사키나 그런 데. 그게 화면 가득 비치는데 얼마나 아름다운지. 영화 내용 같은 건 다 잊어버렸지만 그 영상만은 인상에 남아 있어. 감독도 이 풍경을 찍고 싶었겠구나 생각했던 게 똑똑히 기억나.

나들목이란 말이지. 뭐, 다이내믹하고 멋있다는 건 인정하지만, 영화 한 편을 관객한테 보여줬는데 그것밖에 인상에 안 남는 건 좀 그렇지 않아?

그렇지만 감독은 분명히 그 풍경을 남기고 싶었던 걸 거야.

B코는 연신 고개를 끄덕였다.

도쿄가 매력적인 영화. 어쩐지 찬찬히 찾아보고 싶어졌는걸. 가는 길에 쓰타야에 들러야지.

둘이서 아까 영화에서 본 시부야의 거대한 스크램블 교차로로 향했다. 영상 속에서 본 픽션의 시부야와 현실의 시부야가 중첩됐다.

Piece 14

점
과
선

십몇 년 만에 치과에 다니고 있다.

이십대 때 씌운 크라운이 빠진 게 발단이었는데, 치과에 갔더니 충치가 여러 개 발견되는 바람에 당황했다. 어른이 되면 이가 썩지 않는다고 철석같이 믿고 있었던 것이다. 그것도 위아래 이가 맞닿는 부분에 생기는 줄 알았는데, 이 옆부분이라든지 생각지도 못한 곳에 있어서 옆에서부터 속으로 파먹히는 바람에 깜짝 놀랐다.

고맙게도 평소 의료 기관과 연이 없는 생활을 하는지라, 가끔 병원에 가면 진보한 기기를 보고 놀라게 된다.

담당 치과의사가 도중에 다른 치과로 옮기는 바람에 같이 옮겼는데, 그곳은 새로 개업한 병원이라 최신형 기기를 갖춰서 마치 SF 영화 속 세계 같았다. 유선형 디자인은 로봇 같고 의자는 우주선 조종석 같다. 촬영실에서 찍은 엑스레이 사진 데이터가 바로 눈앞에 매달린 컴퓨터 모니터로 전송된다. 턱 부분을 삼차원으로도 볼 수 있어서 MRI처럼 단면도로 확인할 수 있다.

올봄에 오랜만에 안과에도 갔다. 눈의 충혈이 쉬이 낫지 않아서 진찰을 받은 건데, 안과에 젊은 환자가 많아서 놀랐다. 대부분이 콘택트렌즈 구입과 그로 인한 트러블 때문이라는 것을 알고 납득했다. 약국에 안약을 사러 갔더니 이쪽도 전부 디지털 데이터로 관리해서 약의 컬러사진까지 든 인쇄물을 주기에 '진화했군' 하고 감탄했다.

사람은 모름지기 자신에게 필요 없는 것은 전부 '보지' 않게 마련이다.

충혈이 가시지 않아서 인터넷으로 검색해보니 가까이에 이렇게 안과가 많았나 싶을 정도였다. 실제로 걸어가보니 매일 다니던 곳에 안과가 있었다. 치과에 이르러서는 난립 수준이니 도쿄 전체로 따지면 얼마나 많을지 상상도 되지 않는다.

전에 처음 허리를 삐끗했을 때도, 십 년 이상 산 동네인데도 접골원과 침술원, 카이로프랙틱 시술소가 이렇게 많았나 싶어 놀랐던 게 기억난다. 평소 얼마나 아무것도 안 보고 살았는지 깨닫고 경악했다.

생각해보면 당연한 일인데, 사람은 각각 자신의 지도를 갖고 있다. 그 지도에는 자신이 필요한 것만 기입돼 있고 나머지는 '생략'된다.

최근 읽은 누군가의 에세이에서도 직접 우편물을 보내야 할 일이 생겨서 처음으로 동네에 있는 우체통 위치를 확인했다, 그때까지 우체통이 어디 있는지 전혀 몰랐다고 쓰여 있었다. 빨갛고 네모난, 그 정도로 눈에 띄는 우체통을 전혀 인식하지 못했으니 역시 사람은 자신이 관심 있는 대상 외에는 아무것도 '보지' 않는 것이다.

필자는 직업상 우체국을 자주 이용한다. 이사할 때도 근처에 우체국이 있다는 게 조건 중 하나였고, 산책할 때도 우체통 위치를 확인하며 걷곤 한다. 그런가 하면 필요한 상품을 구비한 점포가 각각 다른 편의점을 점으로 해서 연결된다. 식초는 여기, 팩스 용지는 여기, 좋아하는 샌드위치가 있는 곳은 여기, 하는 식으로.

사람에 따라서는 패스트푸드점이나 커피숍을 연결할지도 모른다. 별자리가 임의의 점을 잇듯이, 사람은 거리에서 자신만의 별자리를 무수하게 그리고 있는 것이다.

가끔 작정하고 찬찬히 길을 걸어보면 세계는 온갖 사인으로 가득하다. 가령 개인 주택의 현관만 해도 여러 가지를 읽어낼 수 있었다. 부적, '개 키웁니다' 스티커, NHK 스티커, 성경 구절, 스프레이 페인트로 한 낙서, 정어리 대가리에 호랑가시나무 잎사귀_{절분 풍}

습으로 호랑가시나무의 뾰족한 가시와 정어리의 비린내로 악귀를 물리친다는 의미로 집 앞이나 현관 앞에 둔다, 고양이를 쫓기 위한 생수병에 마魔를 쫓기 위한 소금.

거리로 나가면 도로 표지판, 건물 위 간판, 상갓집 안내, 교통사고 목격자를 찾는 입간판, 사고현장에 바친 꽃다발, '개똥을 치웁시다', 이십사 시간 영업, 어제 교통사고 사망자 1명 등등.

한때 우편함이나 대문 문설주에 수수께끼의 기호가 그려져 있는 게 도둑들의 암호가 아닌가, 사람들이 불안해한 적이 있었다.

누가 그렸는지는 알 수 없지만, 일종의 호보 사인인 것은 틀림없지 않을까.

호보 사인은 유럽에서 일정한 거처 없이 각지를 이동하는 방랑자들이 나중에 올 이들을 위해 그 지역 정보를 적어놓은 것인데, 19세기 후반에 철도망이 발달된 미국에서도 널리 퍼졌다. 호보라고 불리는 방랑자들은 화물열차 등을 무임승차해서 동서남북을 누비고 다녔다.

그중 일부를 책에서 본 적이 있는데, 간결한 기호가 각각 절실한 의미를 띠고 있었다. '이웃 사람 위험' '소유자 부재' '맑은 물 있음' '쉽게 속는 사람' '친절한 부인' '무료로 진찰해주는 의사가 있음' '사나운 개' '경찰관 거주' 등 야외 생활자를 위한 정보가 그 안에 있었다.

그런 사인 중에 지금도 강렬하게 기억에 남아 있는 게 있다.

1994년이었다. 더웠으니 8월 아니면 9월이었을 것이다.

오차노미즈에서 간다 언저리를 걷고 있었다. 신호등 앞에 멈춰 서서 무심코 근처 가드레일을 봤더니 글씨가 쓰여 있었다.

뭔가 해서 몸을 굽혀 자세히 보자, 하얀 가드레일에 보라색 잉크의 고무도장으로 잔뜩 찍혀 있었다.

흔한 명조체 2단 조판으로 된 글귀는 이런 것이었다.

마쓰모토 사린은 옴의 소행

읽은 순간 등골이 오싹했던 게 생각난다.

그러고 나서 주위를 다시 잘 살펴보니 가드레일에 같은 글귀가 무수하게 찍혀 있었다. 마치 개미 행렬처럼 길게 이어졌다.

대체 뭐지.

일부러 고무도장을 파서 잉크패드를 들고 시내를 다니며 끈덕지게 도장을 찍는 인물. 얼굴을 상상해보려고 했지만 머릿속에서 전혀 이미지가 잡히지 않았다.

마쓰모토 사린 사건은 그해 6월에 발생해, 최초 신고자가 용의자로 체포되고 그것으로 사건은 끝난 것으로 간주되고 있었다. 지하철 사린 사건이 일어나는 것은 그다음 해다.

어쩌면 1995년 여름인데 필자가 착각하고 있을 가능성도 있지만, 아무튼 누군가가 그때 스탬프를 만들어 여기저기 찍고 다녔던 것은 틀림없다.

따가운 여름 햇살 아래 그 글귀를 보고 말 그대로 등골이 싸늘해진 것만은 선명하게 기억한다.

도시는 사인으로 가득 차 있다. 특정 인물을 위한 메시지가 곳곳에서 은밀히 발신되고 있다. 해독할 수 있는 사람은 해독할 수 있지만, 그 외의 사람에게는 아무 의미도 없고 눈에 들어오지도 않는다. 또는 곳곳에서 뭔가를 주장하고 있는데 아무도 해독하지 못하는 걸지도 모른다.

그런 생각을 하며 오늘도 치과에 갔다가 오는 길이다.

치과는 사무실 밀집 지역에 있는데, 역에서 이 분 거리라는 훌륭한 위치였다. 치료를 마치고 역으로 돌아오는 길에 낯익은 얼굴이 얼핏 보였다.

어라? 싶었다.

멈춰 서서 주위를 둘러봤지만 어디에도 얼굴은 보이지 않았다.

이상하다 싶어서 자세히 보니 작은 건물 1층, 벽이 유리로 된 점포 안쪽에 기름한 거울이 있었다.

휴점일인지 실내는 캄캄했지만, 거울에 바깥이 비쳐 그곳에 얼굴이 보였다는 것을 깨달았다.

요시야였다.

필자는 다시 한 번 주위를 둘러봤다. 머리가 길고 키가 크니까 거리가 있어도 눈에 띌 것이라고 생각해서 도로 앞쪽을 유심히 살펴봤지만, 요시야일 듯한 인물은 보이지 않았다.

그때 미행한 뒤로 요시야를 만나지 못했다.

혹시 잘못 봤나 하며 거울 속에서 본 얼굴을 돌이켜봤다.

하지만 그건 역시 요시야였다. 체격, 머리 모양에 패션. 비슷한 사람도 있겠지만 그건 분명히 필자가 아는 요시야였다.

포기하고 전철역 계단을 내려가는데 기묘한 기분이 들었다.

비슷한 일이 최근에 있었다는 게 생각나서였다.

그때도 거울이었다.

동네를 산책하다가 요시야가 언뜻 보인 것 같았다.

단정이 아닌 것은 얼굴은 못 보고 시야 끄트머리로 지나가는 뒷모습을 봤기 때문이다. 다만 긴 머리와 데님 재킷이 눈에 익어서 어라, 요시야잖아, 하고 생각했던 게 기억에 있다.

그곳은 오래된 찻집이었다. 도로 쪽 벽이 천장까지 이어지는 유리라서 안이 잘 보였다. 찻집 앞을 지나는데 안쪽 소파 자리 뒤에 붙은 커다란 거울에 비친 상이 시야 한구석을 스쳤다.

요시야와 자주 마주쳤던 가게에서 가까웠기 때문에 그가 그 근처를 걷고 있어도 이상할 것 없었다.

그렇지만 이런 사무실 밀집 지역에서 요시야를 볼 줄이야.

아닌 게 아니라 드넓은 도쿄에서 자주 마주치는 사람이 있다. 하지만 그건 공통되는 관심사의 이벤트라든지 동업자가 가는 시사회처럼 만나는 게 당연한 장소에서다. 필자와 요시야가 이런 식으로 스치는 것은 상당히 흔치 않은 일일 터다.

그것도 거울 안에서만.

그게 마음에 걸렸다. 요시야는 거울 이야기를 했다. 도시에 널린 거울. 도시를 형성하는 거울. 그 안에서만 그의 모습을 본다는 게 이상하지 않나.

게다가 그가 스스로를 흡혈귀라고 했다는 사실을 생각하면 한층 더 상징적이다. 흡혈귀는 거울에 비치지 않는다고 하니까.

필자는 뭘 보고 있는 걸까?

요시야는 뭔가의 사인일까?

플랫폼으로 들어오는 열차의 바람을 뺨에 맞으며 거울 속의 요시야를 다시 한 번 돌이켜봤다. 창백하고 무표정하고 아무런 감정도 읽을 수 없는 얼굴이었다.

drawing

다들 사진을 찍고 있다. 휴대전화를 들고 있다. 좌우지간 멈춰 서 있는 사람은 모두 카메라 렌즈를 향하고 있다.

나는 다른 이들 뒤에 멀찍이 떨어져 있다. 전체를 시야에 담으려면 한참 떨어진 곳, 도로를 건넌 곳까지 와야 한다.

복원 공사가 끝나 가림막을 걷은 도쿄 역 마루노우치 역사다. 납작한 3층 붉은 벽돌 건물. 고층 건물이 주위를 에워싸고 있다 보니 그곳만 하늘이 넓게 공간이 탁 트여 있어서 불가사의한 기분이 든다. 도심 일등지에 단층 건물이라 해도 될 듯한, 옆으로 퍼진 건물이 무척 사치스럽게 여겨지는 것은 이른바 가난뱅이 근성인 걸까.

　아름답다. 아주 아름다운 건물이라고 생각한다. 대칭을 이루는 돔.'기하학적인 하얀 선이 들어간 벽돌 벽. 여유가 있고, 대범하고, 기품이 넘친다.

　그렇지만 기묘하게도 왜 그런지 꼭 환영 같다. 땅에서 아른아른 피어오르는 아지랑이처럼. 나와 건물 사이에 두꺼운 유리판이 있고 그것을 통해 바라보는 느낌이다.

　전체적으로 회색이 돌고 색채가 옅게 느껴지기 때문일까. 이전의 팔각형 지붕이었을 때가 더 색도 윤곽도 뚜렷하고 진했던 것 같은데.

　그 때문에 왜 그런지 역사歷史가 멀게 느껴진다. 먼 역사, 멀어져가는 역사, 아른거리는 역사……

　문득 먼 옛날 기억이 되살아났다.

　그때 공습 때도 이런 식으로 올려다보지 않았던가. 빗발처럼 퍼붓는 소이탄, 일대의 불바다에서 하늘로 손을 뻗듯 시뻘건 불길이 치솟고, 도시 전체가 거대한 아지랑이가 돼서 아른아른 흔들리던 그날 밤.

　어느 쪽이 환영일까. 그날 밤인가, 지금 이 낮인가.

　오토모 가쓰히로의 만화《AKIRA》마지막 장면이 생각난다.

　폐허가 된 네오도쿄에서 모터사이클을 달리는 불량소년들. 그들이 향하는 곳에 완벽하게 부활한 미래의 마천루 도시가 어렴풋이 보인다.

대체 몇 번을 이렇게 되풀이해왔을까. 나도, 도쿄도.

나는 느릿느릿 걷기 시작했다.

그래도 나는 전부를 기억하고 싶다. 이 도쿄의 전부를 기억하고 싶다. 그런 욕망을 날마다 걸어다니면서 느낀다. 그런 욕망이 날마다 나를 떠돌게 한다.

마천루 사이를 걸어가면 다시 탁 트인 하늘이 있다.

여기가 도쿄의 중심. 자연으로 뒤덮인 일왕의 정. 과거에 이곳에서부터 소용돌이를 그리듯 도시가 형성됐다. 교토가 바둑판이고, 오사카가 바다에서부터 강을 따라 동서로 확장된 것과는 다르다.

확실히 이곳은 늘 정지해 있고, 주위 도시만이 눈이 핑핑 돌아갈 것처럼 변화한다. 이곳을 중심으로 모두가 빙글빙글 돌고 있다.

그래, 이 달리는 사람들처럼.

몇 년 전부터 급격히 늘어난 시민 러너들이 눈앞을 가로지른다. 근처 대학 학생들도 묵묵히 달리고 있다. 왕궁 주위를 한 바퀴. 무수한 원운동이 반복된다.

어렸을 때 어머니 주위를 빙글빙글 돌며 뛰다가 호되게 야단맞은 적이 있다. "사람 주위를 돌면 안 돼요"라고 했다. 이유가 뭘까? 어지러워서? 아니면 무슨 미신 같은 걸까. 그럼 '가고메

가고메 눈을 가린 술래를 에워싼 채 여러 명이 돌다가 노래가 끝나는 순간 멈추면, 술래는 자기 바로 뒤에선 사람을 알아맞히는 놀이'는?

가고메가고메는 어린 마음에도 어쩐지 살짝 무서운 놀이였다. 좌우지간 그 노래가 무섭다. '새벽녘의 밤'이 무슨 의미인지 조사한 책도 읽어본 것 같다. 결국 무슨 이유였는지는 잊어버렸지만. 그러나 내가 무서운 것은 '뒤의 정면'이었다.

뒤의 정면이 누구게?

뒤의 정면. 어쩐지 엄청나게 무서운 말 아닌가? 돌아봤을 때 그곳에 서 있는 누군가. 뒤에 꼼짝 않고 서서 앞에 있는 애가 돌아보기를 기다리는 누군가.

왕궁의 '뒤의 정면'은 어디일까.

나는 주위를 두리번거렸다. 도쿄 역을 둘러싼 반들반들 광나게 닦은 거울 같은 건물. 역시 도쿄 역이 '뒤의 정면' 같다.

음.

어째 무대장치 같단 말이지, 이 주변.

나는 반들반들한 건물에 반사되는 빛을 올려다봤다.

저번에 오랜만에 가미야 정에 있는 바에 가려고 걷는데 어느새 풍경이 바뀌어 있기에 깜짝 놀랐다.

센고쿠야마 부근에 새 인텔리전트빌딩이 또 하나 생겼다.

오랫동안 공사를 한 것은 알고 있었지만, 높다란 흰색 가림막에 가려져 있는 데다 다른 우회 도로로 유도됐기 때문에 면적이 얼마나 되는지 몰랐던 것이다.

그러다가 어느 날 가림막을 전부 걷었더니 막연히 느꼈던 것보다 훨씬 넓은 곳이라 놀랐다. 그야말로 '뒤의 정면이 누구게?'에서 눈가리개를 풀고 돌아봤더니 친구가 백 명 있었습니다, 하는 듯한.

꼭 마술 같다. 아니, 《파노라마 섬 기담》이었다.

그 이야기에서 지금도 분명히 기억나는 것은, 조금 걸었을 뿐인데 전혀 다른 풍경이 펼쳐져 있어서 놀라는 부분이다. 좁은 공간에 무대 세트가 서로 중첩되듯 만들어져 있기 때문에 실제보다 넓어 보인다고 설명하는 장면.

센고쿠야마도, 이곳도 마분지로 만든 세트가 아닐까. 뒤로 돌아가면 베니어판으로 버텨놓지 않았을까.

신기하게도 어느 날 갑자기 무대 세트가 바뀌어 있다. 어느 순간 풍경이 통째로 달라진다.

혹시 인물도 모형인가? 이건 거대한 디오라마?

나는 주위를 지나가는 사람들을 몰래 훔쳐본다. 환성을 지르며 사진을 찍는 사람들. 딱 관광객으로 보이는 사람도 있는가 하면 출장차 왔지만 온 김에 하고 소극적으로 스마트폰을 드는 사람도 있다. 다들 기뻐 보인다.

《AKIRA》가 아닌 다른 애니메이션 영화가 생각났다.

머나먼 미래, 오랫동안 쇄국을 지속해온 일본은 다른 나라와 접촉이 없는 상태가 이어지고 있다. 어느 날·외국 수사관이 일본에 잠입해보니, 살아있는 이는 거의 없고 과거에 살았던 인간의 기억을 이식한 안드로이드들이 살고 있었다 하는 이야기.

세세한 부분은 잊어버렸지만, '이곳에 있는 자는 모두 기계다, 인간이 없다'라고 발견하는 부분이 무서워서 인상에 남았다.

있을 법하단 말이지, 그거, 어쩐지.

나는 주위를 빤히 둘러봤다.

모두 바꿔치기돼 있다. 실은 다들 나처럼 됐을지도. 서로 모르는 척할 뿐 알고 보면 다들 동포일지도.

만약 그렇다면 우리는 꼭 극단 같군. 언제나 같은 배우가 다른 역을 연기한다. 도쿄는 극장이다.

이곳에서는 늘 이 주일 한정 공연. 롱런은 없다.

어느 날 갑자기 제작자가 배우들의 어깨를 툭 친다.

오늘로 이 연극은 끝입니다. 다음 연극을 시작할 테니까 일단 퇴장해주세요.

무대 옆에서 대도구 스태프가 우르르 나타나 무대 세트를 내간다.

어안이 벙벙해서 지켜보는 배우.

텅 빈 무대에 서둘러 다음 세트를 짓는다.

이번 내 연극은 언제까지 이어질까. 롱런해서 신기록을 세울 수 있으려나.

나는 으음 하고 신음했다.

흠칫해서 돌아보는 사람들.

아차, 또 실수했다. 시치미 떼고 그곳을 벗어나 왕궁으로 향한다.

묵묵히 달리는 시민들.

이렇게 보면 왕궁은 태풍의 눈 같기도 하다. 그곳만 늘 조용하고 상공은 맑다.

하하.

나는 숨 막히는 느낌과 상쾌감이라는 모순되는 감각을 동시에 맛보고 있었다. 게다가 웃음이 나 그 김에 달리고 싶어졌다.

나도 달려보자.

코트에 청바지, 도무지 달리는 사람 같지 않은 복장이지만.

'뒤의 정면'으로부터 도망치기 위해, 내게 주어진 역할에 저항하기 위해.

시민들 틈에 섞여 나도 달린다. 무수한 원운동에 가담한다.

다들 살아있는 걸까? 아니면 이건 세트일까?

나는 달리는 사람들의 호흡을, 땀을 느낀다. 심장의 고동을, 인내를 느낀다.

모두의 에너지를 흡수한다. 응, 나쁘지 않다.

바람 냄새. 식물 냄새.

다들 집중하고 있으니까 신선한걸.

의외로 빨리 달릴 수 있기에 스스로 놀랐다. 전속력으로 달리는 게 대체 얼마 만일까.

내게 추월당한 사람이 움찔해서 나를 돌아봤다.

코트에 청바지, 게다가 긴 머리에 선글라스 차림의 덩치 큰 남자가 달려가는 것은 일종의 기이한 광경인 듯 지나가는 사람들도 의아스레 나를 본다.

코트가 공기 저항을 증대시키는 바람에 몸이 무거워졌다.

시야 끄트머리에 비치는 왕궁의 숲이 유선형을 그리며 뒤로 흘러간다.

숨이 차다. 온몸에 울리는 가쁜 호흡과 심장 뛰는 소리.

문득 하늘을 올려다봤다.

눈부신 햇살 저편에 피어오르는 아지랑이.

마천루의 집단이 활활 솟아오르는 불길 속에서 아른아른 흔들리고 있었다.

Piece 15

●

청
소

고
찰

최근 공개된 다큐멘터리 영화에 역 유리 문을 끝도 없이 청소하는 남자가 나오는 장면이 있었다. 중년 남자 작업원이 좌우 지간 스테인리스 문틀을 깨끗이 닦는다. 분명 얼룩이 있는 것을 용납할 수 없을 것이다. 일심불란하게 힘을 쥐서 빡빡 닦아나간다. 영화의 본줄기와 관계없을 장면에 왜 그런지 빨려들었다.

필자는 청소를 별로 좋아하지 않지만, 일하다가 막히면 부엌 싱크대를 청소하는 게 버릇이던 시기가 있었다. 좌우지간 손만 움직이면 깨끗해지는 청소라는 행위는 머리를 비울 수 있는 데다 성취감이 있어 기분도 개운해진다.

근처 신문사에 볼일이 있어서 도쿄 역 마루노우치 역사 앞을 지났다.

평일인데도 많은 관광객이 한 손에 카메라를 들고 역을 둘러싸고 있었다.

복원 공사가 끝나 가림막을 걷은 도쿄 역은 마치 그림엽서처럼 아름다웠다. 주위에 휴지 하나 떨어져 있지 않고, 우뚝 솟은 주변 건물도 거울처럼 광이 난다.

도시 전체를 완벽하게 청소하는 데 대체 얼마나 많은 노력을 들이고 있을까 생각하면 기절할 것 같다.

사무실 건물에 비치는 하늘을 보며 생각한다.

되도록 같은 상태, 청결하고 깨끗한 현재의 상태를 유지하는 청소라는 행위를 일본인이 좋아한다는 것은 틀림없다. 외국에 갔다가 왔을 때 아 돌아왔구나 하고 실감하는 것은, 공항에서 에스컬레이터 벨트를 걸레로 닦는 사람을 볼 때, 그리고 트렁크를 집기 쉽게 다시 배열하는 공항 직원을 볼 때다.

아는 사람 중에 아파트에 살다가 단독주택을 사서 주택가로 이사한 사람이 있다. 그녀에게 들은 이야기인데, 이런 오래된 주택가는 날이 밝나 싶으면 집 앞을 비질하는 삭삭 소리가 여기저기서 들려온다고 한다. 이웃 노인은 현관 앞을 청소하는 것으로 하루를 시작하는 것이다.

'도쿄에는 하늘이 없다'라는 시도 있었지만, 요새 도쿄의 하늘

은 아주 맑다. 아시아의 다른 대도시에 비하면 현저한데, 중국이
나 한국 대도시에 가면 맑은 날에도 가볍게 안개가 끼어 있을 때
가 많다. 어딘지 모르게 공기가 까끌까끌하고 윤곽이 약간 흐릿
하다. 도쿄의 거리를 볼 때와 해상도가 삼십만 화소 정도 차이가
나는 것 같다.

청소를 좋아하는 성향과 상관이 있는지 없는지는 알 수 없지
만, 도쿄는 냄새가 별로 없는 도시다. 아니, 우리 동네 라면집 냄
새는 진하다든지 여름철 강변 냄새는 고약하다든지 그런 개별적
인 냄새는 이것저것 있겠지만, 다른 도시와 비교했을 경우 이야
기다.

아시아의 다른 대도시는 발을 들여놓은 순간 인간이 영위하는
생활 냄새가 생생하게 난다. 또 교토나 오사카, 하카타 등 일본
국내의 다른 도시도 열차에서 내리면 각각 독특한 냄새가 난다.
열이 있다. 인간의 체온에 서린 열, 인간이 발하는 열의 냄새.

그런데 도쿄에 도착했을 때는 그게 없다. 도쿄 역도, 하네다나
나리타 공항도 냄새가 나지 않는다. 무취의 대도시다. 그런 곳에
서 굳이 느끼는 게 있다면 콘크리트와 철의 냄새, 조직과 관리의
냄새다. 실은 이건 필자에게 결코 부정적인 이미지가 아니라 질
서가 바르게 유지되고 있다는 의미인 터라 안심이 되는 경우도
적지 않다. 그 무기질적인, 무미건조한 부분이 고마울 때도 있다.

도쿄는 항상 누군가가 어딘가를 '청소'하고 있다. 단순한 현상

유지에 그치는 게 아니라, 존재했던 것의 흔적을 지우고 평평하게 고르려는 힘이 작용하는 것이다. 그렇기에 재개발된 곳은 그 지역에 축적된 기억을 송두리째 뽑아버리는 듯한, 폭력적이라 해도 될 정도로 살균 소독한 '클린'한 느낌이 든다.

이건 시간 감각의 영향도 있을 것이다. 유럽 같은 곳에서 시간은 '떨어져 쌓이는' 느낌인데, 일본에서는 계속해서 뒤로 사락사락 흘러간다. 그 자리에 멈추지 않고 '흘러가버리는' 것이다. 그렇기에 눈앞의 것이 잇따라 사라지는 데에 익숙하다. 강박관념처럼 '스크랩 앤 빌드'를 되풀이하는 것도 그 때문이 아닐까.

"날씨 좋다."

"그러게."

역에 들일 상품을 한가득 쌓은 카트를 밀며 오가는 사람들. 활달한 동작으로 한순간 스치고 지나쳐 각각 자기 갈 곳으로 사라진다.

새 디자인도 아름다운 중앙 홀을 통과해 개표구 너머를 들여다봤다. 통로 구석에 쭈그리고 앉아 바닥을 문지르는 작업원이 문득 눈에 띄었다. 회색 작업복. 딱딱하게 굳은 껌을 떼어내는 모양이다.

전에는 바닥에 붙은 껌을 주걱으로 긁어내는 모습이 자주 보였는데, 요새는 매너가 좋아졌는지 잘 볼 수 없게 됐다. 지켜보니 아주 요령 있게 껌을 긁어낸다.

신칸센 차내를 무시무시한 속도로 청소하는 것은 바야흐로 세계적으로 유명해져 일종의 퍼포먼스가 됐을 정도다. 청소는 일본인에게 정신 수양이고 심지어 '도道'이게 됐다.

묵묵히 일하며 직분을 다하는 무수한 사람을 보다 보면 감탄하는 동시에 기묘한 불안에 젖는다. 더러움을 지우고 닦아내고 긁어낸다. 필자도 이윽고 '더러운 것' '쓸모없는 것'으로 간주돼서 저 걸레나 주걱으로 제거되는 게 아닐까.

도쿄는 지우개처럼 언제나 표면이 깎여 갱신을 계속하고 있다. 지금 이 순간 이곳에 존재했다고 스스로는 생각해도, 실은 이미 발이나 어깨 언저리부터 지워지고 있는 게 아닐까. 이미 이곳에 없는 게 아닐까.

지울 수 있는 볼펜. 스티커 제거제. 다시 말해 지워버리고 싶은 것이다. 전에 붙어 있던 라벨의 변색된 끄트머리, 틀리게 쓴 글자를 없던 일로 하고 싶다. 언제나 새롭게 리셋된, 또는 덮어쓰기된 세계면 좋겠다.

그건 젊음을 치켜세우고 성숙함은 인기가 없는 이 사회의 숙명일지도 모른다.

다시 밖으로 나와 드디어 물들기 시작한 은행나무 가로수 쪽으로 걷기 시작했다.

잠시 걷다가 세련된 붉은 벽돌 역사 건물을 돌아봤다.

역시 그림엽서다. 입체감이 없다.

일본화와 마찬가지라는 생각이 들었다.

일본 그림에는 그림자가 없어 입체감이 없다. 어디까지나 이차원. 본래 의미의 '그림'이다.

도쿄는 그림자도 배제해왔다. 그때 이래로 절전이 장려되고 있는데, 그런데도 이렇게 환한 도시는 없을 것이다. 어둠은 제거되고 사물도 사람도 밝게 비춰진다.

그건 일본화도 마찬가지다. 일본의 그림은 순간을 포착하는 게 아니라 변화해가는 시간 자체를 그린다. 순간이라면 그 시각의 빛을 그리고 그 빛이 자아내는 그림자도 그려내야 하지만, 흐르는 시간 전체를 그린다면 그림자는 의미가 없다.

일본화는 이 경치를 담았던 것이다. 그림자도 어둠도 없는, 한없이 이차원 애니메이션에 가까워가는 이 세계를.

요시야가 부러웠다.

만약 그의 말이 사실이고 그가 여러 세대의 기억을 내내 갖고 있다면, 지금까지 갱신되고 덮어쓰기된 도쿄의 다양한 표정을 기억한다는 뜻이다.

이때 필자는 요시야의 말을 믿고 있었다.

상상 속에서 요시야는 과거의 기억을 되새기며 이곳을 걷고 있었다.

이렇게 도쿄 역을 바라보면서도 이전의 도쿄 역, 시공 당시의 도쿄 역, 여러 시대의 도쿄 역을 추억한다.

문득 보니 사무실 건물 유리 안에 그의 얼굴이 있었다.

최근 들어 익숙해진 그의 얼굴이 유리 너머에서 들여다보듯 필자의 시선을 받아내고 있었다.

모른 척하고 시선을 돌렸다. 유리 너머의 그도 시선을 돌렸다.

이건 게임이 틀림없다. 도시에서, 혼잡한 거리에서 반복되는 게임. 쫓는 자와 쫓기는 자. 그게 늘 교대하며, 바뀌며, 군중 속에 녹아든다.

새 도쿄 중앙우체국 건물은 측면이 커다란 V자 모양으로 팼다. 그곳에 주위 건물이 비쳐 거대한 만화경을 보는 것 같다. 팬 부분에 빨려드는 듯한 기묘한 느낌.

머릿속에 콜트레인의 〈마이 페이버릿 싱스〉가 흐른다.

음악이 점점 커진다.

충혈된 눈을 크게 뜨고 객석을 똑바로 응시하는 여자의 목소리가 들려온다.

언젠가 거대한 무덤을 만들자.

우리 아이들을 위해서.

우리가 죽인 아이들을 위해서.

(중략)

우리 아이들을 위해서 크고 번듯한 비석을 도쿄 한복판에 세우자.

모두가 볼 수 있을 만큼 큰 돌을, 모두가 볼 수 있는 장소에.

우리를, 그리고 모든 여자를 위해 세우자.

여자의 눈은 번득이고 있다. 충혈된 눈. 자랑스러워하는 것도 같고, 분개하는 것도 같고, 미소 짓는 것도 같은 표정.

그 눈이 이쪽을 꼼짝 않고 응시하고 있다.

〈마이 페이버릿 싱스〉가 계속해서 흐른다.

어쩌면 이미 비석은 세워져 있는지도 모른다.

건물의 푹 팬 측면은 햇살을 받아 꿈처럼 반짝반짝 빛난다.

도
시
와
여
자

"얘가 뉴욕의 바bar보다 괜찮다는데요."

그렇게 바텐더에게 말하는 목소리가 들려왔다.

심야의 바. 주택가에 눈에 띄지 않게 자리한 작은 곳. 최근 화제가 되고 있는 전형적인 도쿄 절구 지형의 바닥에 위치한다.

직업상, 대화에는 귀를 쫑긋 세운다.

특히 레스토랑이나 바에서 타인이 주고받는 대화가 신경 쓰인다. 무의식중에 그것을 음미하고 기억했다가 어떤 형태로 사용하는 경우도 많다. 실은 현실 속의 대화는 '사실적인 대사'가 되기 어렵다. 세상 사람들은 상상 이상으로 부끄러운 줄 모르고 낯간

지러운 대사와 두서 없는 대사, 즉 '현실에는 없는 대사'를 말하곤
한다.

하지만 사람들의 대화가 사회 분위기를 반영하는 것은 확실하
다. 몇 년 전 도쿄 역 근처 고깃집에 갔더니 옆에 직장 다니는 이
십대 여자들 그룹이 앉아 있었다. 그중 한 명이 결혼하고 나서도
직장에 계속 다니는데 시어머니가 그것을 언짢게 생각한다, 자신
처럼 전업주부가 되라고 압력을 가한다, 나도 할 수만 있다면 전
업주부가 되고 싶지만 남편 혼자 버는 돈으로 생활할 수 있었던
시어머니 세대와는 다르다, 당신 아들 벌이로는 먹고살 수 없다,
하고 투덜거렸다. 무심히 듣는 둥 마는 둥 하고 있었더니 한 시간
쯤 만에 그들은 가고 또 다른 여자들이 들어왔는데, 그중 한 명이
완전히 똑같은 이야기를 시작하는 바람에 깜짝 놀랐다.

최근 인상에 남은 것. 어느 바 카운터에서 퇴근길에 들른 듯한
여자 상사와 남자 부하 직원이라는 조합이 옆자리에 있었다. 그
런데 갑자기 부하가 "전 게이입니다" 하고 털어놨다.

고백이라는 것은, 하는 쪽은 기묘한 흥분을 느끼는 법이다. 그
도 점점 감정이 고조돼서 그때까지 살아온 반평생을 상세히 늘어
놓기 시작했다.

그러나 여자 상사 쪽은 아닌 밤중에 홍두깨였던 모양이다. 그
녀, 그리고 이야기를 듣고 있는 필자는 점점 술이 깨는 것을 알
수 있었다. 고백을 듣는 쪽도 나름대로 기력이 필요한 것이다.

다시 첫머리로 돌아가서 "얘가 뉴욕의 바보다 괜찮다는데요"라는 대화에는 약간의 설명이 필요할 것 같다.

시간은 이제 곧 0시가 될 때쯤이었다.

여자 둘이 들어왔다. 이십대 후반이나 삼십대 초반 정도. 둘 다 긴 머리에 예쁘고 세련됐다.

카운터에 나란히 앉은 두 사람이 대화하는 것을 듣고 한국인이라는 것을 알아차렸다. 일본어를 할 줄 아는 사람은 한 명뿐이라 주문도 그쪽이 했다. 보아하니 일본어를 할 줄 아는 쪽은 도쿄에서 직장을 다니고 또 한 명은 평소 뉴욕에서 생활하는데, 도쿄에는 일 때문인지 뭣 때문인지 와서(패션 관계인 것 같다) 같이 식사하고 나서 이곳에 한잔하러 온 모양이었다. 거기서 첫머리의 대화로 이어지는 것이다.

왜 이 한마디가 마음에 걸렸을까, 하고 필자는 멍하니 생각했다.

'뉴욕의 바'라고만 하면 막연하지만, 분명 저런 예쁜 애가 다니는 바는 세련된 곳이겠지, 도쿄의 바도 잘 알 것 같은데, 그런 사소한 생각이 떠올랐다.

그러다가 문득 얼마 전에 읽은 책을 연상했다는 것을 깨달았다.

아아, 그거였나.

야마자키 마도카의 《여자와 뉴욕》이라는 책이었다. 패션 잡지 편집장의 화려한 계보와 사교계를 석권했던 여자를 연대기 풍으로 정리하고 그런 여자들을 모델로 만든 영화와 드라마도 소개했다.

그중에서 관심을 끈 것은 트루먼 커포티의 《티파니에서 아침을》과 대인기 드라마였던 〈섹스 앤 더 시티〉를 겹쳐보는 부분이었다.

〈섹스 앤 더 시티〉는 대도시 뉴욕에서 일하는 독신 여자 네 명의 사생활을 노골적으로 그린 드라마로, 일본에서도 직업을 가진 여자들에게 압도적인 지지를 얻었다.

뉴욕에는 지방에서 꿈을 품고 올라와 '타락한 여자'라는 테마가 예전부터 있다고 한다. 가십 걸이나 파티 걸의 일부도 그에 포함된다.

오드리 헵번이 주연한 영화에서는 어물쩍 넘어갔지만 《티파니에서 아침을》 원작에서는 '홀리'는 고급 창녀이며 남자에게 받는 돈으로 사치스럽게 살아간다. 겉모습은 화려해도 그녀 또한 '타락한 여자'라는 것은 틀림없다.

그리고 책은 〈섹스 앤 더 시티〉의 화자로 잡지와 신문에 섹스에 관한 칼럼을 쓰는 캐리의 태생을 알 수 없다는 점을 지적한다.

다른 세 등장인물에 비해 실은 캐리의 가족 구성은 거의 밝혀지지 않는다. 지방 출신이라는 것, 그리 유복한 집은 아니었다는 것 정도밖에 모른다.

게다가 그녀는 꽤 젊었을 때부터 맨해튼의 고급 아파트에 살고 있는 데다 값비싼 구두라면 사족을 못 쓴다. 대체 그녀는 어떻게 수입을 얻고 있나?

다시 말해 그녀는 과거에 누군가의 정부로 살며 경제적 도움을 받았다, 또는 지금도 받고 있다는 것을 시사하는 게 아닌가 하는 이야기다.

뿐만 아니라 캐리가 오랫동안 불륜 관계를 이어온 미스터 빅이라고 불리는 남자가 나오는데, 이쪽도 직업이나 가정환경을 잘 알 수 없는 인물이다. 보수적인 명문가 출신이고 부자라는 것 정도가 암시될 뿐.

즉 캐리도 미스터 빅도 기호라는 게 그 책의 결론이었다. 캐리도 일종의 '타락한 여자'고 미스터 빅은 그런 여자들이 매료되는 뉴욕 그 자체. 이 드라마는 지방 출신의 젊은 여자와 도시의 오래고도 새로운 관계를 그렸다는 것이다. 그렇게 생각하면 〈섹스 앤 더 시티〉라는 제목이 바로 그것을 나타내고 있다.

'타락한 여자'는 전세계 도시에 공통되는 테마 중 하나일 것이다. 지금은 조금 다르지만, 필자가 어렸을 때는 '도쿄는 무서운 곳이다' '젊은 처녀가 도쿄에 가봤자 속아서 이용당할 뿐이다' 같은 상식(?)이 뿌리 깊게 박혀 있었다. 물론 지금도 그런 부분은 있지만, 도쿄는 인재가 단물이 빨리고 착취되는 곳이라는 점에서 남녀노소를 가리지 않았다.

하지만 한편으로 도시는 젊은 처녀에게 대단히 향락적이고 즐거운 곳이기도 하다. 과거에는 즐거운 시간은 금세 끝나고 그 뒤로는 '결혼해서 가정을 꾸리'거나 '타락하는' 수밖에 없었다.

그런데 여자의 학력 수준이 높아지고 경제력이 생기면서 도시와의 관계가 차츰 달라졌다.

결정적으로 굳어진 것은 역시 잡지 〈Hanako〉가 창간된 1980년대 말인 것 같다. 그게 바로 일본의 〈섹스 앤 더 시티〉, 여자와 도시가 일대일 관계를 이룰 수 있게 됐음을 나타낸다는 생각이 든다.

'Hanako'라는 일본 여자의 상징적인 이름도 일본 여자와 도쿄라는 기호를 그대로 나타낸다.

이제 도시는 그들 것이다. 소비도 유행도 그들이 만들어내고 그들이 주도한다.

하지만 '타락한 여자'가 사라진 것은 아니다. '타락'하는 방식이 다양화됐기 때문에 잘 보이지 않게 된 것뿐이다. 〈섹스 앤 더 시티〉가 겉으로는 매우 화려하고 즐거운, 다양한 트렌드를 탄생시킨 드라마로 보였던 것처럼.

누가 소개해주지 않으면 결코 다다르지 못할 것 같은 바에 예쁜 외국인 여자가 밤중에 훌쩍 찾아올 수 있는 것도, 도시와 여자가 전에 없이 친밀한—공범자 같은— 관계를 맺을 수 있게 됐기 때문이라는 생각이 든다.

도시와 여자. 여자와 도쿄.

이건 학술적으로도 재미있는 테마일 것 같다. 도쿄의 치안 상태가 좋고 교통망이 잘 발달했다는 것은 여자에게 중요한 포인트이며, 대도시인 동시에 지역성을 유지한다는 것도 도쿄만의 특징이다.

여자 모임女子숲라는 말이 생기기 전부터 여자들끼리 식사도 하고 술도 마셨거니와, 여자들끼리 술을 마셔도 주위에서 착각하지 않는 대도시는 도쿄 정도일 것이다.

세계적으로도 도시는 점점 여성화되는 것 같다. 언젠가 '도쿄'도 여성 명사로 취급되지 않을까.

〈에피타프 도쿄〉도 생각해보면 도시와 여자의 이야기다.

만난 지 조금 된 B코가 갑자기 보고 싶어졌다. 이 테마로 이야기를 꺼내면 그녀는 무슨 말을 할까.

싸우는 도시

알파벳 K 같다.

　우편함에 들어 있던 전단을 본 순간, 그만 동작을 멈추고 생각에 잠겼다.

　경시청 전단. 매년 이 시기에 들어오는, 도쿄 마라톤 당일의 교통 규제에 관한 안내문이다.

　매년 이 안내문을 볼 때마다 무심코 응시하게 되는 것은, 이 마라톤 코스와 교통 규제를 트릭에 활용해서 픽션을 쓸 수 없을까 생각하기 때문이다.

　도쿄 도청을 출발해 야스쿠니 거리를 달려 이치가야, 이다바시를 통과해서 왕궁을 따라 우치보리 거리를 달려서는, 히비야 거리로 시나가와까지 갔다가 반환점을 돌아 긴자 4번가에서 꺾어져 료고쿠 국기관을 보며 아사쿠사로. 가미나리몬 앞에서 반환점을 돌아 쓰키지에서 쓰쿠다로 들어서 하루미 거리를 달려 아리아케로 향해 도쿄 빅사이트에서 골인.

이 코스가 딱 알파벳 K 꼴이다.

참가 경쟁률이 엄청나서 일반 참가자에게는 하늘의 별 따기보다 어렵다는 도쿄 마라톤. 도쿄는 스포츠 경기도 많다. 필자는 스포츠와 전혀 인연이 없지만 보는 것은 싫지 않다.

필자는 도쿄 올림픽이 개최중이던 1964년 10월에 태어났다. 도쿄 올림픽 개회식이 열린 10월 10일 체육의 날은 맑은 날씨의 특이일特異日이라는 설이 어렸을 때부터 각인됐다. 기록이 남아 있는 과거 수십 년의 날씨를 조사한 결과 한 번도 비가 온 적이 없다는 이유로 10월 10일을 택했다고 한다. 따라서 현재 해피 먼데이랍시고 다른 날을 체육의 날로 대체하는 것은, 운동회를 고려한다면 선인先人의 배려를 활용하지 못하는 셈이다. 도무지 이해가 되지 않는다.

국립경기장, 요요기 체육관, 부도칸, 료고쿠 국기관. 스포츠마다 성지가 있다.

필자는 승부를 겨루는 일에 약하다.

심리적인 줄다리기가 불가능한 데다 생각이 바로 표정에 드러나기 때문에 카드 게임을 해도 가진 패가 바로 들통난다. 인형 뽑기와 금붕어 잡기, 물풍선 낚시도 완전히 젬병이다. 남보다 나은 것은 기껏해야 제비뽑기 운 정도다. 제비뽑기, 제비 점. 일본인의 생활은 매일 작은 도박들로 이루어져 있다.

도쿄는 싸움의 도시다. 물론 산다는 것은 싸움의 연속이지만, 대도시고 사람 수가 많다는 것은 강한 사람이 많다는 뜻이기도 하다. 온갖 장르에 경쟁이 있고 각각 챔피언이 있다. 예나 지금이나 격투기는 서민의 오락이다. 전쟁도 원래는 격투기의 연장이었음을 생각하면 앞으로도 결코 없어지지 않을 것이라는 살벌한 체념에 젖게 된다.

스모는 참 불가사의한 경기다. 씨름판도 그렇고, 의상도 그렇고, 갖은 의식도 그렇고, 아무리 봐도 종교 행사다. 료고쿠 국기관의 칸막이 좌석에 가본 적이 딱 한 번 있는데, 그 공간 자체가 결계로 구분된 신성한 영역이며 독특한 구심력이 있다. 어렸을 때부터 "방석을 던지지 마십시오, 방석을 던지지 마십시오" 하는 안내 방송이 귀에 들러붙어 있었던지라 분위기가 고조되면 방석을 던지는 것이라고 믿었다. 완전히 역효과다.

그보다 인상적이었던 점은, 강하다는 것은 아름답다는 사실을 다시금 실감한 것이었다. 당시 2대 다카노하나가 요코즈나스모 가운데 최고위였는데, 경기장에 들어오기만 해도 주위가 확 밝아지는 듯한 오라가 있고 정말 반짝반짝 빛이 났다. 강한 선수는 다치지 않고 말 그대로 흙이 묻지 않으니 몸이 아주 깨끗하다. 여기저기 테이핑을 하고 타박상이 있고 안색이 나쁜 요코즈나는 없다.

야구에서도 같은 느낌을 받았다.

돈을 많이 번다는 것은 재능이 많이 모여든다는 뜻이기도 하다. 다시 말해 좋은 운동신경을 가진 사람이 야구계에 들어오는 것은 당연한 일이다. 그렇기에 프로야구 선수들은 신체 능력이 대단히 발달한 천재 집단이라고 들었는데, 실제로 구장에 가서 움직이는 선수들을 보고 그 말을 실감했다.

도쿄 돔에서 일본햄과 라쿠텐의 경기, 그것도 다르빗슈 유와 다나카 마사히로가 투수로 등판하는 시합을 운 좋게 본 적이 있다.

두 사람 다 마운드에서 투구하는 모습이 얼마나 커 보이던지. 다르빗슈는 막연히 예상하고 있었지만, 다나카는 실물을 보고 그 아름다움에 놀랐다. 반짝반짝 빛을 발하는 것이다. 얼룩 하나 없는 새하얀 유니폼에, 선 자세도 공을 던지는 폼도 참 아름다운 게 어쩐지 '동자'라는 말이 생각났다. 강한 자는 아름답다고 재차 확인한 기분이었다.

프로레슬링과 권투. 격투기라는 것은 인간의 원시적인 본능을 깨운다고 한다. 처음 시작했을 당시 K-1이 더없이 매력적이고 재미있었던 것은, 참가 선수들의 개성이 풍부했고 강함의 '아름다움'이 두드러졌기 때문 아닐까.

필자가 막연히 그런 생각을 하며 걷고 있는 곳은, 도쿄 마라톤의 골인 지점에서 가까운 시오도메 방면의 중심가다.

최근 볼 때마다 재개발이 진행되는 이 일대는 어렸을 때 생각했던 '미래'가 구체화된 것 같은 장소다. 건물과 건물이 공중 통로로 이어졌고, 머리 위로 유리카모메도쿄의 인공섬 오다이바를 통과하는 경전철가 달리고, 새 건물이 증식하고 있다.

히비야 신사의 도리이 사이로 올려다보는 시오도메 미디어 타워. 그 부근 도로에 기묘한 형태로 가드레일을 둘러놔서 이상하게 생각했는데, 이곳이 '맥아더 도로'라고 불리는 건설 중의 넓은 직선 도로라는 것을 최근 들어 알았다. 이름에서 알 수 있듯 2차 세계대전 직후에 계획됐다고 하니 놀랄 일이다. 21세기가 되도록 아직도 맥아더의 망령이냐 싶지만, 그러고 보면 도쿄의 도시계획은 자연재해와 전쟁이 발단이다. 그런 의미에서는 그야말로 망령이다.

과거에 꿈꾸었던 시오도메의 미래 도시는 어째선지 묘하게 친숙하다.

최근 도쿄 어디를 걸어도 기묘한 친숙함이 느껴진다. 무엇을 봐도, 무엇을 체험해도 강한 기시감을 느낀다.

아마 고도성장과 거품경제를 경험하고 그 뒷감당의 시대를 거쳐 도시가 다음 단계로 들어서려 하기 때문이 아닐까 싶다. 지금 체험중인 도시가(도시라는 것은 체험으로 바꿔 말하는 게 가능한 것 같다) 과거가 되어가는 순간을 항상 목격하고 있고, 도쿄가 이윽고 경험할 미래로부터 과거를 회상하는 장면에 자리하는 것 같은, 어지러우리만큼 빠른 속도로 시간이 반대 방향으로 흘러가는 것 같은 기묘한 느낌이다.

　도쿄에서는 언제나 과거와 미래가 격한 싸움을 벌이고 있다. 이곳에 남으려고, 존재를 주장하려고, 땅에 발톱을 박아 자취를 남기려고 버티는 과거에 반해, 미래는 늘 앞으로 나아가려 하고 과거의 흔적을 완벽하게 지워버리려고 한다. 그 속도는 일정하지 않아서 때로는 완만하고 때로는 정력적이다. 가속과 감속, 정체의 시기도 있다. 지금은 다시 '서두르는' 시기가 아닐까.

　'맥아더 도로'의 공사 현장을 가리듯이 희고 높다란 벽이 이어진다.

　가려진 도시. 늘 보이지 않는 곳에서 거대 프로젝트가 움직이고 있고, 벽 너머며 지하에서 뭔가가 은밀히 진행되고 있다. 그리고 어느 날 갑자기 가림막이 걷히면 이제껏 본 적도 없는 광경이 완성된 형태로 나타나는 것이다.

　도시의 기억 밑바닥을 걷는다. 아니, 헤엄치고 있다. 압도적인 크기로 밀려드는, 미래의 도쿄가 꾸는 과거의 꿈속을 필사적으로 헤치며 계속해서 헤엄친다.

　이 순간도 빠른 속도로 과거가 되어간다. 걸은 거리만큼 뒤에서 과거가 거대한 인화지에 새겨지는 것 같다.

　필자는 좁은 골목으로 향하고 있다.

　미래 도시 시오도메에서 겨우 몇 분. 신바시 역을 지나면 순식간에 몇십 년 태엽이 되감겨져 어수선한 골목에 술집이 늘어선 쇼와의 세계가 나타난다. 이쪽은 피부에 부드럽게 와 닿는 친숙함이다.

가라스모리 출구에서 쏟아져 나오는 직장인들 틈을 지나 가라스모리 신사를 통과해 좁은 골목에 발을 들여놓는다.

사방에서 사람들 목소리와 웃음소리, 주문을 받는 소리가 들려온다. 환풍구에서 꼬치구이와 조림 냄새가 흘러나온다. 뒷문 앞에 뚱뚱한 길고양이가 떡하니 앉아 있다.

여기 안쪽에 있는 가게에서 누구를 만나기로 약속했다.

필자는 조금 긴장하고 있다. 이야기를 들으면서 메모나 녹음은 하지 않는다는 게 조건이기 때문이다.

솔직히 기억력에는 별로 자신 없다. 손톱으로 할퀴어 기억에 흔적을 남길 수 있을지, 걸으면서도 몹시 불안했다.

걸음을 멈추고 상가 건물 간판을 올려다본다. 흰 전등불을 켠 상호들 중 이름 하나를 찾는다. 있다.

필자는 숨을 크게 들이마신 다음 허연 형광등 불빛 속으로 들어간다. 엘리베이터는 없어서 계단을 올라간다. 노래방의 음악과 환성이 위에서 밑에서 날아와 몸을 감싼다.

나직이 한숨을 쉰 것은 피곤해서가 아니라 역시 긴장한 탓이었다.

얼굴을 들어 어두운 계단참에서 위층을 올려다본다. 계단참이라는 장소는 왜 그런지 몹시 쓸쓸하게 느껴지고, 왜 그런지 불안

한 기분이 든다. 위층도 아래층도 아닌 모호한 경계선이라서일
것이다.

　담배를 피울 수 있다면 좋을 텐데. 문득 또 그런 생각이 들었지
만 포기하고 계단을 올라가, 가게가 있는 복도에 용기를 내서 발
을 들여놓았다.

.

drawing

도시, 닫혀버린 무한. 결코 헤매는 일 없는 미로. 모든 구획에 똑같은 번지수를 매긴 당신만의 지도.

그렇기에 당신은 길을 잃어도 헤맬 수는 없다.

끝내주네, 이 에피그래프.

어째선지 갑자기, 이십몇 년 만에 아베 고보의 《불타버린 지도》가 읽고 싶어졌다.

전에 읽은 것은 학창시절. 아베 고보는 중학교 때 처음 읽었다. 당시 SF 소설에 빠져 있었는데 일본 문학에도 SF가 있다고 하기에 읽어본 것 같다. 그런데 가슴 설레는 아이디어로 가득한 영미 SF에 비해, 그때 이미 세계적으로 유명했던 아베 고보의 《인간과 똑같은》 등 이른바 SF로 분류되던 작품은 따분하고 재미없었다. 오히려 《모래의 여자》 쪽이 더 'SF'가 느껴진 것 같다. 약간 스타니스와프 렘 같다고 생각한 기억이 있다.

오랜만에 읽어본 《불타버린 지도》는 전에 받았던 딱딱한 인상과는 달리 뜻밖에도 꽤 읽기 쉽게 느껴졌다. 이렇게 술술 읽히는 작가였던가?

게다가 전보다 훨씬 재미있었다. 그래, 피부로 느끼는 감각이 명백히 전보다 사실적이었다.

물론 '이전'의 나도 이 책을 읽었을 터다. 잘은 몰라도 기억 밑바닥에 남아 있다.

하지만 현대를 사십 년쯤 살았을 뿐인 '지금'의 내가 학창시절에 읽은 이 책을 다시 읽어보고 싶어졌다는 게 이상했다.

이 소설의 무대는 쇼와 42년의 도쿄다. 처음에 흥신소에서 일하는 주인공이 집어드는 조사 의뢰서에 그렇게 분명히 쓰여 있다.

1967년. 아주 옛날 같기도 하고 최근 같기도 하다. 한창 고도성장기였던 것만은 확실하고.

요새는 별로 그 말을 쓰지 않지만, 한동안 갑자기 사람이 없어지는 것을 '증발'이라고 불렀다. 꽤나 대중적인 표현이었다고 생각한다. 갑자기 회사에 출근하지 않게 된 사람, 최근 동네에서 모습을 볼 수 없게 된 사람을 "그 사람 증발했다나봐"라고 했던가.

《불타버린 지도》는 그런 식으로 어느 날 갑자기 사라진 한 남자를 찾는 이야기다. 평소처럼 아침에 출근해서는 동료와 만나기로 한 곳에 나타나지 않고 그대로 사라져버린 남자.

주인공의 이름은 나오지 않는다. 아니, 등장인물 대다수가 이름이 없다. 풀네임으로 등장하는 유일한 사람은 실종된 남자, 주인공이 수색을 의뢰받은 남자, 네무로 히로시 딱 한 명뿐.

구체적인 지명도 등장하지 않는다. 어디에나 있을 법한 신흥 주택지의 풍경, 공사중인 갱지, 뒷골목 음식점, 주택단지의 창문 커튼. 그런 익명의 풍경뿐이다.

그중에서 네무로 히로시가 마지막으로 동료와 만나기로 한 장소로 도쿄 교외의 F 정이라는 지역이 나온다. 후대의 연구에 의해, 수도 고속도로 공사와 주택 조성에 관한 묘사, 게다가 아베 고보 자신이 그곳 지리를 잘 알았다는 사실에서 후추가 모델이라는 게 밝혀졌다 한다.

이 소설에 나오는 도쿄는 어디나 공사중이고, 그곳에서 일하는 노동자가 임시 시가지를 만든다. 강변에는 모래먼지가 날리고, 노동자를 상대로 영업하는 음식점도 미니버스다.

그러고 보면 그 이듬해, 작품에서 그리는 1967년의 이듬해인

1968년 12월 10일에 아직까지도 미제로 남아 있는 삼억 엔 사건이 후추 교도소 뒤에서 벌어진 것은 어쩐지 암시적이다. 고도성장기는 항상 도심의 윤곽이 확장되어 주변부가 새로 만들어지는 시대이니까, 언제나 교외에서, 도시와 옛 공동체의 경계에 해당되는 장소에서 기묘한 사건이 일어났던 것 같다.

더욱 기묘한 것은 지금 이 소설이 현대의 사건처럼 느껴진다는 점이다.

물론 등장하는 풍속은 영락없는 쇼와의 감각이다. 하지만 이 두서없고 갑작스러운, 거대한 공동주택의 백일몽 같은 느낌, 늘 공사중이라 사방을 파헤치고 있는 느낌, 얼굴 없는 주택지를 걷는 불안감. 이건 지금도 전혀 다를 바가 없다는 생각이 든다.

'시대가 따라잡는다'라는 말이 있는데, 진부해서 좋아하지 않는다. 그런 게 아니라 비로소 우리가 도시를 이야기할 언어를 획득하고 도시를 이해하기 시작했다고 생각한다. 여기저기 이동하게 되고 일상적으로 외국에 나갈 기회도 늘어 다른 나라의 대도시를 경험하게 되면서, 비로소 바깥에서 도시를 볼 수 있게 된 것이다.

다시 말해 아베 고보는 오십 년 전에 이미 그 언어를 획득한 것뿐이다. 그건 물론 선견지명이 있었다는 말인데, 바로 그렇기에 지금 우리가 읽기에 딱 좋을지도 모르겠다.

그리고 무엇보다도 내가 가장 공감한 것은, 쫓고 있던 자가 어느새 쫓기는 입장이 돼 있다는 부분이었다.

소설 속의 이름 없는 옵 대실 해밋의 소설에 등장하는 이름 없는 사립탐정 콘티넨털 옵은 비탈 위의 새하얀 상자들 무리인 단지를 찾아가 실종자의 아내에게서 정보를 얻으려 하지만, 다소 키친 드링커 기미가 있는 아내의 대답은 계속 요령부득이다. 정말로 남편의 행방을 찾기를 원하는지, 찾아서 어떻게 하고 싶은 건지 알 수 없다. 게다가 수색에 제일 열성을 보이는 듯한 처남은 수수께끼 같은 데다 켕기는 구석이 있는 듯, 신출귀몰에 좌우지간 수상쩍다.

남편이 성냥을 갖고 있었던 찻집도 비밀리에 뭔가 다른 장사를 하는 것 같은데 확증은 얻을 수 없다. 동료와 상사도 실종 이유로 짐작 가는 바가 없다고 고개를 흔들 뿐. 이윽고 무엇을 위해, 누구를 위해 실종자를 찾고 있는지 점점 알 수 없게 된다.

소설의 마지막. 거기서 다시 한 번 서두로 돌아가는 것이다.

실종자의 아내를 만나러 가파른 콘크리트 비탈길을 올라가는 누군가. 그건 어느새 쫓고 있던 남자에서 실종됐던 남자로 바뀌어 있다. 아니, 쫓고 있던 남자가 다른 사건에 휘말려 쫓기는 중일지도 모른다. 아무튼 이야기의 종반에서 누군가에게 쫓기는 남자, 쫓기고 있음을 자각하는 남자가 가파른 비탈을 올라가 희고 거대한 상자 무리 같은 단지로 향한다.

그렇구나.

다시 읽으면서 나는 몇 번씩 혼자 고개를 끄덕였다. 이 책을 다시 읽고 싶어진 이유를 깨달은 것이다.

쫓는 자는 늘 자신이 쫓고 있다고 생각한다. 진보초에서 나를 미행했던 K씨처럼.

하지만 사실은 그렇지 않다. 쫓기는 쪽도 실은 쫓고 있는 것이다. 몰아넣고 있는 것이다. 거울 속의 K씨를 몇 번씩 확인하면서 마지막에 그 가게로 유도했듯이.

나는 내가 쫓기고 있다고 생각했다. 아주아주 오랫동안. 내 안에 있는 기억 속에서도 우리는 항상 이분자요, 박해받는 입장이었다.

하지만 어쩌면 그게 아닐지도 모른다. 우리가 쫓고 있는지도 모른다. 죽기 살기로 도망치는 사이에 어느새 한 바퀴 빙 돌아 추월하기 직전일 가능성도 틀림없이 있다. 왕궁의 원운동에 동참해서 달리는 사람들을 추월했을 때처럼.

도시 – 닫혀버린 무한.

그렇군, 말 된다. 이 넓은 도시의 밑바닥을 돌아다니면서 우리는 빙글빙글 술래잡기를 하고 있으니까.

아베 고보는 웃는 달에게 쫓기는 꿈을 자주 꾸었다고 한다. 그에게는 매우 무서운 꿈이라 한동안 잠자기가 두려웠다나.

웃는 달은 디즈니 영화 같은 데 나오지 않았던가? 하현달이 체셔 고양이의 입이 돼서 히죽히죽 웃는 장면이 있었던 것 같다. 그 장면을 본 이래로 하현달을 볼 때마다 체셔 고양이가 웃는 모습을 떠올린다는 사람도 있다.

오늘 밤에는 달이 보일까?

하늘은 맑지만 달은 보이지 않는다. 어딘가에 숨어 있을까. 아니면 네온 불빛에 파묻혔을까.

《불타버린 지도》를 읽은 나는 멋대로 계시 같은 것을 느끼고 있다.

쫓는 자가 쫓기는 자가 된다. 쫓기던 자가 어느새 쫓는 자의 등 뒤에 서 있다. 그건 있을 수 있다. 우리가 도시의 의미를 알고 《불타버린 지도》를 따라잡은 '지금의' 나라면.

오랜만에 가슴이 설렌다. 이렇게 누군가를 만날 수 있다는 것에 가슴이 뛰는 게 얼마 만일까.

신바시 역 개표구를 나와 가라스모리 신사가 있는 좁은 골목으로 향한다. 공기가 어렴풋이 달콤하고 축축하다.

웃는 달은 보이지 않지만 아드레날린이 분비되는 것을 알 수 있다.

환풍구에서 흘러나오는 조림 냄새. 골목을 가로지르는, 살쪄서 배가 땅에 닿을 것 같은 고양이.

골목 안쪽에 위치한 고요한 상가 건물. 이 부근에 있는 음식점은 일차로 오는 곳이 아니다. 회사 동료들과의 회식이 끝나고

혼자 느긋이 즐기기 위해 찾는 곳들만 있기 때문에 이 시간대에
는 아직 조용하다.

나는 건물 벽에서 튀어나와 있는 간판을 올려다본다. 전등 불
빛에 비춰진 무수한 상호들. 확실히 기억하지는 못하지만 저곳
이 맞을 것이다.

나는 용기를 내서 건물 안에 발을 들여놓는다. 흰색으로 칠한
계단. 어디선가 들려오는 노래방의 멜로디. 술기운이 섞인 웃음
소리.

나는 계단참에서 잠시 쉰다. 어중간한 이 장소에서 살며시 창
밖 골목을 내려다본다. 나는 아직 불타버린 지도의 잔해를 갖고
있을까?

<에피타프 도쿄> 2막 1장에서

무대 위는 어둡고 옆쪽에서 희미한 빛이 비쳐 사람이 있는 것을 알 수 있는 정도. 사람은 움직이지 않고 가만있다. 존 콜트레인의 <마이 페이버릿 싱스>가 흐른다. 도입부에서 일 분 십구 초 지난 곳에서 갑자기 그치고 무대가 밝아진다.

G   (밝아지는 것과 동시에 혼란에 빠져 날카롭게) 어떻게 된 거야.

1막과 같은 장소, 같은 인테리어의 방
테이블을 둘러싸고 A, B, C 그리고 역시 휠체어에 앉아 꾸벅꾸벅 졸고 있는 E 뒤에 F, 그리고 G가 서 있다. 모두 밀폐 용기에 반찬을 담는 작업을 중단하고, 신문을 움켜쥔 G를 바라보고 있다.

B   (곤혹 어린 표정으로) 저기, 어떻게 된 거라니 뭐가?

G   (사납게) 시치미 떼지 마. 모른다는 거야?

A   (어리벙벙해서) 그러니까 뭘 말이야?

G   (다른 이들의 표정을 둘러보고 말문이 막힌다. 그리고 말문이 막
     힌 채 힘없이 테이블 위에 신문을 던진다) 죽었어.

A   누가?

G   그 사람. (문득 방 안을 둘러보고 공백을 바라본다)

C   뭐? 설마. (G의 시선이 향한 곳을 보고 동요해서 다른 이들을 본다)

B   설마 도이 씨가?

모두 움찔해서 1막에서 D가 서 있던 곳을 본다. A, 황급히 신문을 집어
"어디에 났어?" 하고 묻고, G가 멍하니 "뒤쪽"이라고 대답하자 소리 내어
신문을 넘긴다. B, C, F, 달려가 열심히 신문을 들여다본다.

F   어디요?

A   아, 이거 아냐? 사진이 나왔어.

B   이렇게 흐릿한 사진으로 어떻게 알아? 확실히 닮긴 했지만.

C   '교차로 민가에 트럭 돌진, 지나가던 자전거 말려들어. 귀갓길 주
     부 희생'

B   언제 이야기야?

C   어제저녁. 6시 넘어서래.

B   말도 안 돼, 진짜 그 사람이야?

A   '도이 가쓰요 씨, 54세'.

F   (냉정하게) 아아, 이름은 본명이었군요.

모두 무심코 F를 본다. F, E에게 돌아간다.

F   전 알고 있었어요.

B   응?

F   도이 씨가 사고에 말려들었다는 걸.

A   뭐? 정말이야? 알면서 가만있었단 말이야?

C   어째서.

F   아침 뉴스쇼에 사진이 나와서 어라, 도이 씨네, 하고 얼핏 생각했
       거든요. 아주 잠깐 지나간 거라 확신을 할 수 없었어요. 그런데 오
       늘 안 오셨길래 혹시 맞나 한 거죠.

B   그랬구나.

F   평소에 그랬잖아요. 우리는 이곳에서만 아는 사이고 이곳에서만
       의 관계다. 본명인지 아닌지 알 수 없는 성밖에 모른다. 개별적으
       로 접촉하는 건 엄금. 여기는 어디까지나 도시락 자원봉사 서비스
       고, 작업 자체도 강제가 아니다.

A	그래. 그게 뭐?
F	그러니까 누가 오지 않아도, 새로 누가 와도 이유를 묻지 않아요. 오는 사람 막지 않고 가는 사람은 잡지 않고.
A	그래, 맞아.
F	그럼 말할 필요 없잖아요? 전 다른 분들도 알면서 이야기를 안 하는 줄 알았어요.
C	(쓴웃음을 지으며) 난 몰랐어. 하지만 이번 이야기는 가르쳐주면 좋았겠다 싶네. 뭐, 방금 알았지만.
F	지노 씨가 그런 건 이해 못 할 것도 없어요. 저희는 같이 더러운 일을 하는 사이고, 저도 본심은 도이 씨가 돌아가신 게 충격이고 유감이에요. 그렇지만 이해가 안 되네요.
B	뭐가?
F	고토 씨의 태도가.

이번에는 다들 G를 본다. G, 멍하니 시선을 받아낸다.

C	(G에게 머뭇머뭇) 어떻게 해?
G	(멍하니) 뭐?
C	꽃이나 뭐 보내? 문상 안 가도 되나?
A	(허둥지둥) 이거 봐, 지금 무슨 소리를 하는 거야? 우리가 꽃 같은 거 보낼 수 있을 리 없잖아.

C   아, 그런가. 하지만 도이 씨가 이런 서비스에 다녔던 걸 집에서 알
        텐데, 분명히.

A   글쎄, 그건 모르는 일이야. 당신 집에선 알아?

C   아는데, 여기 위치라든지 연락처는 몰라. 내가 어디서 뭘 하는지
        관심 없거든. 휴대전화도 있겠다.

B   그렇지만 그 사람 가족, 그 사람이 다녔던 자원봉사 그룹에서 아
        무 소리 없으면 이상하게 생각하지 않을까?

A   글쎄, 어떨지.

G   (중얼거리듯) 뭘 이해할 수 없다는 거야.

다들 또 G를 본다. 그런데 G는 다른 이들을 보지 않고 멍하니 발치를 보
고 있다.

G   내가 어디가 이해할 수 없다는 거야.

F   (한숨을 쉬며) 알면서 그렇게 발끈한 것처럼 말씀하지 마세요. 이
        곳 규칙을 저희한테 가르쳐준 사람은 당신 아닌가요. 전 당신도
        아무 일 없었던 것처럼 여기에 올 거라고 생각했는데요. 당신이
        솔선해서 이곳 규칙을 지킬 거라고. 냉정한 태도로 우리한테 모범
        을 보여줄 게 틀림없다고. 그런데 그렇지 않았어요.

G   내가?

F   네. 어머, 고토 씨. 오늘은 과자가 없네요. 오늘은 일 때문에 오신

게 아닌가봐요.

G (흠칫 놀라 손을 본다) 내가 너무 놀라서.

F 도이 씨가 돌아가셔서요?

G 그래. 나도 동요 정도는 한다고. 오래 알고 지낸 사이겠다, 하도 놀라서 여기까지 뛰어온 거야.

F 어머, 고생이 많으셨어요. 그 비탈을 뛰어 올라오느라 힘드셨겠네요.

A (의아스레) 당신 대체 하려는 말이 뭐야?

F 고토 씨, 이 방에 들어오자마자 뭐라고 하셨죠?

A 뭐? 여기 왔을 때? 무슨 말 했나? (B, C를 본다)

F (E에게 말한다) '어떻게 된 거야.'

C 아, 맞다. 그랬어.

F '어떻게 된 거야.'

B 응, 그래, 그래서 내가 '어떻게 된 거라니 뭐가?' 하고 물었어.

F 그래요. 게다가 그사이에 이렇게 말했죠. '시치미 떼지 마. 모른다는 거야?'

B 맞아, 그랬어. 그나저나 진짜 기억 못 하네. 좀 전에 한 말인데.

F (다가와서 신문을 빼앗는다) 가슴 아픈 사고. 어떻게 봐도 사고. 귀갓길에 무모한 운전자의 폭주에 말려든 불행한 사고. 그게 도이 씨의 사고죠? 저 자신도 아까까지 그렇게 생각했어요. 당신이 들어와서 소리치기 전까지는.

기묘한 침묵이 흐른다. A, B, C, 의아스레 마주 보고는 냉정한 F와 침묵
하는 G를 번갈아 본다.

F   하지만 당신은 그렇게 생각하지 않으셨죠. 고토 씨.

G, 역시 멍하니 F를 보지만 눈에는 아무런 표정도 떠올라 있지 않다.

A   잠깐, 지금 무슨 소리를 하는 거야. 무슨 말인지 도무지 모르겠어.
F   (답답하다는 듯) 설마 정말 모르시는 건가요? 왜 고토 씨가 거품
        물고 여기로 달려왔는지. 왜 그런 식으로 고함을 쳤는지.
B   (흠칫해서) 아.
A   뭔데? (B를 본다)
F   (신문을 흔들어 보인다) 저희가 하는 일을 생각하면 알 수 있을
        텐데요.
A   말도 안 돼, 그렇잖아, 왜 우리가.
B   (신경질적으로 웃는다) 그럴 리 없잖아.
F   사고로 위장한다. 병으로 위장한다. 가슴 아픈, 불행한 사건. 우리
        는 그렇게 꾸미는 프로죠. 이 사람한테 의뢰를 받아서 돈 받고 지
        금까지 해온 일이고, 여기에 와 있다는 건 앞으로도 할 생각이란
        뜻이에요. 그걸 누구보다도 잘 아는 건 이 사람이에요. 이 사람이
        상대방을 가르쳐주고, 누가 할지 지명하는 것도 이 사람이니까요.

A   그건 그렇지만 왜 우리가 도이 씨를. (말을 맺지 못하고 침묵한다)

F   그렇지만 이 사람은 그렇게 생각했어요.

다들 혼란에 빠져 섬뜩한 표정으로 G를 쳐다본다.

G, 여전히 반응이 없는 채 발치를 내려다보고 있다.

F   그렇죠, 고토 씨? 당신은 우리 중 누군가가 사고로 위장해서 도이
     씨를 죽였다고 생각했어요. 그래서 그렇게 여기 와서 고함을 친
     거예요. 맞죠?

C   (수습하듯) 꼭 그렇다곤 볼 수 없지 않아? 진짜로 그냥 놀라서 그
     랬을지도 몰라.

A   당신 생각이 너무 지나친 거 아냐?

갑자기 G가 얼굴을 확 쳐들고 F를 노려본다. F, 순간 주춤한다.

이어서 G는 다른 사람들을 차례대로 노려본다.

G   그런 게 아냐. (F의 손에서 신문을 낚아챈다)
     당신들 중 누군가가 그 사람을 죽인 거야. 난 그걸 알아.

〈에피타프 도쿄〉상연을 위한 메모

o 무대는 아파트의 한 방

  낡았지만 물건 자체는 나쁘지 않은 아파트. 옛날 집이
라 그런지 천장이 높고 여유 있다. 리모델링 흔적이 있다.
휠체어를 실내에서 탈 수 있도록 문지방 등을 없앤 평평
한 구조.

  디지털 도어록이 아니라서 출입이 비교적 자유롭다. 엘
리베이터도 있지만 다들 현관 근처 계단을 이용한다.

  오륙십 세대가 거주하는 중간 규모의 아파트. 주민들
간의 교류는 별로 없다. 이사가 잦기 때문에 안면이 있는
사람에게 인사하는 정도.

  부엌과 거실을 합친 그런 대로 넓은 방. 무대를 바라보
고 왼쪽이 현관 방향. 중앙에 커다란 사각 테이블. 서서 작
업하기에 적당한 높직한 테이블이다. 의자는 놓지 않는다.

  최근 늘었다는, 혼자 사는 고령자가 동네 사람들의 모
임 장소로 집을 개방한다는 게 힌트. 셰어하우스, 방과후

돌봄교실 등도 관련?

한 고령자의 집을 빌려 실비만 받고 자원봉사 도시락 배달 서비스를 하는 여자들이 모인다는 설정.

규모는 작아서 담당하는 고객도 스무 명 전후. NPO 같은 조직은 아니다.

정면에 싱크대, 냉장고, 가스레인지 후드 등 보통 부엌의 설비. 등장인물은 객석을 등지고 작업하게 된다.

무대 오른쪽 벽에 가로세로 100센티미터쯤 되는 태피스트리가 걸려 있다(무대에서 볼 경우 어쩌면 이 사이즈는 작을지도 모른다. 주는 인상이 가로세로 100센티미터쯤이라는 의미. 실제로는 좀 더 커야 '인상적인' 태피스트리가 될 수 있다). 퀼트도 가능. 천 또는 직물, 여자가 수작업으로 만들었다고 명확히 알 수 있는 것. 그것도 어느 정도 오래된 것이어야 한다.

이 벽걸이에 조명을 비추어 눈에 띄지 않게 강조한다.

추상적인 문양으로 할지, 구체적인 사물이 그려진 것으로 할지는 아직 정하지 않았다. 경우에 따라서는 이 벽걸이가 희곡의 내용과 연동될 가능성도 있다.

기온 제 야마보코의 앞가리개를 참고? 앞가리개는 외

국 것이 많다. 이 벽걸이도 외국에서 들여온 것으로?

막대한 시간을 들여 만들었다고 보이는 것. 여자의 수 작업에 담긴 강렬한 감정.

구약성경이나 트로이 전쟁 등의 제재. 어머니와 자식을 다룬 것으로 하는 방법도 있지만, 다소 직유적이고 뻔할지도 모른다.

그 밖에 업무 연락용 화이트보드 등이 벽에 걸려 있다.

이야기는 처음부터 끝까지 이 방에서만 전개. 밀실극.

높은 곳에 위치한 아파트. 삼층집이지만 베란다에서 눈 아래 펼쳐지는 주택가가 바라보인다.

멀리서 열차 소리.

사철私鐵 노선(요코스카 선 언저리?)의 보통열차만 서는 역에서 걸어서 약 십오 분 거리인데, 마지막에 긴 비탈이 있고 그걸 다 올라가야 아파트가 나오기 때문에 실제로는 이십 분쯤 걸리는 느낌.

아파트를 찾아오는 사람은 다들 비탈에 대해 불평한다.

늦여름이라는 설정이기 때문에, 찾아오는 인물은 비탈을 올라오느라 더워서 기분이 언짢고 땀범벅이 돼서 들어온다.

도시락을 싸는 동안 현관문은 열어둔다. 특히 이 계절에 베란다와 현관을 열어 바람이 통하게 하면 에어컨을 틀지 않아도 꽤 시원하다. 다들 에어컨을 별로 좋아하지 않는다.

이 집은 복도 맨 끝 집이다.

이 세트를 만들 곳으로, 공연장이 너무 크지 않은 편이 나은가?

다른 사람의 부엌을 엿보는 느낌을 자아낸다. 가까운 무대. 아예 무대도 객석과 높이를 맞춰 관객과 같은 높이에서 연기하는 것도 재미있을지 모르겠다.

o 등장인물은 여자 일곱 명

여자들은 희곡에서 ABCDEFG로 나타낸다.

이름은 어디까지나 기호 같은 것이고, 그게 본명인지 아닌지는 아무래도 상관없다.

편의상 A(아오키), B(바바), C(지노), D(도이), E(에자키), F(후루야), G(고토)로 부른다. 흔한 일본인 이름에서 딴 것이고 별로 깊은 의미는 없다.

이십대 중반으로 혼자 눈에 띄게 젊은 F, 장소를 제공하는 집주인으로 휠체어를 타는 칠십대 후반의 E를 제외한 ABCDG는 사십대에서 오십대 초반의 한창나이.

G는 볼륨감 있는 몸매에 뚜렷한 이목구비. 긴 파마머리. 이 일곱 명 중에서는 의뢰자, 고용주적 위치이므로 '수완가'라는 분위기를 자아내는 여자가 좋겠다.

F는 나이는 젊지만 침착하고 야무진, 총명한 여자. 말씨도 바르고 곧은 심지가 느껴지는, 청결감이 있는 미인.

또 E는 치매 기미가 있으며 늘 휠체어에 앉아 꾸벅꾸벅 졸고 있다는 설정.

대체로 자고 있고 대사는 없다. 종반에 중요한 대사를 몇 개 중얼거리는 게 전부인데, 분명 원래는 좋은 집에서 나고 자란 딸이었으리라고 짐작케 해주는 기품과 사랑스러움이 있으면 좋겠다.

ABC는 평균적인 중년 여자 느낌. A는 명랑한 리더 타입. B는 약간 엉뚱한 타입, C는 끝까지 해내지 않으면 직성이 안 풀리는 타입 하는 식으로 구분.

대사는 막대한 양에 다다를 예정. 각각의 캐릭터를 그다지 강조하고 싶지 않지만, 이야기를 진행하려면 어느 정도의 역할 분담은 필요할지 모른다.

D는 말수가 적고 무뚝뚝한, 수수한 캐릭터.

배역은 되도록 연기 경향이 일치하지 않도록 다양한 타입의 극단에서 배우를 모아오면 좋겠다. 잘하는 방향성이 다른 편이 좋다. 그러면서 가끔 일체감을 주고 싶다. 생활감이 확실하게 있는 사람.

o 이 여자들은 거금을 받고 사람을 죽여주는 살인 청부업자 집단이라는 설정이다

다소 황당무계한 설정이기 때문에 반대로 일종의 우화적인 분위기가 있으면 좋겠다.

생명을 낳는 여자들이 죽이는 일을 선택한 이유에는 그에 걸맞은 필연성이 있어야 할 것이다.

그로테스크한 유머. 웃음을 주는 부분은 꼭 있어야겠다. 여자들의 수다 같은 직설적인 즐거움, 여자들만 있는 자리의 화사함, 여자들의 공범 의식이며 경쟁 의식 등, 여자들의 수다에 요구되는 것도 담고 싶다.

서로의 사정은 모르고 사생활도 캐지 않는다는 조건. 이곳 아닌 다른 장소에서는 만나지 않는다, 이야기도 하지 않는다. 각각의 이름이 본명인지 아닌지도 모른다.

일감을 들고 오는 사람은 G, 일을 맡은 멤버는 몇 달 사이에 사고나 병으로 위장해 대상을 죽여야 한다.

　물론 각자 이런 일을 하게 된 복잡한 가정 사정이 있는데, 그건 도중에 차츰 밝혀진다.

　후반에 범인 찾기 미스터리 요소도 있고 전체적으로 일종의 미스터리극인데, 배후에 자리하는 것은 도쿄라는 대도시가 내포하는 뒤틀림, 뒤에서 매장되어온 무수한 희생자들이다.

　도시 한구석의 부엌이라는 일상 공간에서 비쳐 보이는 것을 부각시키고 싶다.

　여자의 범죄, 도시의 범죄, 여자에 의한 살인의 역사를 조사할 것.

ㅇ 음악은 존 콜트레인의 〈마이 페이버릿 싱스〉 한 곡만. 이 곡을 오프닝부터 요소요소에서 튼다

　장면 전환의 역할. 이 곡이 흐르는 동안에는 대사가 없고, 언제나 곡이 뚝 끊기면 그때부터 대사가 시작된다.

　클라이맥스의 독백 장면에서만 내내 BGM으로 흐른다.

o 여러 소도구

벽에 거는 태피스트리도 중요하지만 그 밖에도 여러
가지.

G는 늘 사람 수에 맞게 과자를 가져오는데, 그중에 '당
첨'이 한 개 들어 있다. '당첨'을 고른 사람이 일을 맡는다.

이런 방식을 쓰게 된 것은, 모두 살인 보수로 받는 돈은
필요하지만 역시 사람을 죽이기는 싫다는 양가적인 감정
을 갖고 있기 때문이다.

일은 하고 싶지만 하고 싶지 않다. 생활을 위해서는 제
비뽑기에 당첨되고 싶지만 뽑히지 않으면 안도한다.

과자를 먹으며 살인자를 정한다는 그로테스크함.

플라스틱 스푼을 입에 문다. 코에 크림이 묻어 있다. 초
콜릿이 묻은 손가락을 핥는다. 토핑으로 얹힌 체리와 딸
기, 앵두 꼭지를 입 속에서 묶는다, 꼭지가 입 밖으로 삐
져나와 있다 등으로 그로테스크함, 우스꽝스러움을 강조.

G는 언제나 과자 세트와 함께 나타난다. 다양한 과자
가 그들에게 화제를 제공하고 환기시키는 실마리가 된다.

석류를 가져온다? 귀자모신 이야기를 끌어내나? 이것
도 직유적이고 뻔한가?

베란다의 새시문이 내내 열려 있는데, 풍경을 다나? 계속 울리면 시끄러울지도 모른다. 풍경이 있고 없고가 뭔가의 복선? 누가 떼었나. 언제 떼었나?

튀김 젓가락, 집게, 주방용 가위 등 반찬을 담을 때 쓰는 부엌 도구가 각자의 심정을 나타내는 아이템이 된다. 불쾌감, 증오, 의혹 등을 움직임으로 표현한다.

밀폐 용기, 앞치마, 환풍기 등도 이용할 수 있지 않을까.

휠체어도 중요. E가 어떤 포즈를 취하면 끼익끼익 독특한 소리가 난다.

여름인데도 무릎담요를 덮고 있다. 주머니가 달린 무릎담요인데, 안에 중요한 아이템이 들어 있다.

클라이맥스에서 그게 판명.

늘 E 곁에서 이야기를 하던 F의 계략?

미스터리극인 척하다가 마지막에 큰 시점 전환. 미스터리로서 범인 찾기의 재미도. 복선이 회수되는 수수께끼 풀이의 쾌감도 주고 싶다.

o 제목의 의미

가타카나로 '에피타프'인 의미. 이중성. 알파벳과의 차

이. 필자 안의 이중성. 그걸 어디에 제시할지, 시사할지는
아직 미정이다.

Interview

네, 신바시의 여우 또는 가라스모리의 백여우라고 부르는 사람도 있죠.

네, 접니다.

아, 그게 자기라는 사람이 또 있다고요.

아뇨, 전 인터넷 같은 건 전혀 안 해서 말이죠. 휴대전화는 있긴 합니다만 예약도 받지 않습니다.

아아, 네. 돈도 받지 않습니다.

왜냐고요? 이……이건 말하자면 제 취미니까요. 그러니까 돈을 받는 사람은, 그렇군요, 가짜라는 뜻이 되려나요.

하지만 이름은 제가 붙인 게 아닙니다. 이 근방에서 계속하는 사이에 누가 부르기 시작한 거죠.

네, 가라스모리 신사의 창시자는 다와라 도다입니다만, 다이라 마사카도가 날뛰던 때 이나리 님께 승리를 빌었더니 흰 여우가 나왔다는군요. 그래서 까마귀가 춤추는 곳에 신사를 세우면 된다고 해서 세운 신사가 가라스모리 신사라고 합니다. 그러니까 여우입니다.

하지만 실제로는 당시 이 일대는 아무것도 없는 모래땅하고 소나무 숲이었으니까 '마른 모래톱' '빈 모래톱'일본어로 '가라스'와 발음이 같거나 비슷하다이 어원이란 설도 있습니다.

아주 오래된 신사인 건 확실하죠. 10세기일걸요, 생긴 게.

후리소데 화재 때도 불타지 않아서 그 뒤로 방재 기도를 드리는 사람도 늘었다더군요. 아아, 후리소데 화재란 건 메이레키 대화재를 말하는 겁니다. 1657년인가요. 사망자가 십만 명이 넘었다고 이야기되죠. 당시 에도 인구의 약 삼분의 일에 해당된다고 합니다.

네? 돈을 그렇게 많이 받아요? 제 이름으로? 너무한데요.

그렇지만 굳이 내가 진짜라고 주장하고 나설 일도 아니라서 말이죠. 이건 정말로 제 취미, 자원봉사…… 으음, 이거나 저거나 어째 다르군요. 심심풀이, 소일거리…… 딱 맞는 말을 모르겠는데요. 업業이라고 할 만큼 거창한 것도 아니고. 끊을 수 없는 특이한 버릇 같은 걸까요.

제 친구 중에 일 년에 몇 번 갑자기 구두를 닦고 싶어진다는 녀석이 있거든요. 평소엔 자기 구두만 닦는데, 가끔 자기 구두만으로는 성에 안 차는 모양이죠. 처음 보는 타인의 구두, 엄청나게 지저분한 구두를 닦고 싶어진다나요. 그 친구는 그런 때만 몰래 무허가로 구두닦이 일을 했습니다만, 요새는 노상에서 뭘 하려면 어디나 엄청 까다로워서 말이죠.

그래서 가끔 친척이 하는 고급 요릿집에 부탁한다고 합니다. 송년회나 동창회 같은 모임이 열리는 두 시간 사이에 손님 구두를 닦는 거죠. 가끔은 아는 사람을 집으로 부르기도 하고요. 저도 딱 한 번 가봤는데, 도구도 완벽하게 갖춰놓고 아주 익숙하던데요. 신나서 닦아주더군요.

저도 그거하고 비슷하지 않을까요. 종종 사람의 얼굴을…… 보고 싶어집니다.

네, 대개 이 근처에 있습니다만, 장소랑 요일이 분명하게 정해져 있는 건 아닙니다.

전에는 정말로 사거리에 서 있었죠. '손금'이라고 쓴 작은 초롱만 들고.

그런데 점점 무릎이 쑤시는 바람에 이 가게 저 가게 들어가게 됐습니다. 헤헤, 다들 젊어 보인다고 말씀해주시지만 사실 나이가 꽤 돼서 말이죠.

요새는 이 집에 올 때가 많습니다만 그것도 언제까지 그럴지. 바람 부는 대로, 마음 가는 대로죠.

으음, 언제부터 봤느냐? 잘 기억 안 납니다. 막연히, 라고밖에 못 하겠군요. 뭐랄까, 저처럼 돈도 안 받고 취미로 관상이나 손금을 보는 사람을 몇 명 압니다만, 다들 비슷한 소리를 한답니다. 막연히 자기가 남의 상을 읽을 수 있다는 걸 깨달았다, 아니면 아주 어렸을 때부터 그걸 알고 있었다, 그렇게 말이죠.

이런 건 시대가 바뀌어도 별로 안 달라져요. 이제 21세기 같은 미래가 됐으니까 그런 건 사라지겠지 했는데요.

저번에 우리 손녀가 제 친구랑 노는 걸 무심코 바라보는데 똑같은 걸 하더란 말이죠. 친구 얼굴을 보고 '이번 금요일에 조심해' 그런 소리를 하는 겁니다.

본인이 아는 거죠.

저희 집은 아버지 대까지 목욕탕을 했거든요. 네, 도쿄의 목욕탕은 호쿠리쿠 출신이 많다는 건 정말입니다. 저희도 원래는 이시카와 사람이죠. 지금도 그쪽에 친척이 삽니다.

어렸을 때 계산대에 앉기도 해서요, 그때부터 막연히 사람의 얼굴이라든지 모습을 보고 느끼게 됐을 테죠. 아아, 이 사람은 그림자가 흐리네, 안 좋은 걸 짊어지고 있네, 그런 걸 어렴풋이 느꼈습니다. 가끔 그런 말을 하면 할머니가 싫어하면서 그런 소리는 하는 게 아니라고 종종 혼내셨어요. 지금 생각하면 할머니도 같은 체험을 했던 게 아닐까요.

아버지 대에 목욕탕을 없애고 그 자리에 연립을 지었습니다.

그때가 아마 첫 석유 파동 때였을 겁니다.

대학에 보내줘서 평범한 직장인으로 살았어요.

옛날 생각 나는군요.

욕실도 텔레비전도 전부 '나'만의 것이 됐죠. 영화관도 찻집도 전부 개인의 것이 됐습니다. 다 같이 공유하는 게 없어져요. 점점 작아지고 한 사람씩 벽으로 뒤덮여갑니다. 지금 시대에 인간은 전에 없이 프라이버시를 획득했다죠?

유명하다는 점쟁이도 여럿 봤고 가서 점도 보고 그랬습니다만, 도쿄에서 길목에 점쟁이가 있는 건 역시 옛날 네거리 점의 잔재겠죠. 길거리로 나가서 무슨 말이 들려오나 확인합니다. 들으러 가요.

아무튼 엄청난 속도로 사람들 얼굴이 바뀌어갑니다. 이렇게 보면 고속 재생으로 사람 얼굴만 보고 있었던 것 같군요.

문득 생각하면 우습단 말이죠. 우리 할머니는 메이지 시대에 태어나셨는데, 장수해서 백 살까지 사셨어요. 그럼 어디 보자, 할머니의 부모님은 두 분 다 에도 시대 사람인 셈입니다.

에도 시대, 메이지 시대라고 하면 엄청나게 옛날 같죠. 하지만 그렇게 생각해보면 아주 최근이거든요. 겨우 두 세대, 세 세대 전에 여기는 에도였구나 생각하면 기분이 이상하지 않습니까? 도쿄에 있다는 건 말이죠, 여기저기서 가져온 천 조각을 조금씩 겹쳐서 붙이는 것 같은 일이에요. 풀로 붙은 부분은 확실히 겹쳐져 있지만, 전혀 다른 걸 보고 있고 아주 작은 부분밖에 모릅니다.

요새 젊은 애들은 같은 일본인 같지가 않아요. 이렇게 단시간에 키가 커지고 허리는 올라가 붙고 얼굴도 작아져선, 내가 어렸을 때 보던 일본인하곤 전혀 딴판이거든. 이러다 두 세대 뒤엔 그야말로 우주인 같지 않을까요.

만약 달 같은 데서 살게 되면 중력이 없으니까 내장의 위치가 달라지고 쓰지 않는 다리도 퇴화하지 않겠느냐고 저번에 텔레비전에서 그러더군요. 걷지 않아도 되니까 깡충깡충 뛰어다니기에 편리한 형태가 될 거라나요.

진화가 너무 빨라서 못 따라가겠습니다

구단소의 몸에 사람의 머리를 가졌다는 일본의 괴물. 중대 사건을 예언한다고 함?

저번 지진 때?

아뇨, 모르겠군요. 본 적도 없고, 그런 이야기는 들어본 적도 없어요. 그래요? 내가 봤다는 말이 있어요? 글쎄요, 전혀 모르겠는데요.

별 우연이 다 있군요. 저번에도 같은 걸 물으러 온 사람이 있었어요. 어째 좀 기이한 사람이었죠. 일본인이 아닌 것 같은, 뭐랄까, 어쩐지 인간 같지 않은, 종잡을 수 없는 사람이었습니다. 나이도 가늠이 안 되고 말이죠. 구단을 봤느냐고 물으러 왔더군요. 손금이나 관상을 봐달라고 온 게 아니라 내 이야기를 들으러 온 사람은, 댁하고 그 사람뿐이에요. 오히려 관심이 있어서 찬찬히 관상을 보고 싶었는데, 상대방이 이쪽에 관심이 있으면 잘 안 보이거든.

이거야 원, 진짜 이런 이야기라도 상관없어요? 일부러 여기까지 찾으러 와서 이런 허튼 이야기를 듣는데 괜찮아요?

요새 관심 있는 거?

으음, 그러고 보니 이상한 꿈을 꿨군요.

어째선지 우리 목욕탕에 있는 꿈. 그것도 실제로 내가 있었던 목욕탕이 아니라 옛날 목욕탕이란 말이죠. 책에서만 본 적 있는 옛날 목욕탕. 남녀 혼욕이고 다들 옛날 머리 모양이에요. 석류 입구로 줄줄이 드나들어요.

석류 입구?

아아, 나도 직접 본 적은 없지만, 옛날엔 거울을 닦는 데 석류 알을 쓴 모양이죠. 그리고 옛날 목욕탕 입구는 따뜻한 공기가 나가지 못하게 다실의 무릎걸음 출입구처럼 돼 있거든. 입구가 낮고 좁으니까 몸을 한참 굽혀야 안으로 들어갈 수 있어요. 그래서 굽힌다고 석류 입구라고 부르게 됐다나요 일본어 '굽히다'와 '거울'의 발음이 '가가미'로 같다.

꿈 이야기로 돌아갈까요.

다른 사람들하고 안에 들어가면 갑자기 장면이 바뀌어서 사우나거든요. 죄 백인들뿐이고 아무리 봐도 유럽의 공중목욕탕이에요. 증기탕이죠.

어라, 어떻게 된 거지 하다가 아아, 옛날에 본 영화의 한 장면 이구나 하고 생각나요.

하도 선명하게 기억이 나서 그다음 날 바로 대여점에 가서 빌려왔군요.

아시는지 모르겠네, 〈자칼의 날〉이란 영화.

드골을 암살하려는 남자 이야기인데, 이 남자의 암호명이 자칼이에요.

네, 젊었을 적엔 외국영화를 좋아해서 꽤 자주 봤죠. 아마 그 영화도 사우나가 나와서 인상에 남았을 거예요. 우리 집이 목욕탕이었다는 것도 포함해서.

당국도 암살자가 프랑스에 있다는 걸 알고 있어서 대규모 수사망을 펴요. 자칼은 영국인이 아닌가 하는 정보가 있어서 영국도 수사에 가담하고 있거든요. 암살자도 그걸 알고 있고. 시내 호텔은 어디나 감시를 받고 있어요. 그래서 어떻게 하느냐 하면 사우나에 가는 거죠. 그쪽에서 사우나는 하룻밤 상대를 찾는 장소이기도 하니까. 암살자는 거기서 뜻이 맞은 척하면서 상대방 집에 숨어들어요.

이 남자, 아주 냉정해서 감정을 전혀 드러내질 않아요. 필요하면 남자랑도 여자랑도 자고, 필요가 없어지면 서슴없이 죽이죠. 온갖 수단을 써서 드골이 등장할 행사 회장으로 접근해 목적을 달성하려고 해요.

지금 다시 봐도 전혀 진부하지 않고 재미있던데요.

암살엔 실패하지만 결국 자칼의 정체는 모르고 끝나요. 어느 나라 사람인지, 본명은 뭔지조차 모르죠.

이 영화를 보고 공부하는 테러리스트가 적지 않았다는 것도 수긍이 갑니다. 세부가 사실적인 게.

으음, 이유가 뭘까요.

왜 지금 그런 꿈을 꾸었을까요.

Piece 18

●

유
령
그
림

"안 무서웠지."

회장에서 나오자마자 B코의 입에서 나온 감상이다.

"그러게."

필자도 수긍했다.

세상 사람들은 백중 연휴 중이고 입추도 지났을 텐데, 햇살은 살인적이었다. 단고자카에 떨어지는 두 사람의 땀방울 자국이 또렷하고 짙다.

전에도 양산을 갖고는 있었지만 제대로 쓴 것은 올해가 처음이었다. 자외선 차단제 정도로는 말 그대로 살기 넘치는 태양 광선을 완전히 막아낼 수 없었던 듯, 조그만 물집 같은 게 팔에 무수히 생긴 것을 보고 경악했기 때문이다.

우리가 나온 곳은 야나카의 젠쇼 암庵이라는 임제종 절이었다.

19세기 말 막부 말기의 메이지 유신으로 목숨을 잃은 사람들을 추모하기 위해 야마오카 뎃슈가 세웠다는 것 같다. 야마오카 뎃슈라는 이 인물이 뭘 하던 사람인지 영 파악이 안 되는데, 지금은 그에게 사사해 선禪의 가르침에도 정통했던 만담가 산유테이 엔초의 무덤이 있는 곳으로 더 유명한 모양이다.

엔초 하면 괴담. 괴담이 장기였다는 것은 필자조차도 알고 있었다. 〈괴담 보탄도로〉〈진경眞景 가사네가후치〉의 오리지널을 만든 것은 일찍부터 유명했다. 그리고 유령을 그린 그림을 엔초가 수집했다는 것도 알고 있었는데, 이곳 젠쇼 암에서 매년 8월 '엔초 축제'라는 것을 개최하고 그가 모은 유령 그림을 전시한다는 것은 몰랐다.

여름휴가의 분산화가 완전히 정착됐기 때문인지 백중 시기인데도 한가한 사람은 우리만이 아닌 듯 산책하는 남녀노소가 의외로 많았다.

거대한 불당 옆에 나중에 증축한 것으로 보이는 전시실에 그림이 있었다.

삼십 점 남짓 되는 유령들을 찬찬히 감상했다.

하나같이 족자라는 게 이 유령 그림들의 성격을 형성한다 봐도 될 것 같다. 당연히 유령의 서 있는 모습(?)이 주가 되기 때문에 다소 패턴이 고정되는 것은 부정할 수 없다.

다시 말해 머리를 풀어 헤치고 '원통하다'고 흐느끼는 여자가 대부분이다.

마루야마 오쿄 같은 고전적인 회화가 있는 한편, 이토 세이우처럼 현대 소년만화의 표지로 써도 될 만큼 모던한 것도 있다.

모기장 밖에 서 있는 유령이라는 주제도 유행했던 듯 몇 점 있었다. 아닌 게 아니라 모기장 안에 있으면 바깥이 흐릿하게 보이니까 뭐가 있을 것 같다고 어렸을 때 생각했던 기억이 있다. 거기에 유령이 있으면 싫을 만도 하다. 맹장지 안쪽에서 투명하게 비치는 유령 너머로 사방등이 보인다는 아이디어의 구도도 있었다.

필자가 마음에 든 것은 다카하시 유이치(염장 연어를 그린 유화로 기억하는 사람이 대다수일 것이다)가 그렸다고 여겨지는 그림이다.

명백히 서양화 기법으로 그렸지만 사이즈는 역시 족자 사이즈.

화면 아래쪽에 기모노를 입은 여자가 주저앉아 꾸벅꾸벅 졸고 있다. 여자의 머리 위에 남자의 상반신이 어렴풋이 떠 있다. 수묵화 같은 옅은 터치. 마치 여자가 꾸는 꿈을 그린 것처럼도 보이고, 엑토플라즘이 떠 있는 것처럼도 보인다. 인물의 내면의 이미지를 같은 그림 안에 그리는 게 흥미롭고. 어슴푸레한, 윤곽선을 약하게 그린 스케치가 거꾸로 '유령 그림'으로서 사실적으로 느껴졌다.

또 하나, 작가가 누군지는 잊어버렸는데 폭풍우 속에서 흔들리는 버드나무 그림이 마음에 걸렸다. 언뜻 보면 평범한 수묵화 같다. 비바람 속에 세차게 흔들리는 커다란 버드나무를 그렸는데 가만히 보다 보면 그게 이런저런 움직임과 얼굴로 보인다는, 보는 이의 상상에 맡기는 게 현대적이다. 이것을 '유령 그림'으로 수집한 엔초는 현대의 이른바 심리적인 공포도 이해하고 있었음을 알 수 있는 작품이다.

"그러니까 나란히 전시해놔서 무섭지 않은 거지. 저렇게 잔뜩 있으면 비교도 하고 분석도 하게 되잖아? 저중 어느 한 그림이 친척집 장식단에 걸려 있으면 엄청 무서울걸."

B코는 하얀 양산을 빙글빙글 돌리며 중얼거렸다.

참고로 오늘 우리는 유카타를 입고 있었다. 그녀의 감색 유카타에 하얀 양산이 잘 어울린다.

유카타는 확실히 살에 닿는 감촉은 시원한데, 허리띠를 맨 곳에 땀이 괴는 게 괴롭다. 발가락으로 게다 끈을 잡고 있는 것도 힘이 꽤 필요하다. 무릎 아래만 써야 하니 조금씩밖에 못 걷는다. 다시 말해 체감 시간이 느릴 수밖에 없다. 걸음걸이가 안정돼서 게다 소리가 가지런하게 들리면 어쩐지 득 본 기분이다.

"그러게. 그거 보니까 역시 공포랑 웃음은 종이 한 장 차이란 생각이 들더라. 한 점 한 점 보다 보니까 어째 웃고 싶어지는 거야. 무서운 건 어느 지점을 지나면 우스꽝스러워진다니까."

매미 울음소리가 비탈길 전체에 메아리치고 있다. 이 일대는 비탈을 끼고 죄 절과 묘지뿐이다. 절 지붕이 끝도 없이 이어진다. 에도가와 란포의 유명한 단편 〈D 언덕의 살인사건〉의 D 언덕이 여기 단고자카다.

격자 너머로 목격된 사건.

오래된 일본 가옥이 고요히 남아 있는 것을 보면 모노크롬으로 그 장면이 눈앞에 떠오른다.

그때 신바시의 건물 입구가 포개지듯 되살아났다. 아무도 없는, 형광등 불빛에 비춰진 계단참.

복도 끝의 문.

B코가 말을 이었다.

"그리고 너무 잘 그렸어도 무섭지 않지. 사실寫實적이거나 그림으로서 훌륭하면 감탄부터 하느라고 무섭다는 느낌이 안 들어. 스티븐 킹 이후로 호러가 너무 재미있어서 안 무서운 거하고 마찬가지야. 엔초가 킹을 읽었으면 뭔가 번안하지 않았을까.《크리스틴》이라든지《애완동물 공동묘지》같은 거."

"엔초와 킹이라."

B코의 발상은 가끔 잘 알 수 없을 때가 있다. 하지만 그녀는 자신의 아이디어에 푹 빠졌다.

"《크리스틴》은 저주받은 가마.《애완동물 공동묘지》는 거기 묻으면 다시 살아난다는, 인정에 웃음을 약간 섞은 이야기로."

"그런가. 하지만 킹보다 포를 먼저 번안해주면 좋을 것 같은데. 《검은 고양이》라든지 소용돌이에 삼켜지는 이야기라든지."

"아, 그 수가 있었군."

매미 울음소리가 멀어지고 조용해졌다.

"아까 하던 이야기로 돌아와서, 일반 사람들이 목격 증언이라든지 과거 기억을 재현해서 그리는 거 있잖아? 그거 무섭지. 묘하게 사실적이면서 동시에 묘하게 소박한 게."

"아아, 응, 무슨 말인지 잘 알겠어. 화가가 구도니 뭐니 생각해서 그린 거랑 다르게 있는 그대로고 원색적이지. 유네스코 기록 유산에 탄광 그림이 있잖아? 그런 느낌 말이지."

"맞아, 맞아. 나이 많은 사람들 그림이 무서워. 이렇게 보면 애들 그림은 되레 너무 잘 그린 것 같다니까. 일만 하고 사느라 그림 같은 건 그린 적도 없는 나이 많은 사람이, 필요해서 처음으로 그림을 그려봤다, 그런 게 무섭지."

어디선가 풍경 소리가 들렸다.

완만하게 커브를 그리는 긴 비탈은 가파르지는 않지만 끝없이 이어졌다.

그나마 다니는 차가 얼마 없다는 게 백중다울까. 차가 다니지 않는 비탈을 천천히 올라가다 보니 타임슬립을 한 것 같다.

도쿄 예술대학이 가까워서 그런지 갤러리가 많다. 이 근방에는 오랜만에 왔는데 새로 생긴 곳도 많은 것 같다.

"심령사진 같은 걸까."

막연히 중얼거렸다.

"뭐가?"

"유령 그림. 있으면 꼭 보게 되지만 '에게' 싶은 것도 많잖아. 일상의 바로 곁에 있어서는, 갖고 있고 싶은 것도 같고 갖고 있고 싶지 않은 것도 같고."

"하긴 수집하는 사람도 있고 말이지."

B코는 살짝 웃었다.

양산이 빙글빙글 돌았다.

"결국 살아있는 사람을 위한 거지, 유령 그림도, 괴담도."

"응. 왜 자기가 살아있는지, 살아남았는지 납득하기 위해서 존재해. 반대로 왜 죽었는지, 어째서 그 사람이었는지를 납득하고 싶어서, 이유를 생각하고 또 생각해서 괴담이 돼."

"어느 시대나 인간은 이유 없는 죽음을 못 견뎠던 거야."

"초등학교 때부터 분명히 나카이 히데오의 《허무에의 제물》을 여러 번 읽었거든."

필자는 갑자기 그 생각이 났다.

"지진 나고 나서 다시 읽어봤더니 얼마나 납득이 되던지 깜짝 놀랐지 뭐야."

그로부터 세 번째 백중이다.

"아직 행방을 모르는 사람이 이천 명 이상이라지."

바다에 삼켜져 돌아오지 못한 사람들. 육지로부터, 일상으로부터, 부조리하게, 폭력적으로, 갑자기 뽑혀 나간 사람들.

《허무에의 제물》은 작가에 따르면 '안티 미스터리'요 '독자가 범인인 추리소설'이다. 전쟁의 참화에 대한 기억이 아직 짙게 남아 있던 쇼와 중반, 이야기는 비키니 환초에서의 수소폭탄 실험, 도야 호 침몰 같은 참사로 부조리한 대량사에 휘말려온 나가누마 일족의 비극을 축으로 진행된다.

종반에 한 등장인물이 이렇게 중얼거린다. 나가누마 가 사람들의 죽음이 아무런 의미도 없는 것이어선 안 된다. 그들의 죽음이 의미 있는 것이기 위해 그들은 반드시 강한 의지를 가진 살인자에게 '연속으로 살해되어야 했다'고.

그때까지 여러 번 읽었는데도 이번에 처음으로 그 동기의 절실함을 실감할 수 있었다. 인간이 얼마나 타인의 죽음에 대해 둔감한지 통감했다.

"도호쿠로 귀성한 친구랑 자원봉사 하러 갔던 사람한테서 유령 이야기가 드문드문 들려와. 없어졌을 사람이 길모퉁이에 서 있는 걸 본 사람이 아주 많다고. 유령이라도 좋으니까 만나고 싶다고, 일부러 그렇다는 장소에 가는 사람도 있대."

"그래. 하기야 만나고 싶지."

문득 죽은 자는 환류한다는 말이 떠올랐다.

백중은 죽은 자를 맞이하고 죽은 자를 떠나보낸다. 우리에게 죽은 자는 신과 동의어이고, 신은 항상 어딘가 먼 곳에서 오는 존재다.

그리고 살아있는 사람도 빙글빙글 돌고 있다.

도쿄는 지방 출신자가 많은지라 백중 때면 많은 이가 도쿄에서 '빠져나간다'. 구성원이 뭉텅 빠져 텅 빈다. 그곳에 남아 있는 우리는 무엇인가? 도쿄를 움직이고 도쿄를 도쿄이게 하는 이들이 빠진 자리에 있는 사람들은?

어쩐지 우리도 죽은 자인 것 같다. 사람이 없는 도쿄는 텅 빈 극장 같다. 배우도 관객도 없는 극장은 한낱 빈껍데기일 뿐이다.

산 자와 죽은 자는 아주 쉽사리 뒤바뀐다. 지방에 사는 이들에게 산 사람도 죽은 사람도 백중에 돌아오는 존재다. 도시에서 산 자로서 생활하는 이들도 귀성하면 어떤 의미에서 죽은 자로서 맞아들여져, 죽은 조상들의 귀환을 함께 맞이하고, 다시 산 자로서 도시로 돌아간다.

도시에 남은 사람들은 혈류와 활동이 중단된 거리에서 죽은 자로서 백중을 지내면서 돌아온 이들이 죽은 자를 부활시켜주기를 기다린다.

"으음, 역시 돌고 있는 거야."

"뭐가?"

"살아있는 사람도, 죽은 사람도, 일본은 빙글빙글 돌고 있어. 도쿄도."

"뉘앙스는 알 것도 같네."

양산이 돈다. 게다 소리가 나란히 따라온다.

단고자카의 긴 비탈을, 우리 뒤로 무수한 온갖 시대의 사람들이 줄줄이 따라오는 것 같은 착각이 들었다.

해는 아직 높이 떠 있다. 모든 것을 태워버릴 듯한 태양 광선에 이른 오후의 거리가 폭 싸여 있다.

Piece 19

2
0
2
0

"그러다 비국민이란 소리 들어요."

느긋하고 무심한 어조였지만 움찔했다. 미장원에서 머리를 감고 있을 때였다.

며칠 전 저녁에 NHK와 민방에서 생중계를 했다는 것은 알고 있었지만, 결정은 새벽에 내려진다고 들었거니와 일도 밀려 있었던 터라 까맣게 잊고 있었다.

IOC 회장이 냉담한 어조로 '도쿄'라고 말하는 영상을 본 것은 그다음 날 밤이었다.

2020년 하계 올림픽 개최 도시가 도쿄로 정해져 호외까지 나왔다는 이야기를 듣고 왜 그런지 '아뿔싸' 또는 '망했다'라는 말이 머리에 맨 먼저 떠올랐다.

그게 대체 누군지는 알 수 없다. 얼굴도 보이지 않고, 하나인지 복수형인지도 모른다. 어쨌거나 이 일을 구실로 녀석(또는 녀석들)은 '재개발로 자산 가치를 높인다'라느니 '재해에 강한 지역을 만들기 위해' 같은 명분을 내걸고, 또다시 지우개로 싹싹 지우듯 도쿄에서 쇼와의 흔적을 없애버릴 것이다. 작은 구획에 가까스로 남아 있던 서민 생활의 기억을 송두리째 뽑아버리고, 반짝반짝 반들반들, 청소하기 쉽고 전망이 좋은, 아무런 개성도 없는 거대한 미니어처 정원을 만들 것이다.

필자는 2020년 하계 올림픽 개최 도시로 줄곧 이스탄불을 응원했다. 이스탄불 올림픽. 어감도 좋거니와, 이슬람 국가 최초의 올림픽이 동양과 서양의 교차로에 위치하며 국가가 그것을 체현하는 터키공화국에서 열린다면 21세기의 지금 세계에 걸맞지 않나.

오래전부터 다닌 미장원에 갔을 때 올림픽 이야기가 나와서 그런 말을 했더니 서두의 대사를 들었다.

오래 알고 지낸, 이십대 후반쯤 되는 세련되고 예쁜 젊은이다. 설마 이런 요즘 젊은이의 입에서 '비국민'이라는 말이 나올 줄이야.

물론 농담조였고 얼마만큼 의미를 담아 말했는지는 알 수 없다. 실제로는 '왜 자기 나라를 응원하지 않는데?'라는 의미고, 비난한다기보다는 도무지 이해가 안 되는 '이상한 사람'이라는 뉘앙스였음을 깨달았다.

그렇게 보면 저 정도 나이에는 그런 의미가 일반적일 수도 있겠다.

또 하나 연상한 것은 우라사와 나오키의 만화《20세기 소년》이다.

20세기 말, 피의 그믐날이라고 불리는 어느 12월 31일에 생물학 무기로 괴멸적인 타격을 입은 인류. 그 뒤 일본은 '친구'라고 불리는 수수께끼의 남자가 정점에 서는 신흥종교를 중심으로 기묘한 독재 국가가 됐다. 그리고 과거 고도성장기의 영광을 재현하려는 듯 만국박람회의 개최가 결정된다. '초능력'을 가졌다는 '친구'의 존재는 절대적이며, 그것을 의심하는 자는 목숨을 잃는다.

오십육 년 만에 열리는 '도쿄 올림픽'. 과거와 미래가 기묘하게 교차하는 말이다. 반쯤은 신화처럼 이야기되어온 고도성장기의 기억이 망령처럼 곳곳에 우두커니 서 있다.

기시감 같은 느낌이다. 모두가 지식으로 알고는 있었지만 본 사람은 아무도 없는, 또는 봤다고 생각하는 기시감.

미장원이라는 곳은 한없이 사생활에 가까운 무방비한 장소다. 머리를 감으려고 누우면 늘, 여기서 누가 필자를 죽이려고 마음먹으면 막을 방도가 전혀 없겠군 하는 생각이 머리를 스친다. 어느 세대 이상의 남자라면 누구나 시가 나오야의 단편 〈면도칼〉이 현실이 된다면 하고 상상해봤을 것이다.

필자는 이때 도쿄를 응원하지 않는 '비국민'으로 간주된 자신의 멱을 그녀가 서슴없이 따는 장면을 상상하고 말았다.

이스탄불이면 좋았을 텐데. 하하하.

얼굴에 타월을 올려놓은 채 그렇게 중얼거리는 필자. 그녀는 그 모습을 무표정하게 바라보며 서랍에서 칼을 꺼낸다.

손에는 고무장갑을 꼈고 방수 앞치마도 둘렀다. 상대방은 배를 드러내고 똑바로 누워 경계심이 눈곱만큼도 없는 포즈를 취하고 있다. 이보다 안성맞춤인 시추에이션은 그리 많지 않을 것이다. 그녀는 망설임이 없는 깔끔한 솜씨로 칼을 놀린다.

왈카닥 쏟아지는 피.

시체는 반투명 비닐봉지에 담아 쓰레기로 내놓는다.

수거하러 온 청소국 직원이 보고 이상하게 여긴다.

"이 사람, 뭐야?"

"글쎄, 도쿄를 응원하지 않았다지 뭐예요. 그게 다가 아니라 이스탄불이면 좋았을 텐데 그러는 거예요."

"어이가 없군. 죽어도 싸네."

잡담처럼 주고받는 두 사람. 비닐봉지를 휙 던져 싣고 나서 차 뒤에 올라탄 직원이 신호를 보내자 청소차가 출발한다.

그러나 고맙게도 현실에서는 죽지 않고, 필자가 그런 상상을 하는 줄 꿈에도 모르고 머리를 감겨주는 그녀의 손길에 내맡긴 채 기분 좋게 꾸벅꾸벅 졸았다.

그러는 사이에 '비국민'과 《20세기 소년》을 잊어버리고 최근 경험한 기묘한 일을 떠올렸다.

반년 전부터 필자는 아베 고보의 작품을 재독하고 있었다.

어쩐지 지금 이 시기에 다시 읽어봐야 한다는 생각이 들었다.

도쿄나 에도를 그린 문학 작품은 많지만 '도시' 자체를 그린 것은 그가 처음이 아닐까 싶었다.

최근 그를 알던 사람의 회고록이 잇따라 나온 영향도 있을 것이다. 서점의 서가나 신문 광고를 통해 그런 분위기를 막연히 감지했을 터다.

기묘한 체험이란 그런 책 중 한 권과 연관이 있다.

아베 고보와 오랜 세월 같이 살았다는 여자가 쓴 책인데, 안에 서로를 찍은 사진과 함께 찍은 사진 몇 장이 수록돼 있었다. 표지에도 그런 사진 중 한 장이 쓰였다.

처음에 서점에서 봤을 때 제목과 표지가 눈에 띄어 '아아, 이런 책이 나왔구나' 생각했다.

필자는 일주일에 몇 번은 서점에 가는 습관이 있다.

동네에 산책 코스가 몇 개 있는데, 어느 코스나 서점이 들어 있다. 책을 사지 않아도 슬렁슬렁 안을 돌아다니며 막연히 서가를 시야에 담는 게 버릇이다. 살까 말까 망설이는 책 목록이 항상 머릿속에 들어 있어서 서점만 가면 이리저리 뜯어보며 계속 고민한다. 그렇게 해서 결국 샀다, 결국 사지 않았다 하는 일을 되풀이하고 있다.

그 책은 서점에서 몇 번 봤다.

화제가 된 터라 며칠이 지나자 서점에서 사라졌다. '잘 팔리는 구나' 하고 생각했던 기억이 있다.

그동안도 살까 말까 망설이다가 다음에 눈에 띄면 사기로 결심했다.

몇 주가 지나 서점에서 그 책을 발견했다.

'어라?' 하고 고개를 갸웃했다.

기억 속의 책과 장정이 다른 것이다.

필자가 서점에서 몇 번 본 책은 표지가 흑백사진이었다. 아베 고보와 회고록을 쓴 여자가 나란히 서서 찍은 사진이다.

들어서 보지는 않았지만 여러 번 본 터라 '표지가 흑백사진인 책'이라는 것은 머리에 똑똑히 남아 있었다.

그런데 지금 눈앞에 있는 책은 표지가 컬러사진이고, 게다가 저자가 혼자 찍은 사진, 그것도 상반신만을 담은 꽤 큰 초상 사진이었다.

어떻게 된 거지?

필자는 책을 집어 표지를 유심히 살펴봤다.

판권 페이지를 보니 확실히 여러 번 재판을 찍었다. '잘 팔리는 구나' 하고 생각한 게 옳았다는 뜻이다.

초판이 동나면 다음에 책이 들어오기까지 시간이 걸리니 서점에서 사라졌다고 생각한 것도 맞았다.

하지만 왜 표지가 다른 걸까?

필자는 여우에 홀린 기분이었다. 지금 표지는 처음 보는 사진이었다. 혹시 표지를 교체했나?

표지를 교체하는 일은 가끔 있다고 한다. 아는 작가도 인쇄가 잘못돼서 발매 직전에 표지를 교체한 일이 있었고, 경우에 따라서는 재판을 찍을 때 바꾸기도 하는 모양이다.

사정이 있어 표지를 교체했을 가능성은 있다.

필자는 그렇게 생각하며 그 책을 샀다. 어쩌면 서점에서 사라진 것은 책이 잘 팔려서만이 아니라 표지 교체 때문일 수도 있다고 생각했다.

그런데 얼마 지나서 그 책을 낸 출판사 사람과 이야기하다가 문득 그 일이 생각났다.

"그러고 보니 그 책, 표지 교체한 거죠?"

필자가 말하자 상대방은 어리둥절한 표정을 지었다.

"안 바꿨는데요."

그렇게 서슴없이 대답하는 바람에 필자는 아연했다.

"아뇨, 바뀌었던데요. 처음엔 흑백사진이 표지였다고요. 어느 음식점 같은 데서 둘이 나란히 찍은 사진이 표지였잖아요."

"아닌데요, 표지 교체 같은 말은 못 들었습니다."

"말도 안 돼, 서점에서 얼마나 여러 번 봤는데요."

"그럼 담당자한테 확인해보죠."

아는 이는 그렇게 말하더니 책을 만든 담당자에게 즉석에서 전화를 걸어 확인했다. 필자도 직접 통화했는데 담당자는 "처음부터 그 컬러사진이었는데요"라고 서슴없이 대답했다.

"다른 책 아니에요? 다른 곳에서도 그 사람에 관한 책이 나왔으니까요."

아는 이는 그렇게 말했지만 필자의 기억은 선명했다.

뭣보다도 제목이 같았다. 서점에서 처음 표지를 봤을 때 제목을 읽었으니 다른 책일 리 없다.

"책 안을 보고 화보 사진의 인상으로 기억한 거 아닙니까?"

그런 의견도 있었다.

확실히 책 첫머리에 사진이 있고 그중에 두 사람이 나란히 있는 흑백사진이 있었다.

하지만 그건 카운터 한쪽에서 본 구도였고, 필자가 본 사진은 둘이 나란히 있는 모습을 정면에서 찍은 것이었다. 게다가 필자는 이번에 사려고 집으면서 그 책을 처음 만졌다. 안의 사진은 본 적이 없다.

"기분 탓이에요."

이 이야기를 할 때마다 그런 말을 듣는다.

하지만 기억 속의 표지는 제목의 서체와 함께 남아 있다. 필자의 기억 속 사진은 어디서도 찾아볼 수 없다.

안다고 생각하는 이미지.

봤다고 생각하는 과거.

하지만 사실은 어디에도 없고, 아무도 본 적이 없는 것.

그건 조금도 특별한 게 아니라 일상 속에서 아주 평범하게 체험하는 일일지도 모르겠다.

하
늘
을
 나
는
 매
화
나
무

긴 토담을 따라 이어지는 긴 오르막길을 천천히 걷는데, 불현듯 아주 오래전 어렸을 때 있었던 일이 생각났다.

초등학교 때, 여름 축제가 열린 날 밤이었다.

대체 무슨 축제였는지는 기억나지 않는다. 산노 축제였던 것 같은데 확실치는 않다. 노점이 많고 솜사탕이며 요요를 살 수 있었던 즐거운 축제였다. 이날만은 아이들끼리 밤까지 밖에 있는 게 허락됐다.

어렸을 때 살던 지역은 좌우지간 절이 많은 곳이었다. 주택가, 번화가를 가리지 않고 조금만 가면 금세 절이 나왔다.

초등학교 동창생 중에도 절집 아이들이 많았다. 절의 경내는 아이들 놀이터였고, 종종 지붕 위로 기어올라가 거리를 바라봤다.

그 일은 여름날 밤 축제에 갔다 오는 길에 생겼다.

절이 많은 지역답게 곳곳에 긴 토담이 있다. 옛날 모습이 그대로 남아 있는 것도 있었지만 요즘 식으로 고쳐 철근을 넣은 토담도 많았다.

친한 친구와 수다를 떨면서 그런 토담 옆 길을 걸어 집으로 돌아오다가, 문득 앞을 걷는 한 여자에게 눈길이 갔다.

단발머리에 호리호리한 몸집, 블라우스에 치마를 곁들인 평범한 여름철 복장이었다. 물론 앞을 걷고 있으니 뒷모습뿐. 얼굴은 보이지 않았다.

그녀는 활달한 걸음걸이로 우리보다 훨씬 앞을 걷고 있었다.

별반 기이하게 생각하지는 않았다. 밤이었다지만 그래 봤자 아직 7시쯤이었던 것 같다. 퇴근길 회사원이라는 인상이었다.

이야기에 푹 빠져 있던 우리는 얼마 지나 무심코 앞을 봤다.

젊은 여자가 사라지고 없었다.

친구와 둘이 동시에 멈춰 선 게 기억난다.

"어?" 하고 똑같이 말한 것도.

큰 절이 구획 하나를 통째로 차지하는 곳으로, 긴 토담은 끊기지 않고 죽 이어졌고 곁길도 없었다.

넓은 도로인 데다 인도와 차도는 긴 가드레일로 나뉘어 있었다. 가드레일을 넘어 도로를 건넜다면 몰랐을 리 없다.

우리는 긴 토담이 시작되는 곳에 있었고 젊은 여자는 토담 한 가운데쯤을 걷고 있었다. 길 끝까지 가서 모퉁이를 돌려면 아직 훨씬 더 있어야 할 터였다.

그런데 그녀는 보이지 않았다.

"없어진 거 맞지?"

"방금 전까지 앞을 걷고 있었지?"

나와 친구는 얼굴을 마주 봤다.

공포는 한 박자 뒤늦게 찾아왔다.

갑자기 패닉에 빠진 우리는 비명을 지르며 달아났다. 그 길을 곧장 가기를 그만두고 온 길을 돌아와 다른 경로로 뛰고 또 뛰었다. 집에 이르기까지 한 번도 뒤를 돌아보지 않았고 멈춰 서지 않았다.

그건 대체 뭐였을까.

지금 생각해도 유령 같지는 않았다. 맞은편에서 차가 와서 역광 속에 그녀의 머리며 어깨가 보인 것도 똑똑히 기억난다.

당시 기억이 너무나도 선명하게 되살아나 필자는 동요했다.

순간 그날 밤으로 돌아간 것 같아서 혼란에 빠진 것이다.

물론 그곳은 늦가을, 아니 이미 초겨울이라 해도 될 듯한 한낮의 도쿄 도심이었다.

도심에서 이렇게 길고 근사한 토담이 있는 곳도 흔치 않을 것이다.

어렸을 때부터 토담이 슬쩍 무서웠다. 이유가 뭘까. 끊기지 않고 죽 이어지니 도망칠 데가 없어서일까. 텔레비전 시대극에서 습격자는 대개 긴 토담 끝에서 나타났다. 고쿠분지 쪽에 어린애 유령이 토담 위를 달려 따라온다는 소문이 있었는데, 그것을 듣고 벌벌 떤 것도 '토담 위를'이 공포를 배가시켜서인 것 같다.

필자가 가는 곳은 아오야마에 있는 네즈 미술관이었다. 왠지 모르게 무서운 토담도 네즈 미술관 것이다. 이도 다완 전시회를 한다기에 보러 가는 길이었다.

리큐가 주인공인 영화의 개봉에 맞춰 개최했을 것이다. 전국 시대 무장과 근대의 다인이 소중히 아껴온 다완을 다수 볼 수 있는 기회라 평일 낮인데도 전시회장은 꽤 붐볐다.

찬찬히 둘러보니 제각기 보이는 경치가 다르고 주목할 부분이 있어 무척 재미있었다. 하지만 한편으로 '아무것도 모르는 사람이 보면 그냥 지저분한 다완이지 뭐' 하는 냉정한 감상이 드는 게, 스스로 생각해도 청개구리 같다.

아쉬운 것은 여기 있는 다완의 대다수는 미술관 소장품이라 이제 다도에 쓰일 일이 그리 없으리라는 점이었다.

깨지거나 이가 빠진 부분을 긴쓰키 기법으로 땜질한 결과 흥미로운 문양이 나타난 것, 찻물이 배어 풍취가 생긴 것을 보면, 사용해서 변화해가는 것도 재미일 텐데 싶다.

얼마 전 스트라디바리에 관한 다큐멘터리를 봤을 때도, 그가 제작한 명품 중 몇 점은 박물관에 소장돼서 미품에 상태도 좋은 것은 연주에 사용되지 못한다는 이야기를 듣고 어이가 없었다. 악기인데 연주에 쓰지 않다니 아깝지 않나. 악기는 써주지 않으면 소리가 나지 않는다. 쓰는 사람이 훌륭하면 훌륭할수록 악기도 훌륭하게 성장한다.

다완도 마찬가지가 아닐까. 이렇게 많은 사람이 볼 수 있는 것은 멋진 일이지만, 현대의 다인들이 쓸 기회가 좀 더 있으면 좋을 텐데.

필자는 전시회장에서 나와 정원으로 향했다.

실은 전시회 이상으로 정원에 좋아하는 곳이 있다.

심산유곡 같은 광대한 일본 정원은 도무지 도심 같지 않다.

정원 한구석에 있는 카페로 발길을 돌리는 다른 사람들을 무시하고 필자는 정원 외곽으로 갔다.

정원사들이 황금색으로 단풍이 든 은행나무 낙엽을 쓸어 모으고 있었다.

도쿄의 단풍은 점점 늦어진다.

학창시절에는 11월 초 축제 시즌이면 확실하게 단풍이 졌다고 기억하는데, 이제는 12월이 단풍철이다. 새해를 맞이할 즈음에도 은행나무 잎이 남아 있곤 한다.

필자가 찾아가는 곳은 조용한 한구석에 있었다.

기이한 형태의 이중 석조 도리이 저편에 작은 사당이 있다.

히바이飛梅 사당.

아시다시피 매화 하면 덴진 님. 즉 스가와라 미치자네를 모신 사당이 이곳에 있는 것이다.

필자는 이 사당에 마음이 끌린다. 두 개의 도리이와 그 밑을 지나는 길, 주위 풍경이 불가사의한 분위기를 자아내기 때문이다.

지금은 덴진 님 하면 완전히 입시의 신이다. 안을 들여다보니 합격 기원인지 사당 앞에 볼펜이며 샤프펜슬이 잔뜩 바쳐져 있었다. 보고 납득했다.

마사카도의 머리도 그렇고, 매화나무도 그렇고, 도쿄에는 다양한 것이 날아온다.

아까 어렸을 때 일이 기억난 장소가 이 사당이 있는 곳의 토담 밖이라는 것을 깨달았다.

담 너머에서 보는 경치와 이쪽에서 보는 경치가 전혀 다르다.

나무가 울창해 낮에도 어둑어둑한 정원은 어딘지 모르게 축축하고 비밀스럽다.

아마 흐르는 시간도 다를 것이다. 아까 걸었던 아오야마의 거리와는 적게 잡아도 백 년은 차이가 날 것 같다.

다음에 올 때는 필자도 볼펜이나 뭐나 바치자고 생각했다.

어쩌면 지금이 뭔가의 갈림길일지도 모르기 때문이다.

어느 시대나 '돌아보면 그때가 분기점이었다' 싶은 지점이 있게 마련이다. 시간의 흐름 속에 있을 때는 알아차리지 못하지만, 후에 모두가 돌아보는 '그때'.

토담이 무서운 것은 그에 둘러싸인 장소가 무섭기 때문임을 깨달았다.

과거에 토담에 둘러싸여 있던 곳은 절과 신사, 무가武家 저택, 성 등 권력가라 불리는 사람들이 사는 장소가 대부분이었다.

창문도 없는 밋밋한 담장에 가려진 블랙박스.

낮에도 어둡고 늘 조용해서 누가 뭘 하는지 알 수 없는 곳.

그런 비밀스러운 장소, 한낮의 어둠, 남 눈에 띄지 않는, 나오지 않는, 범접할 수 없는 세계.

그런 장소와 일상을 가르고 있기에 토담을 보면 불안해지고 근원적인 공포를 느끼는지도 모르겠다.

울창한 나무들 탓에 어두운가 했는데 겨울 해는 눈 깜짝할 새에 저물기 시작했다.

날아온 매화나무 사당에 등을 돌리고, 정원보다도 어두운 현대 아오야마의 거리로 돌아가기로 했다.

Panorama

전망 한번 굉장한데.

새봄의 도쿄. 롯폰기에 있는 갑옷 비슷한 디자인의 대규모 상업 건물 위.

꼭대기 층에 있는 전망대는 여느 때보다 길었던 연말연시의 연휴가 막 끝난 평일 낮이라 한산했다. 학생 커플과 외국인 관광객이 드문드문 보일 뿐 '텅텅 비었다'고 해도 될 것이다. 덕분에 이 풍경을 차분히 음미할 수 있다.

오늘 아침은 꽤 추웠다. 방사 냉각이라는 그건가. 겨울철 도쿄답게 구름 하나 없이 맑은 하늘이 펼쳐져 있다. 시계는 양호. 후지산 있는 곳에만 유일하게 구름이 껴 보이지 않는다.

하지만 도쿄 만이 바로 밑으로 보이고, 도쿄 타워와 스카이트리가 가까이에 나란히 보인다. 장난감 같은 신주쿠 부도심도 멀리 뚜렷하게 뭉쳐 있다.

말 그대로 신의 시점. 궁극의 3인칭 전망. 뭐랄까, 임장감이 엄청나다. 도쿄를 반짝 들어 가질 수 있을 것 같은 느낌.

바깥 세계와 안을 갈라놓는 것은 유리 한 장. 상당히 깨끗한데 대체 어떻게 청소하는 걸까.

이 층에 커다란 미술관이 있다.

오늘은 일본 현대미술 작가의 회고전을 보고 나와, 그 뒤 입장권에 포함된 전망대에 와볼 마음이 났다.

언제나 볼거리가 많고 재미있는 전시회가 열리는지라 그쪽에는 만족하는데, 다만 매번 신경 쓰이는 장소가 있다.

미술품은 일광에 약하다. 그렇기 때문에 전시실이라는 곳은 어둡게 마련이다. 수채화나 수묵화 전시실이 최근 갑자기 어둡다고 느낀 적 없는지? 그건 빛으로 인한 퇴색 등의 열화를 막기 위해 조명을 최대한 약하게 하기 때문이다.

그렇기 때문에 미술관에는 보통 창이 없다.

물론 이 미술관도 마찬가지다.

그런데 이 미술관, 마지막 전시실에만은 커다란 창이 있다.

개관 시간 중에는 결코 햇빛이 비쳐들 일 없는 북향 방에만, 도심을 내려다볼 수 있는 커다란 창이.

분명히 의도해서 만든 방일 것이다. 태내 순례처럼 별세계의 전시를 돌고 온 관람객이 마지막에 현실 세계로 돌아왔음을 확인할 수 있는 방. 또는 미술 전시를 현실 세계로 잇는 장소. 현실과 타협하고 세계를 반전反轉시키는 곳.

그런 의도를 가지고 만들었을 것이다.

하지만 그게 과연 성공했는지는 잘 모르겠다.

매번 전시를 보고 이 방에 다다를 때마다 흠칫한다.

왜냐하면 아무리 훌륭한 전시도 이 방의 커다란 창에서 내려다보이는 도쿄 시가지를 따라오지 못하기 때문이다.

지금까지 본 전시의 기억이 순식간에 머릿속에서 사라지고, 도쿄의 경치가 훨씬 훌륭한 전시라고, 그 어떤 현대미술도 당할 수 없는 최고의 볼거리라고 확신하게 된다.

그런 비슷한 경험을 전에도 한 적이 있다.

시로가네에 있는 갤러리에서 젊은 현대미술 작가의 3인전을 하기에 산책길에 지나가다가 들러봤다.

예나 지금이나 돈은 없고 시간만 있는 예술가가 하는 일이 몇 가지 있다.

자신의 육체만은 돈 안 들이고 자유롭게 활용할 수 있으니까 나체가 된다든지 성기를 노출한다든지. 또는 엄청나게 번거롭고 시간이 걸리는 퍼포먼스를 한다(내처 바닥을 긴다든지, 슬로모션으로 실뜨기를 한다든지).

그다음은 대개 경제 사회, 즉 돈이라는 가치관에 지배되는 세

계에 대한 저항 내지 그에 삼켜진 사람들에 대한 의문을 제기한
다, 하는 방향으로 간다. 대량 소비사회에 대한 안티테제라는
이야기다. 사람들이 버린 쓰레기를 잔뜩 모아 붙여 오브제를 만
든다든지, 지폐나 유명 브랜드 상품을 소재로 쓴다든지.

최근에는 거기에 '분수에 맞는 생활' 장르라는 게 추가됐다(내
가 만든 말이다).

자신의 위치를 재확인하고 삶의 기쁨에 감사하자 하는 느낌.
진짜 미대를 나온 게 맞나 싶을 만큼 형편없는, 요새는 아무도
그리지 않을 것 같은 만화 비스름한 드로잉. 자기 딴에는 나이
브 아트랍시고 그린 건지 아닌지 알 수 없지만, 이건 서브컬처
에도 실례라고 실소하게 되는 것.

3인전은 그런 예상에 완벽하게 들어맞는 전시회였다. 하나같
이 벌써 백 번은 봤을 듯한 것들뿐. 시선을 끄는 것은 하나도 없
이 벌거벗고 춤추는 영상을 끝도 없이 보여주기에 일찌감치 나
왔다.

밖으로 나와 노곤하게 골목을 걷고 있었다.

그러다가 흠칫 놀랄 만한 풍경과 마주친 것이다.

솔직히 말하면 또 새 갤러리가 생긴 줄 알았다.

커다란 창 안에 빨간 줄이 늘어져 있었고 조명도 근사했다. 세
련된 불빛 아래 놓인 세 개의 오브제.

사람은 아무도 없었다.

오, 이거 재미있겠는데. 입가심 삼아서 들어가볼까.

그렇게 생각해 다가갔다가 이번에는 다른 의미로 흠칫 놀랐다.

갤러리가 아니었다.

데이케어 서비스 사무실이었고, 세 개의 오브제로 보인 것은 재활 치료와 근력 운동을 위한 운동기구였다.

천장에서 늘어진 빨간 줄은 동그란 고무줄 형태로, 아마 붙잡거나 매달리는 용일 것이다. 정확한 용도는 알 수 없지만 쓰고 나서 치우지 않은 세 개의 기구가 절묘한 선을 그리는 데다 색채와 조명까지 거들어, 딱 시간을 들여서 세팅한 현대미술처럼 보인 것이었다.

커다란 창도 액자 역할을 해주었다. 나는 그 앞에 우뚝 서서 우연이 만들어낸 눈앞의 풍경을 홀린 듯이 바라봤다.

점잖지 못한 소리라고 화내지 않기를. 십중팔구 그런 식으로 보인 것은 이용중인 사람이 아무도 없었기 때문일 것이다. 게다가 누가 이용하고 있었다면 블라인드 등으로 가렸을 테니 내 눈에 띄는 일은 없었을 게 틀림없다.

하지만 내게는 그렇게 보였다. 갤러리에서 본 것보다 우연히 지나친 데이케어 서비스 시설 쪽이 훨씬 아름답게 느껴졌다. 이끌린 것이다.

이 건물 미술관의 전시를 보고 이 방에 다다르면 늘 그때 일이 생각난다.

종말의 풍경으로도, 축복받은 풍경으로도 보이는 도쿄의 시 가지.

잘도 이런 것을 만들었다. 인간들은 잘도 이렇게까지 지표를 빽빽하게 메워 번식했다 싶다. 참으로 악착스럽고, 참으로 끈덕지고, 참으로 의지가 강하다.

잘 만든 디오라마. 실물이 훨씬 인공물 같다. 접착제로 잘 붙여놨다.

이 경치를 보면 누구나 밥상처럼 뒤엎고 싶지 않을까.

그리고 이 방에서는 어느 한 구역이 내려다보인다.

울창한 숲에 둘러싸인, 예전 같으면 미래적, 우주적이라고 불렸을 공동주택이 있는 구역이.

이곳은 어느 지도에도 나오지 않는다. 아니, 나오기는 하지만 뭐가 있는지 쓰여 있지 않다.

미국 대사관 직원 및 그 나라와 관련된 사람들이 사는 곳이다.

도심 일등지에 결코 작지 않은, 사치스러운 부지를 갖고 있는 것은 명백하다. 팔면 꽤 거금이 되겠지. 그들이 저곳을 팔고 떠나는 날이 언젠가 오기는 할까.

나는 지금까지 줄곧 이해한다고 생각했다.

내가 사랑하는 이 도시, 거듭 다시 태어나서는 긴긴 세월을 보내온 이 도시를.

하지만 역시 어딘가 너무 가까워진 부분이 있나 보다. 무감동

해진 부분도 있을 것 같다. 이다음이 있다, 언제까지고 이다음이 있다고 생각하면 별로 깊이 생각하지 않게 되는 것은 자연스러운 일이다. 이 세계에서의 동생이 진심으로 부럽다고 생각하는 나를 깨달을 정도다.

동생과 우리는 살면서도 묘표를 만들고 있는 것이다. 힘을 합쳐, 죽어라 일해서.

자신이 살지 않을 집, 볼 리 없는 풍경, 자신이 이용하지 않을 다리, 누군가가 들을 음악, 그런 생활을 담는 그릇을 계속해서 만들고 있다.

이 드높이 솟은 마천루를 묘표라 하지 않고 뭐라 부르랴.

하늘까지 닿는 묘표, 무수한 이름이 새겨진 묘표. 우리는 묘표 속에서 묘표를 만들며 지내고 있다. 살아가고 있다.

날이 저물어간다.

그래, 동지는 이미 이 주 전에 지났다. 또 조금씩 빛의 영역이 서서히 세계를 넓혀가고 있다.

세계는 반전한다. 빛과 어둠이, 한쪽으로 기우는가 싶으면 또 반대쪽으로.

거대한 액자에 담긴 아트는 오로지 우리가 보기 위해서만 존재한다.

그렇다면 이 액자 저편에서 보이는 우리는 대체 뭘까. 오브제인가, 퍼포먼스인가.

데이케어 서비스의 창 너머로 보인 풍경처럼, 누가 문득 멈춰
서서 찬찬히 보고 싶어할 만한 퍼포먼스를 제공하고 있을까.

흰 바닥이 빛을 받아 반짝반짝 헐레이션을 일으켰다.

순간 깊은 어둠 속에 있는 느낌이 들었다.

하얗게 반짝이는, 모든 것을 빛 속에 녹여버리는 짙고 무거운
하얀 어둠 속에.

전

설

겨우 100미터×200미터쯤 되는 면적이었다고 하니 놀라지 않을 수 없다.

바로 최근까지 있었던 것 같은데, 철거가 발표된 것은 1987년 1월 14일, 완전히 해체, 철거된 것은 1994년.

벌써 이십 년도 더 전이다.

지금은 밋밋한 공원이 되어 예전의 흔적은 찾아볼 수 없는 모양이다.

과거 'CITY OF DARKNESS'라는 이름으로 세계적으로 유명했던 지역.

홍콩의 구舊 카이탁 공항 북쪽에 있던 구룡채성이다.

'구룡채성'이라는 이름을 처음 안 것은 고바야시 노부히코의 소설에서였던 것 같다.

　1970년대 중반에는 액션 영화나 모험소설에 그 이름이 꼭 등장했다는 기억이 있다. 비밀 결사 혹은 범죄 소굴의 대명사 같은 이미지로 이름이 거론됐다.

　그러면서 실물을 영상이나 사진으로 본 기억은 거의 없다.

　다만 개미집 같은 회색 고층 아파트의 집합체라는 것은 알고 있었다. 유적 같은, 미궁 같은 그곳이 마치 유기체 같다고 생각했던 기억이 있다.

　한동안 홍콩 영화에 꼭 등장했던, 빨래가 펄럭이는 건물들 바로 위를 비행기가 날아가는 장면과 세트로 머리에 박혀 있다.

　해체가 결정되고 나서 그곳에 드나들기 시작해 모습을 사진집으로 남긴 미야모토 류지는 구룡채성에 관해 그럴싸한 말을 한 적이 있다.

　'구룡채성은 중국인의 집단 무의식의 거대한 결정체다.'

　아닌 게 아니라 홍콩이나 중국의 도시를 보다 보면 그들은 그냥 둬도 자연히 하늘을 향해 커뮤니티를 건설하는 것 같다.

　일본인이 커뮤니티를 만들 경우 하늘을 향하지는 않는다. 지진이 많아서 지금까지 쌓아온 게 와르르 무너진 기억이 축적된 탓도 있겠지만, 결국에는 단층집, 연립주택 같은 방향으로 간다는 생각이 든다.

서양이나 중국 같은 대륙 쪽 사람은 사물을 말 그대로 '일으켜 세운다'.

하지만 일본에서는 사물을 고른다. 뭐든 평평하게 골라 주위에 '섞여들게' 한다.

어째선지 갑자기 구룡채성 사진집을 꺼내 보고 싶어졌다.

올해 초 정월 초사흘에 유라쿠초에서 발생한 화재를 생각하고 있을 때였다.

번화가 한복판에서 일어난 화재는 도카이도 신칸센을 멈춰 세워 귀경길에 오른 귀성객 육십만 명이 영향을 받았다. 주위 백화점은 원래 예정했던 신년 첫 영업을 중단하거나 뒤로 미루는 바람에 거액의 손실을 입었다. 그러나 메이지 시대 때부터 내려오는 민법 '실화失火법'이 살아있어서 고의가 아닌 화재에 대해서는 배상 책임이 없다는 게 화제가 됐다.

일본은 옛날부터 화재가 너무나도 많았던지라, 불난 집 사람은 보금자리를 잃은 데다 다른 사람에 대한 책임까지 지려면 힘들다고 해서 '화재만은 예외'가 된 모양이다.

그러고 보면 전에 필자의 아는 이가 옆집이 전소됐을 때 자기 집까지 같이 타는 사태는 면했지만 "불낸 쪽에 배상 책임이 없다지 뭐야"라며 볼멘소리를 했던 게 생각났다.

자택은 무사했지만, 불이 옮겨붙는 것을 막기 위해 무시무시한 힘으로 대량의 물을 퍼붓는 바람에 뒤처리에 여간 애먹지 않았다고 한다.

실화는 배상 책임이 없지만 고의적인 실화 즉 방화는 당연히 옛날부터 중죄다.

청과물 가겟집 딸 시치애인을 만나고 싶은 마음에 불을 질러 화형당했다는 에도 시대의 소녀처럼 사내 보고 싶은 마음에 불을 지르는 일 따위 언어도단이다.

어쨌거나 원래 종이와 나무로 만들어진 도시다.

'화재와 싸움은 에도의 꽃'이라는 말은 거의 자포자기나 다름없다고 할지, 할 테면 해보라지 하는 심정이라고 할지. 당시 소방수는 진화 작업이 아니라 연소를 막기 위해 건물을 부수는 게 주된 작업이었다고 하니 어처구니가 없다.

거기서 생각나는 게 어렸을 때 있었던 야마가타 현 사카타 대화재다.

1976년 10월 29일, 강풍에 영화관 보일러실에서 난 불은 삽시간에 번져 이튿날 아침까지 도시를 송두리째 태웠다.

당시 텔레비전에 비친, 어둠 속에서 지옥 같은 불길에 휩싸인 도시와 날이 샌 뒤 드러난, 마치 공습을 당한 듯한 처참한 광경을 선명하게 기억한다.

이때 아케이드가 있는 거리가 굴뚝 역할을 한 탓에 불이 순식간에 번졌다고 해서 그 뒤 전국의 상점가에서 아케이드를 철거했다고 한다.

사카타 대화재는, 도시 외곽에 있는 법무국에 불길이 닥쳤을 때 등기부를 꺼낼 겨를이 없었던 터라 직원이 중장비를 불러 여차하면 주변 건물을 부술 준비를 했다는 이야기가 인상에 남아 있었다. 다행히 직전에 불길이 방향을 바꿔서 간발의 차로 화재를 면했다고 한다.

대화재쯤 되면 소방차로는 불을 끌 수 없다. 게다가 땅이 젖으면 강렬한 상승기류가 발생하기 때문에 폭풍 같은 강풍이 휘몰아쳐 불똥이 사방으로 번진다.

전에 하코다테 대화재에 관해서도 조사한 적이 있다. 큰불이 나기 쉬운 곳이 몇 군데 있고 하코다테도 그중 하나인 모양인데, 강풍이 지나는 길 역할을 하는 지역이 많다고 한다.

하코다테는 바람에 그대로 노출되는 지형이라 과거에 큰불이 여러 차례 났다. 메이지 시대 이후 갑자기 인구가 늘면서 가옥이 밀집한 탓에 불이 나면 진화 작업은 고사하고 대피조차 여의치 않았다. 큰불이 날 때마다 구획을 정리하고 도로를 넓혀 완충 지대를 만들었다. 그렇게 해서 시민의 방재 의식은 높아졌지만, 메이지부터 다이쇼 시대까지 글쎄 이십 개월에 한 번은 큰불이 난 셈이라고 하니 엄청나다. 고령자 중에는 평생 열몇 번이나 화재로 집을 잃은 사람도 있다고 한다.

일본 가옥은 한번 부서지면 재현하기가 쉽지 않다. 세월을 거친 목조가옥은 두 번 다시 같은 게 될 수 없다. 유서 깊은 국숫집의 문화재급 건물이 누전으로 불탔을 때, 주인이 '유지 관리하느라 힘들었기 때문에 어떤 의미에서는 안도했다'라고 한 것도 수긍할 수 있었다. 그렇기에 일본의 도시는 기억을 보존하기가 쉽지 않다.

하지만 구룡채성은 그렇지 않았다.
도시의 기억이 축적되고 공동체의 기억이 쌓인 채 긴 세월을 살아남았다.
사진집 속의 구룡채성은 거의 고대 유적 같다.
원래 염전이던 곳이 국방의 요충지가 되어 영국이 홍콩 섬을 지배했을 때도 청나라의 영토로서, 이윽고 외교의 틈새에 자리한 블랙박스로서 살아남았다.
고층 슬럼이라는 소리를 들었지만 주민들의 자체적인 질서는 존재했다. 거의 자급자족 상태로 물은 몇십 개의 우물에서 끌어다 썼으며, 우편물도 배달되고 진료소와 학교도 있는 유기적인 커뮤니티였다.
그렇게 누덕누덕 기운 것 같은, 그야말로 불이라도 났다가는 삽시간에 재가 될 듯한 장소가 그렇게 오래 유지됐다는 게 기적 같다.
사진집 속, 어둑어둑한 통로의 벽에 붙은 무수한 배관, 무수한 간판이 향수를 자극한다.

그 도시에서 살았던 것도 아니고 가본 적도 본 적도 없는 곳이건만, '알고 있다'는 느낌이 든다.

옥상에는 무수한 텔레비전 안테나가 무질서하게 솟아 있다.

전부 같은 방향을 향하고 있다 보니 꼭 바닷가 소나무 숲 같다. 늘 같은 방향에서 강한 바람이 불기 때문에 가지가 모두 그쪽으로 틀어진 소나무 숲.

하지만 그곳은 이제 없다. 이십 년도 더 전에 모조리 헐려 지상에서 사라져버렸다.

거리를 걸으면 지금도 무시무시한 기세로 재개발이 진행되고 있다.

곳곳에 거대한 건물이 들어선다.

빈집이 계속해서 늘고, 21세기 중반 전에 도쿄의 인구 집중은 정점에 달한다. 그때부터는 점점 사람들이 줄어들 텐데 왜 이렇게 거대한 건물을 짓는 걸까.

일본은 '일으켜 세우는' 도시가 아니다. 앞으로는 자연을 늘리고 땅을 향해 '골라'가야 하건만.

언젠가 일본에도 고층 슬럼이 출현할까. 지금 하늘을 향해 뻗어가는 고층 아파트 중 일부는 과거에 존재했던 그곳처럼 전설이 될까.

'실화법'에 관해 생각하던 때 다시 읽은 책이 또 하나 있었다.

시마다 소지의《화형 도시》라는 소설이다. 도쿄를 무대로 연쇄 방화 사건을 다룬 추리소설인데, 에도 시대의 수로와 해자가 잇따라 매립된 고도성장기가 배경이다.

이 소설에, 에도에서 도쿄로 이행하는 과정에서 아주 잠깐, 메이지 시대가 시작되고 무사 계급이 없어지면서 광대한 무가 저택의 자연과 풍부한 수로가 공존했던 기적처럼 아름다운 '도쿄東京' 시대가 있었다는 서술이 나온다.

그 도쿄 시대가 방재 도시로서 가장 기능적이지 않았나 이야기된다.

그 또한 전설일 뿐이다. 이미 사라진 도시, 과거에 존재했던 도시 중 하나일 뿐이다.

Piece 22

사라진 사람들

오사카와 교토는 어렸을 때부터 여러 번 가봤지만 고베를 걷는 것은 처음이다.

항구 도시 고베. 이국적이고 세련된 관광지라는 이미지가 있었는데 어째선지 지금까지 와볼 기회가 없었다.

봄철의 토요일 오후. 바람도 없고 약간 흐린, 걷기에 좋은 날씨였다.

신칸센에서 내려 신고베 역에서 시내 중심부까지 걸어봤다. 도시의 스케일을 파악하기 위해서다.

산이 가깝다.

역에서 시가지를 향해 줄곧 비탈을 내려가는 느낌이다.

먼저 든 생각은, 고베 사람은 천천히 걷는다는 것이었다.

세계에서 제일 빨리 걷는다는 성급한 오사카 바로 옆에 있는데도 다들 천천히 걷기에 당혹했다. 평소대로 걸으려도 주위 사람들에 가로막혀 자꾸 고꾸라질 뻔했다.

오사카만큼은 아니지만 도쿄도 걷는 속도가 상당히 빠르다.

혹시 토요일이라서 그런 걸까. 관광객의 비율이 높아서일까. 평일 출퇴근 시간은 더 빠를지도 모른다.

산과 바다 사이에 끼인 고베의 시가지는 길쭉하다. 지방 도시는 역 북쪽과 남쪽으로 나뉘는 곳이 많은데, 고베는 동서로 한없이 뻗는다. 걷다 보니 어느새 사무실 밀집 지역과 번화가가 혼연일체가 된 중심부에 있었다.

올해는 갑자기 기온이 오른 탓인지 예년보다 꽃가루 알레르기가 심하다. 아침에 재채기하면서 잠이 깨면 그 뒤로 다시 잠이 들지 못해 서너 시간밖에 못 자는 날이 이어지고 있었다. 그날도 아침에 일어나서부터 줄곧 코가 근질거렸다.

호텔에 체크인을 하고 나서 포트타워로 갔다. 그곳에서 고베 토박이인 친구와 만나기로 했다.

바다는 잔잔하고 수평선은 회색으로 녹아 있었다.

고베 항 지진 메모리얼 파크에서 묵도. 항구가 파괴됐던 흔적은 이제 남아 있는 곳이 이곳밖에 없다는데, 그래도 충분히 어마어마했다. 항만 시설이 심각한 피해를 입은 탓에 복구에 시간이 걸려, 그사이 허브항의 역할을 다른 나라 항구에 빼앗겨 취급 화물량을 여태 회복하지 못했다고 한다.

지진이 있고 나서 이십 년이 지났는데도 부흥이 쉽지 않음을 실감했다.

지금도 무너진 한신 고속도로의 사진이 눈에 선명하게 박혀 있다는 말을 하자 친구는 목소리를 낮추었다.

그거 도시 괴담이 있거든.

친구 이야기에 따르면, 한신 고속도로 근처에 고급 술을 빚는 양조장이 많아서 지하 수맥을 끊지 않으려고 공사할 때 땅을 깊이 못 팠다나. 그래서 교각 위로 지른 받침대의 강도剛度가 충분치 않았다는 것이다.

한신 아와지 대지진 때 온갖 도시 괴담이 돌았다.

지금도 기억나는 것은 '구단'을 봤다는 증언이 여럿 있었다는 것이다.

'구단'은 얼굴이 인간이고 몸은 소인 전설상의 괴물인데, 불길한 예언을 하고 나서 죽는다고 한다.

그런 '구단'을 지진 당일 목격했다는 이야기를 후에 여러 번 들었다. 하지만 순서가 조금 이상하다. '구단'이 예언했기 때문에 지진이 일어났다고 생각하는 게 보통일 것 같은데, 아무래도 지진이 일어나고 나서 '구단'이 나타난 것처럼 보인다.

난킨초를 함께 걸으며 친구가 고베 번화가의 변천을 이야기해주었다.

신카이치 → 모토마치 → 산노미야, 이렇게 지난 사십 년 사이에 번화가의 중심이 동쪽으로 이동했다고 한다.

과거에는 동쪽의 아사쿠사, 서쪽의 신카이치라고 했을 만큼 번성했던 신카이치는, 친구가 어렸을 때는 평일에도 길에 사람들이 가득해서 걸을 수도 없을 만큼 혼잡했다고 한다.

진짜로 엇갈려 지나갈 수도 없을 만큼 사람이 많았다고. 믿어지지가 않지?

그것과 같은 장소일 한산한 아케이드를 걷다 보니 기묘한 기분이 들었다.

겨우 사십 년. 과거 이 거리를 가득 메웠던 사람들은 대체 어디로 갔을까. 지금 대체 어디에 있을까.

필자가 줄곧 이상했던 게 있다.

겨우 사십 년 전. 필자가 어렸을 때는 가까운 미래인 21세기에 일본은 인구 폭발로 식량 부족을 겪을 것이라고 계속 위기감을 부채질했다.

과거에 먹여 살릴 수 없다고 이민(바꿔 말하면 기민棄民)을 장려했던 국가의 방침은 1970년대까지만 해도 계속됐던 것 같다.

그런데 그 뒤 거품이 꺼지고 나서 1990년대에 들어와 갑자기 언제 그랬느냐는 듯 일본은 이제 '저출산 고령화'가 심각하다고 위협하기 시작했다. 그 이십 년 전에 인구 폭발을 예상했던 것은 대체 뭐였나. 당시 정부와 학자들은 저출산 고령화를 전혀 예측하지 못했나. 지금도 도무지 이해가 되지 않는다.

현재 상황을 보면 '저출산 고령화'가 옳은 것 같지만, 그래도 또 얼마 지나면 '사실은 아니었습니다' 하고 말을 바꾸는 게 아닐까 하는 불신감이 줄곧 가시지 않는다.

며칠 전 신문에서 일본의 총인구 중 고령자(65세 이상)가 차지하는 비율이 처음으로 사분의 일을 넘었다는 기사를 봤다. 삼 년 연속으로 인구가 감소해서 현재 일본 인구는 1억 2029만 8천 명.

그리고 도쿄 도는 세대당 인구수가 2명 밑으로 낮아졌다. 통계를 내기 시작한 1957년에는 4.09명이었다고 하니 그쪽이 오히려 놀랍다. 또한 그중 고령 독신자가 차지하는 비율은 20퍼센트가 넘는다.

고령 독신자와 도쿄라고 하면 중요한 인물이 한 명 있다.

작가 나가이 가후다.

경양식 집과 스트립쇼 극장에 드나들며 마음 편한 도쿄 고령 독신자의 생활을 마지막까지 관철한 나가이 가후는 어느 시대에나 부동의 인기가 있지만, 최근 고령 독신자의 증가와 더불어 다시 인기를 누리고 있다는 생각이 든다.

실은 필자 자신도 까맣게 잊고 있었는데, 필자의 졸업논문은 나가이 가후, 그것도 제목부터가 〈가후와 도쿄〉였다.

주지를 간단히 설명하면 대충 이런 내용이다. 가후의 업적 중 가장 재미있고 또 문학자로서 가장 훌륭한 것은 그의 일기다. 아마 가후는 더는 소설을 쓸 수 없게 돼서 문학자로 남기 위해 일기를 계속해서 써야 했을 것이다. 그에게 문학자는 곧 소설가였다. 그는 일기를 씀으로써 소설에 대한 동경을 가까스로 충족시켰던 것이다. 그런 의미에서 일기의 소재로 화젯거리가 마를 일 없는 도시 도쿄는 최고다. 도쿄 덕분에 가후는 문학자로 남을 수 있었다. 가후만이 아니다. 지금까지 '도쿄 일기'를 쓴 사람이 얼마나 많은가.

가후 같은 삶의 방식을 동경하는 마음은 이해할 수 있는데, 그런 사람일수록 '고독사'를 극도로 두려워한다. 어차피 죽을 때는 누구나 혼자니까 '고독사'라는 이름 자체가 모순인 것 같은데.

일본에는 찾아보면 즐거운 고령 독신자의 모범 사례가 다양하게 있는데도 지금까지 클로즈업되지 못한 것은, 국가가 가족 신화를 필요로 하기 때문일 것이다. 지금 바로 이 순간에도 보다 강고한 가족 신화가 요구되고 그것을 국가가 내세우는 게 느껴진다.

올봄에 시작한 NHK 아침 연속드라마의 여주인공은《빨간 머리 앤》을 옮긴 번역가 무라오카 하나코다. 같은 장르에서 탁월한 업적을 남긴 이시이 모모코는 아침 드라마에 영원히 등장하지 않을 것이다. 왜냐하면 평생 독신이었으니까. 그녀가 아침 드라마에 등장하는 날이 온다면 일본도 조금은 고령 독신자가 살기 편한 세상이 됐다는 뜻일지도 모르겠다.

　고베의 밤은 의외로 일찍 찾아왔다.
　친구는 고베 오코노미야키의 특징을 열심히 설명해주는데, 필자는 감이 잘 오지 않았다. 애초에 필자는 오코노미야키 등을 먹는 습관이 없는 터라 간사이의 솔푸드는 이해 불능이다. 도쿄의 몬자야키도 관심 없다.
　막차 시간에 맞춰 친구가 떠난 뒤, 텅 빈 밤거리를 걸으며 다들 어디로 가버렸나 생각했나.
　과거 고베 최고의 오락의 전당이라 했던 '슈라쿠칸'을 메웠던 관객들.
　신카이치의 거리를 낮부터 가득 메웠던 노동자들.
　도시는 살아있다. 영고성쇠가 있고 역사가 있다.
　어디서 개가 짖었다.
　돌아보자 가로등이 조용히 골목을 비추고 있었다. 그 너머에 과거의 무수한 사람들이 천천히 걷고 있는 듯했다.

Opening

4시가 넘었는데도 기온이 내려갈 조짐이 전혀 없는 9월 하순의 오후.

도쿄 서부. 한 여자가 전철 역에서 내려 자전거와 상점가의 깃발이 잡다하게 뒤섞인 로터리를 지나 과자 상자를 들고 다소 나른한 분위기로 걷고 있다.

어깨에 커다란 유명 브랜드 백을 멨고, 옅은 청색 여름 정장은 등이 땀에 젖었다.

여자는 사십대 후반에서 오십대 초반쯤 됐을까.

긴 머리를 굵게 파마했는데, 숱이 많고 머리 뿌리도 까만 것을 보면 아마 자기 머리일 것이다. 한 십 년쯤 전이었다면 '버터 내

난다'고 했을 남방계의 또렷한 이목구비다. 아이라인, 마스카라, 블러서. 전체적으로 화려한 화장인데 그게 잘 어울린다. 본인의 얼굴을 숙지하고 있는 화장이다.

포동포동한 체형은 비만이라 불리는 지점으로 굴러떨어지기 직전의 절묘한 지점에서 버티고 있었다. 내년 여름에 같은 정장을 입을 수 있을지는 올해 가을겨울을 어떻게 보내느냐에 달려 있다고 보인다.

하지만 종아리와 발목은 의외로 가늘고, 굽 높이 5센티미터인 펌프스를 신고도 걸음걸이는 활달하고 가볍다. 젊었을 때 운동선수가 아니었을까 하는 생각도 든다.

여자에게는 자주 다녀 익숙한 길인 것 같다. 빠르지도 느리지도 않은 속도로 사람이 많은 상점가를 걸어간다.

고깃집에서 튀김을 하는 기름 냄새.

환풍구 곁을 지난 여자는 순간 열기에 넌더리를 내는 표정을 지었지만, 바로 무표정한 얼굴로 돌아갔다.

커피숍의 커피 볶는 향기, 세탁소의 다리미에서 나는 열.

상점가는 그렇게 길지 않다. 어수선한 거리를 지나자 바로 조용한 주택가가 나왔다.

여자는 낡은 콘크리트 포석을 깐 비탈길을, 발치에 시선을 준 채 올라가기 시작한다.

긴 비탈은 구불구불 이어지고, 비탈 옆으로 경사면과 일체화된, 이 또한 오래된 주택가가 이어진다. 경사면을 빽빽이 메운 단독주택은 이제 해체도 할 수 없는 복잡한 퍼즐이었다.

어디서 개가 짖었다. 성대를 수술한 게 역력한 불분명한 울음소리. 수술을 당한 본인도 본의가 아니겠지만, 듣는 사람도 어딘지 모르게 욕구 불만을 느끼게 되는 답답한 울음소리였다.

여자는 얼굴을 들지 않고 착실하게 비탈을 올라간다. 그 모습은 금욕적이기조차 했다. 산악 구간을 담당하는 역전마라톤 선수가 오로지 눈앞의 한 발짝에 집중하는 게 연상된다.

그러나 결국 견딜 수 없어졌는지 걸음을 멈추고 앞으로 이어지는 비탈을 지긋지긋하다는 듯 올려다봤다.

해는 아직 중천에 떠서 저물 기미가 없다.

여자는 한숨을 후우 내쉬고 땀을 닦았다.

태양이 눈부셔서 사람을 죽였다는 것은, 요새 같으면 여름철 도쿄에서 아주 지당한 이유가 되지 않을까.

그녀는 강하게 확신했다.

낮 동안 천천히 덥혀진 콘크리트는 열을 듬뿍 머금어 여자는 들고 있던 과자 상자를 저도 모르게 높이 들었다. 지열에 과자가 따뜻해지지 않았을까 살며시 눈앞에 들어보지만, 온몸이 후끈후끈하게 달아오른 터라 과자가 어떻게 됐는지는 알 수 없었다. 두 시간 걸린다고 아이스팩을 잔뜩 넣어왔는데.

과자의 무게와 호화로움은 그녀가 느끼는 양심의 가책과 비례

한다.

그녀는 일감을 소개해주는 것이고, 게다가 보수는 요즘 같은 세상에 상당히 고액이다. 감사를 받아야 할 입장이지만, 그래도 죄의식은 언제나 과자 상자 속의 아이스팩과 함께 그녀 안 한구석에 응고돼 있었다.

그건 그녀가 일을 의뢰하고 그것을 수락하는 상대방도 마찬가지다. 각자 사정이 있어서 일이 필요하다, 돈이 필요하다고 생각한다는 것은 잘 안다. 하지만 그와 같은 정도로 일을 하고 싶지 않다, 가능하면 수락하기 싫다고 생각한다는 것도 안다. 일을 소개하는 자신을 고맙게 생각하고 의지하는 것과 같은 정도로 미워한다는 것도 알고 있다.

물론 그런 말을 입 밖에 낸 적은 한 번도 없다. 모두가 최소한의 말만 하거나 일상적인 대화 속에 감춘다. 평범한 일상으로 덧칠하면 별일 아니라는 것처럼.

그러나 일을 받은 사람의 눈에서 자신과 똑같은 것이 보인다. 한숨 비슷한 죄의식이, 싸늘하고 탁한 절망이 그들 안에 응고돼 있다.

몇 번 이 비탈을 올랐을까.

그녀는 다시 걷기 시작했다.

실은 일을 소개하기 위해 이 긴 비탈을 오르는 것은 그렇게 싫지 않았다. 자신이 하고 있는 일을 생각하면 이 정도 비탈을 오르는 것은 당연하다는 생각이 들었다.

그리스신화였나, 산 위로 바위를 굴려, 올라갔다가 굴러떨어진 바위를 다시 밀어 올린다 하는 고행이 있지 않았나. 딱 그런 느낌이다.

조금씩 시야가 트이면서 눈 아래 오밀조밀한 주택가가 보인다. 철교 위를 달리는 장난감 같은 전철도.

도쿄는 어쩌면 이렇게 비탈이 많을까.

여자는 늘 그런 생각을 한다.

이렇게 경사가 심한 곳에 빽빽이 집을 짓다니 제정신이 아니다.

과자 상자는 중력의 법칙을 충실히 따라 묵직했다. 아이스팩 무게도 있을 것이다.

유리 용기에 든 과일 젤리.

인원수에 맞춰 산 과자에 폭탄 하나가 장치돼 있다. 모두가 당첨되고 싶어하는, 동시에 당첨되고 싶어하지 않는 폭탄이.

지금부터 몇십 분 뒤 다 함께 이 과자를 먹는다. 모두 부엌에 선 채 더없이 익숙한 표정으로 과자를 먹을 것이다. 멋진 과자, 고급 과자, 보기에도 시원하고 예쁜, 산뜻한 색깔의 과자를.

그리고 과자의 달콤함과 함께 누군가가 근사한 일감을 손에 넣는다.

여자는 왜 그런지 웃고 싶어졌다. 늘 그렇다. 이렇게 소중하게 과자를 들고 가는 자신이 어처구니없을 만큼 우스꽝스럽게 느껴지는 순간이 있다. 과자를 땅에 팽개치고 발길을 돌려 비탈을 달려 내려가고 싶어진다.

물론 그런 적은 한 번도 없지만.

여자는 발치에 시선을 떨어뜨린 채 계속해서 걷는다. 경사는 그렇게 가파르지 않아도 이십 분 가까이 이어지는 비탈은 서서히 위력을 발휘한다. 매번 '아킬레스건이 늘어나겠어' 하고 똑같은 생각을 한다.

미끄럼 방지를 위한 것으로 보이는 경사면의 동그란 고리 모양을 보면, 가사 실습에서 만든 쿠키가 생각난다.

아주 오래전, 중학교 때 아니었나. 질척한 노란색 쿠키 반죽을, 컵을 써서 동그랗게 찍어낸다. 반죽 배합이 잘못 됐는지, 오븐이 문제였는지, 완성된 쿠키는 설익어 질척거렸고 깜짝 놀라게 맛없었다는 기억이 있다.

경사가 완만해지면서 아주 약간 호흡이 편해졌다.

거의 다 올라온 것이다.

상쾌한 바람이 잠깐 불어와 조금이나마 땀을 식혀주었다. 땀이라는 게 체온을 낮추기 위해 있다는 사실이 오랜만에 기억났다.

살기로 가득 찬 저물녘의 열풍에 잠긴 도쿄 시가지는 꼭 너무 여러 번 가열해서 흐물흐물해진 조림 같았다. 여러 번 가열하면 채소가 색을 잃고 전부 뒤섞여서 탁한 색깔이 된다.

공기의 색은 여러 층으로 그러데이션을 이루고 있었다.

위쪽은 가까스로 맑은 청색을 띠지만 밑으로 갈수록 녹색이며 보라, 탁한 갈색으로 가라앉는다.

어쩌면 도쿄는 과자와 비슷한지도 모르겠다.

여자는 자신이 산 과일 젤리를 떠올렸다. 여러 층의 젤리와 크림이 시원한 그러데이션을 이루는 과자.

그래, 도쿄는 과자가 아닐까. 보기에는 화려하고 색깔도 예쁘고 먹으면 더없이 맛있는 과자. 깜짝 놀라게 비싸지만, 이렇게 맛있는 게 세상에 있었나 싶어 눈을 휘둥그렇게 뜨고 자꾸자꾸 욕심 나서 허겁지겁 먹게 되는 과자.

이곳은 과자의 도시. 과자의 집. 하지만 그 안에는 폭탄이 장치돼 있다. 또는 서서히 퍼지는 독이 들어 있다. 모두가 도쿄의 독을 바라고, 동시에 바라지 않는다.

사랑스러운 독. 중독성이 있는 독. 그게 이 도시다.

여자는 멀리 어렴풋이 보이는 높은 탑을 본다.

그것은 케이크에 달랑 하나 꽂힌 초처럼 보였다.

Piece 23

'개봉 박두,'

휴대전화에서 쉴 새 없이 위협적인 경고음이 울렸다.

이제는 대체 무슨 경보인지도 잘 모르겠다.

방위성인지 경시청인지, 아니면 도쿄 도인지 보건소인지. 어쩌면 도호나 워너브라더스일지도 모른다.

처음에는 매번 흠칫했는데, 하도 잦으니까 어느새 신경이 마비돼서 이제는 여기저기서 동물이 우는 듯 느껴질 뿐이다.

아마 이런 비상사태에서 늘 그러하듯 정보가 뒤죽박죽으로 쏟아지는 데다가 여전히 각 부처 간에 연계가 이뤄지지 않아, 경보를 남발하는 것 말고 다른 수가 없을 것이다.

옆에서는 등산인 스타일의 B코가 바닥에 앉아 트위터를 확인하고 있었다.

"진로가 바뀌었나 본데. 우라가 수도水道로 진입하는 곳에서 일단 멈춰서 왠지 몰라도 사가미 만 방향으로 틀었대."

"왜지? 일본 상륙이 오랜만이라 길을 잊어버렸나?"

"모르지, 뭐."

"그 트위터는 누가 쓰는 거야?"

"해상 보안청이나 해상 자위대, 아니면 누가 레이더를 해킹해서 보는 걸지도."

텔레비전은 모든 방송국이 보도 프로그램을 내보내고 있었다. 하지만 현장이 혼란 상태인 것은 채널을 돌려도 별 차이 없는 것을 보면 명백했다.

BBC와 CNN도 도쿄 만이 한눈에 보이는 고정 카메라의 영상뿐이다.

TV 도쿄만이 얼마 전 뉴욕에서 열린 원조 많이 먹기 대회의 특집 재방송을 하고 있었다.

"이것도 예상 밖의 사태인가? 드라마에서 여러 번 시뮬레이션한 거 아니었어?"

필자는 작은 배낭에 물과 워커스 쇼트브레드를 챙기며 중얼거렸다.

매실 다시마 차도 넣자.

"거대 생물의 습격까지야 생각 못 했겠지. 그렇지만 육상 자위대에선 전통에 따라 시나가와 역으로 상륙할 줄 알았던 모양이야."

"그러니까 과거 데이터는 믿을 게 못 된다는 걸 학습한 거 아니었어?"

B코는 스마트폰을 놓고 자기 배낭을 끌어당겼다.

"요새는 비상식량도 꽤 맛있거든. 캠핑 갈 때도 좋아서 이것저것 시도해봤는데, 냉동건조 식품이 진짜 우수하더라. 먹어볼래?"

"통조림이 맛있어졌다는 건 알고 있었는데. 통조림도 가져가나? 좀 무겁지만…… 그 전에 혹시 상륙하면 대체 어디로 도망가야 하지?"

필자는 부엌 식료품 선반을 보며 생각했다.

B코는 이번에는 태블릿 PC를 꺼냈다.

"수도권 밖으로 나가면 괜찮지 않을까? 지금까지도 그림이 되지 않는 데선 안 부수었으니까. 마지막 영화 나오고 나서 생긴 랜드마크적인 곳으로 말하자면, 역시 제일 의심 가는 데는 스카이트리인데. 스카이트리만 부수면 만족하지 않을까?"

"그렇지만 불도 뿜고 하잖아? 당연히 여기저기 불이 날걸."

"수도 고속도로는 벌써 꽉 막힌 모양이야. 왜 그런지 북쪽으로 가는 사람이 많다는데."

"너무 더워서 조금이라도 시원한 데로 가고 싶은 거 아냐?"

"……아, 해상 보안청의 발표입니다."

NHK 아나운서가 옆에서 내민 종이를 받아 읽기 시작했다.

"국민 여러분께 알려드립니다. 현재 도쿄 만은 봉쇄됐습니다. 절대로 바다로 나가는 일이 없도록 당부드립니다. 다시 한 번 말씀드립니다. 현재 도쿄 만 및 주위 해역이 봉쇄됐습니다. 바다에 가까이 가지 않도록 거듭 당부드립니다."

"무슨 소리지?"

필자가 중얼거리자 B코는 다시 트위터를 살폈다.

"특촬 마니아랑 괴수 마니아가 도쿄 만에 대거 집결한 모양이야. 배를 대여해서 촬영회를 한다는데. 헉, 참가비 십만 엔이래. 가격이 점점 뛰고 있어."

"그래서 그런 거군."

마니아는 무섭다.

딩동댕 소리에 이어 '임시 뉴스'라는 자막이 나왔다.

미 대통령, 제7함대 파견을 결정.

"어라, 일본 정부 발표는 아직 없는데."

"이거 큰일 아냐?"

CNN으로 채널을 돌리자 마침 대통령이 이야기하는 중이었다.

우리는 동맹국에 대한 공격을 저지하겠다. 괌 해상에서 연습중이던 항공모함 조지 워싱턴이 이미 사가미 만으로 출동했다.

"이게 집단적 자위권이란 그거야?"

"덕분에 유식해졌네."

작전명이 발표됐다.

상부상조 작전.

필자와 B코는 동시에 으음 하고 신음했다.

"어때, 저 이름."

"인연 작전이 아니라 다행이네."

"십중팔구 그것도 후보에 있었을걸. 친절 작전이라든지, 한마음 작전이라든지."

"상부상조는 미국 사람이 발음하기 힘들 텐데. 친구 작전이 더 발음하기 쉬웠을걸."

"지금쯤 미국 해군들이 발음이 안 돼서 애먹고 있을 걸 상상하면 딱하다."

"어쩔래? 이동할래? 전화하면 친구가 차로 마중 와주기로 했는데."

B코는 그렇게 말하면서도 귀찮은 듯했다.

필자도 솔직히 일단 피난 준비를 하기는 했지만 나가기는 귀찮았다. 애초에 어디로 도망가야 하는지도 모르지 않나.

"차들 사이에 갇히는 건 싫은데."

"그러게 말이야. 차가 꽉 막힌 도로란 건 요는 장작더미잖아? 거기에 불 뿜으면 끝장 아니야?"

"이 경우 승부차기 게임 같은 거야."

"어디가?"

"골키퍼가 움직이지 않을 방향으로 공을 찬다. 상륙 지점이랑 진로를 확인하고 나서 움직여도 늦지 않을 것 같은데."

"그러게."

"통조림이라도 먹을래?"

"그러자, 요기를 좀 하는 게 좋을지도."

둘이 부스럭부스럭 통조림을 꺼냈다.

"이거 맛있어. 돼지고기 허니머스터드 조림."

"맥주 마셔도 돼?"

"이따 못 뛰어."

"뛰게 될 가능성도 있으려나. 100미터도 넘는 저런 괴수랑 경쟁한들 어차피 못 이겨."

결국 술판이 벌어졌다.

텔레비전은 반복해서 미국 대통령 회견을 내보내고, 흐릿한 도쿄 만 영상을 보여주고, 수상 관저에서 돌아다니는 사람들을 카메라에 비추었다.

NHK 해설위원이 나와서 이야기를 나누는데, 자기들도 이런 사태에 관해서는 전개를 예상할 수 없는 듯 고심하는 게 눈에 보였다.

"왜 일본을 습격하는 건데? 수소폭탄 실험으로 태어났으면 수소폭탄 실험을 하는 나라로 가는 게 맞는 거 아냐?"

B코가 투덜거렸다.

"거기에 관해선 역대 감독들도 골치를 앓았다나봐."

필자는 확실하지 않은 지식을 머릿속에서 검색했다.

"일설에 따르면 저 괴수는 태평양전쟁 희생자들의 원한이 합친 거라던데. 집단 무의식이란 그건가?"

"그래? 그래서 일본으로 돌아오는 건가."

"역시 일본의 신은 '찾아오는' 존재라니까. 먼 곳에서 찾아와. 산에서 오고, 바다에서 오고. 그리고 산이나 바다로 돌아가."

"괴수는 신이야?"

"거의 동의어 아닐까."

갑자기 텔레비전이 꺼졌다.

두 사람은 말문이 막혔다. 방 안은 캄캄했다.

무더워서 창문을 열어놓고 있었다. 어디서 누가 비명을 질렀다.

베란다로 나갔다.

바깥은 어디나 캄캄했다. 주택가인데도 불빛이 보이지 않는다. 주변 일대가 정전됐다.

B코는 스마트폰을 쥐고 있었다.

그 화면만 네모나게 환했다.

화면을 만지는 손가락이 보일 듯 말 듯 떨리고 있었다.

"······상륙했어."

"뭐?"

"한 마리가 아니었어. 훨씬 일찍 우라가 수도를 통과했대."

"사가미 만에 간 거랑 달라?"

"응. 오랜 잠복중에 스텔스 기능도 생긴 게 아닐까 한다는데."

그때 진동이 느껴졌다.

어둠 속에서 둘이 마주 봤다.

또다시 묵직한 땅울림.

그리고 규칙적인 진동.

영화나 텔레비전에서 실컷 들어온 그 소리, 그 발소리였다.

"설마 진짜로?"

베란다에 둘이 우두커니 섰다.

우리는 이런 날이 올 것을 줄곧 예상하고 있었을까.

우리는 이런 날이 올 것을 줄곧 알고 있었을까.

거리는 쥐 죽은 듯 고요했다. 모두가 귀를 기울이고 같은 소리를 듣고 있을 것이다.

저 먼 곳에 거대한 그림자가 어슴푸레 보였다.

"설마 진짜로?"

다시 한 번 그렇게 중얼거리고는 둘이 어둠 속을 뚫어지게 응시했다.

**LIFE
GOES
ON**

고작 십오 분이었다.

필자와 요시야가 맥아더 도로(아니, 신토라 거리라고 하는 모양이다. 신바시에서 도라노몬까지, 라는 지극히 단순한 이름이다)를 걷는 데 걸린 시간이다.

신바시 역 앞에서 만나 가라스모리 신사에서 서로 하는 일이 잘되기를 기원하고 나서, 그럼 어디 걸어볼까 하고 출발해서 겨우 십오 분. 이 십오 분 거리를 위해 전후 육십구 년의 세월이 허비됐다는 뜻인 모양이다.

"한 시간은 걸릴 줄 알았는데요."

필자는 도라노몬 힐스를 아연히 바라보며 맥빠진 목소리로 말

305

했다.

"저도 그렇습니다."

요시야는 맞장구를 쳤지만, 늘 그러하듯 별로 깊이 생각하는 듯 보이지 않았다.

둘이 우두커니 그 자리에 서서 움직이지 않았다.

이날 세상 사람들은 백중 연휴 중이었다. 무척 무더운 날인데 하늘은 부옇게 흐리고 햇볕은 없었다. 말 나온 김에 덧붙이자면 바람도 한 점 없었다.

"그림자가 없네요."

필자가 중얼거리자 요시야는 어깨를 으쓱했다.

"전 거울에 비치는데요."

"알아요."

그렇다, 이제 요시야는 어디에나 있다. 쇼윈도 속에서, 전철 차창에서, 길모퉁이의 반사경 속에서 필자는 요시야를 찾아낼 수 있었다.

"십오 분 걸려서 육십구 년을 걸었군요, 우리."

요시야는 유쾌하게 쿡쿡 웃었다.

"담배는 안 피우던가요?"

필자가 묻자 요시야는 고개를 끄덕이고는 "왜요?" 하고 물었다.

"이렇게 여기 멀뚱하게 서 있으면 어색하니까요. 어느 한쪽이 담배라도 피우면 안 그럴 텐데."

다 큰 성인이 낮부터 사무실 밀집 지역 모퉁이에 멀거니 서 있
으면 한없이 수상쩍다. 정장 차림도 아니니까 영업사원으로 보이
지도 않을 테고.

여기에 B코가 있었다면 이 순간 부처님처럼 반눈을 감고 담뱃
불을 붙이고 있었을 게 틀림없다.

"……옛날부터 내내 이상하게 생각한 게 있는데요. K씨는 희곡
을 쓰니까 어쩌면 대답할 수 있을지도 모르죠."

"뭔데요?"

"그림책이나 동화에서 끝을 맺는 문장으로 '언제까지고 행복하
게 살았습니다' 하는 게 있잖습니까? 그게 영 찝찝한 겁니다."

"왜요?"

"모순되잖아요. '언제까지고'는 '영원히'란 뜻인데 '살았습니다'
는 과거형. 영원이 끝났죠. 모순 아닌가요?"

"그렇지만 '언제까지고 행복하게 살고 있습니다'는 더 이상하
지 않아요? '언제까지고'가 '영원히'라면 '살고 있습니다'는 현재
진행형. 미래는 아직 알 수 없으니까 '영원히'는 유보되는 셈이에
요. 이것도 모순이죠."

요시야는 신음했다.

"으음, 듣고 보니 그렇군요. '언제까지고 행복하게 살겠지요'라
면요?"

"그게 가장 모순이 적은 표현일 것 같긴 하지만 어째 일기예보

같네요. 약간 남 이야기 하는 것 같고 믿음직스럽지 않아요. 이야기의 화자로서 책임을 방기하는 것 같은데요."

두 사람은 어느새 느릿느릿 걷고 있었다. 가만히 있는 것도 마음이 불편하다. 막연히 두 사람이 처음 만난 비어바 방향으로 가고 있음을 알 수 있었다. 그곳은 연중무휴고 이 시간에도 이미 문을 열고 영업중일 것이다.

"저기요."

필자는 문득 생각나서 멈춰 섰다.

"왜요?"

요시야가 돌아봤다.

"요시야 씨 이야기 아니에요? '언제까지고 행복하게 살았습니다'."

"저요?"

"네. 정확히 말하면 요시야 씨 같은 사람들."

흡혈귀. 그건 이미 두 사람 사이에 공통되는 인식이었다. 이제는 농담인지 망상인지는 아무래도 상관없었다.

창이나 거울 속에 요시야가 편재하는 것처럼 이미 '자명한 일'인 것이다.

요시야는 보일 듯 말 듯 고개를 갸웃했다.

"우리요?"

"그렇잖아요, 영원인데 과거의 인격은 각자 완결되는 셈이잖아요? 그럼 당신들이라면 '언제까지고 행복하게 살았습니다'란 표현은 모순이 아니죠. 언제까지고 계속되지만 이미 인생을 마쳤어요. 딱 맞죠."

"그런가, 그게 우리 이야기였나요."

요시야는 순순히 받아들였다.

"영원이고, 완결된다. 음, 어쩐지 기쁜데요. 다음에 동료들한테도 전하겠습니다."

"네."

빌딩들 사이를 나란히 걷는다.

백중이라 그런지 사람도 차도 얼마 없는 것 같다.

"〈에피타프 도쿄〉의 결말은 어떻게 되죠?"

요시야가 조심스레 물었다.

자기 희곡의 제목을 다른 사람에게서 들으면 괜히 흠칫하게 된다.

등이 근질근질해졌다. 식은땀이 났다.

"아직 못 썼어요. 도쿄의 묘비명을 생각해야 해서요. 그게 제목이고 테마니까. 뭐 없을까요? 이 도시에 걸맞은 묘비명."

요시야는 하늘을 얼핏 올려다봤다.

마치 그곳에 거대한 묘표가 있는 것처럼 한 지점을 뚫어지게 응시한다.

"그게 좋지 않을까요?"

"그거?"

"'언제까지고 행복하게 살았습니다' 말이에요."

요시야의 목소리에 필자는 어쩐지 흠칫했다.

하늘에 거대한 글자가 보인 것 같아서다.

도시는 영원이지만(아마도) 그것을 구성하는 개개인은 각자의 인생을 마치고 완결된다.

"그렇지만 '행복하게'인지 아닌지는 알 수 없지 않아요?"

필자가 이의를 제기하자 요시야는 천천히 고개를 흔들었다.

"대체로 행복하지 않을까요? 애초에 인생에 우열은 없으니까 마칠 수 있었으면 행복한 겁니다."

"하지만 그건 도쿄만 그런 게 아니잖아요. 다른 도시도 그렇죠. 도쿄스러운 뭐가 없을까."

"'언제까지고 일왕과 함께 행복하게 살았습니다.'"

"이끼가 낄 때까지 말이죠. 아닌 게 아니라 도쿄스럽기는 한데."

"'언제까지고 정시 발차로 행복하게 살았습니다.'"

"시간 엄수. 도쿄 맞네요."

점점 농담조가 된다.

"……얼마 전에 벌써 자기 무덤을 만든 성급한 친구가 있었거든요."

요시야가 불현듯 이야기하기 시작했다.

"저런, 진짜 빠르네요."

"경마에서 한몫 잡고 어차피 눈먼 돈이니까 못자리라도 사자한 모양입니다."

"눈먼 돈으로 무덤. 어째 모순되는 것도 같은데요."

"전 몰랐는데 일찌감치 무덤을 준비해놓는 사람이 꽤 많은가 보죠. 그래서 살아있는 동안엔 무덤에 붉은색으로 이름을 쓴다는 군요."

그건 필자도 어디서 들어본 적이 있었다.

"아직 피가 통한다는 의미일까요."

요시야는 살짝 웃었다.

"그럴지도 모르죠."

그렇다면 묘비명에 새겨진 이름, '도쿄'라는 글자는 영원히 붉은색이다. 피가 통하는 이름이 '언제까지고' 새겨져 있다.

사람들은 그 선명한 붉은색을 눈에 아로새길 것이다. '언제까지고' 그 글자를 우러러보고, 이윽고 조용히 눈을 내리깔고 그 앞을 지날 것이다. 무수한 각자의 인생을 '과거형'으로 하기 위해.

바가 있는 곳까지 거의 다 왔다.

"……십오 분." 필자는 시계를 보고 어이가 없어졌다. "여기까지도 십오 분이에요. 아까 육십구 년을 걸은 십오 분이랑 같은 시간."

"그럼 지금 십오 분으로 우리는 '영원'을 걸은 겁니다."

요시야는 빙긋 웃고 가게 문을 밀었다.

다음 '영원'을 손에 넣기 위해, 우리와 그 사람들에게.

프롤로그 · 짧은 도쿄 일기

3월 모 일

길을 걷는데 크게 흔들리다. 평소에는 오가는 사람이 그리 많지 않은 교차로에 엄청나게 많은 사람이 있고 다들 꼼짝하지 않는 게 기이. 쓰나미 경보 사이렌. '높은 곳으로 대피해주세요'라고 말하는 억양 없는 여자 목소리가 무섭다. 이런 도심의 빌딩 숲에서 쓰나미 경보를 듣는다는 상황이 믿기지 않는다. 도쿄 타워의 안테나가 구부러졌다고 다들 휴대전화로 사진을 찍고 있다. 근처 약국의 유리창 안 텔레비전을 보려고 사람들이 모여들었다. 텔레비전을 보는 이들의 '미야기' '쓰나미'라는 말에 머릿속이 새하얘졌다. 센다이에 사는 어머니에게 문자를 보내는데 동요해서 계속 오타가. 집으로 돌아오니 현관에 장식한 몬족族 소녀의 도자기 인형이 박살난 것 외에는 거의 피해가 없음. '희생'이라는 말이 머리에 떠올랐다. 한 시간가량 뒤에 어머니에게서 '무사해'라고 짤막한 문자가 온 것을 끝으로 완전히 통신 두절. 맨 먼저 안부 확인 문자를 준 것은 CNN 속보를 봤다는 뉴욕에 사는 친구였다. 귀가를 못 하는 이들 속출. 회사에서 잔다는 친구, 걸어서 간다는 친구와 통화. 다들 대체로 냉정해서 이야기하는 사이에 진정됨. 여진이 너무 잦아서 앉을 수 없다. 내내 선 채로 텔레비전을 보고 있다.

3월 모 일

센다이와 연락이 전혀 안 된다. 휴대전화는 전화 아니었나. 게센누마가 불타고 있다. 이치하라 콤비나트도 불타고 있다. E 관방장관(뜻밖에 동갑)의 목소리와 말투는 사람을 안심시켜준다. 이 목소리가 아니었으면 지금보다 더 패닉이 심했을 것이다. 기자들 질문이 형편없다. 꽤 오래전부터 관저 출입 기자들의 질문 능력 저하가 신경 쓰였는데, 웅얼웅얼 말하니 알아들을 수도 없고 '그게 이 자리에서 물을 일인가' 싶은 사소한 것, 이미 관방장관이 설명한 것을 히스테릭하게 반복할 뿐. 텔레비전은 모두 냉정하게 사실을 전달하려고 노력하는 것 같지만, 뉴스캐스터가 유난스레 '괴멸'이라는 말을 자주 쓴다. 맨 먼저 피재지를 정찰비행한 자위관의 보고에 처음 쓰였을 것으로 보인다. 아마 원래는 군사, 전략 용어일 것이다. 센다이와 통화가 되지 않는 상황에서 '괴멸' '괴멸' 하고 되풀이하는 것을 듣다 보면 절망적인 기분이 든다. 그렇게 말할 수밖에 없는 상황이기는 하지만 생존자도 분명히 있을 텐데.

3월 모 일

회견에 네 명 이상 나오면 그 회견은 틀렸다. 좌우지간 성실한 회견을 기대할 수 없다. 머릿수가 많으면 책임이 분산된다고 생각하는 건지, 전원이 시선을 피하는 모습을 카메라가 비출 뿐. 원자력 안전 보안원과 도쿄 전력의 '남 일' 대하듯 하는 태도가 엄청나다. 게다가 일본어로 말해주지 않는다. 알 수 없는 전문 용어를 쓰는 것은 물론 주어와 술어조차 분명하지 않다. 일찌감치 정전이 예상됐던 것 같건만 의료 관계자에 대한 고지와 대응을 전혀 생각하지 않았던 듯한 후생노동성의 회견도 '남 일' 느낌이다. 이 사람들은 여전히 국민의 생명을 지킬 생각이 없는 것 같다. 원자로 격납 건물에 사상事象에 수소 폭발에 피폭被曝과 피폭被爆의 차이에 계획 정전. 새로운 어휘를 학습하는 나날이다.

3월 모 일

주변의 관심을 끌고 싶다는 유아기적 욕망을 위해 들리기만 유달리 무시무시하게 들리는 망언을 되풀이하는 가엾은 남자와, 그런 인물을 수장으로 모시는 굴욕을 견디는 주민에게 부디 하늘의 은총이 있기를.

3월 모 일

간신히 센다이의 부모님과 전화가 연결됐을 때도 허탈감뿐이었건만 영국 인디펜던트지 1면을 보고 눈물이 났다. 정확한 명조체인 것에 감탄. 세비야에서 시합에 내건 플래카드에 일본어로 쓴 응원 메시지도 완벽한 고딕체라 이쪽도 감탄. 외국에서 접하는 일본어 글자체는 괴상한 게 많은데, 이번 일본어는 정확하다는 게 왠지 기쁘다.

3월 모 일

미군의 'Tomodachi친구 작전'이라는 이름에 힘이 쭉 빠지다. 누구 《20세기 소년》을 읽은 사람이 있나. 사상 최대의 작전. 일본에서 예비 자위관 소집이라는 것을 처음 봤다.

육상 자위대 참모장의 이름이 FIRE BOX인 건 딱 어울린다고 할지. 통합 참모장도 그렇고, 자위대 수뇌부는 다들 꾸미지 않고 담담하게 말한다. 순직자가 다수 발생한 경찰과 소방서 등 현장 사람들은 다들 그렇다. 원전 사고 수습을 위해 일하는 이들을 '영웅'으로 만들지 않았으면 좋겠다.

3월 모 일

피재지의 졸업식 답사, 봄철 선발 고교 야구의 선수 선서 등 아이들의 연설이 하나같이 진지하고 훌륭하다. 어른들은 지금까지 알맹이 없는 말만 해왔다는 자각이 있으니까 누구나 무슨 말을 하려고 해도 말이 나오지 않는다.

3월 모 일

도쿄에서는 벚꽃이 피었다. 꽃가루도 날아서 괴롭다. NHK 뉴스에 '방사선 정보'가 새로 추가된 것을 보고 경악. 꽃가루 정보처럼 앞으로는 바람의 방향과 세기와 더불어 각지의 방사선 수치가 평상시 뉴스에 추가되는 걸까. 센다이의 생명선이 복구될 때까지, 원전 사고가 수습될 때까지 맥주를 끊은 지 삼 주 됐다. 아직 당분간 맥주를 못 마실 것 같다.

옮긴이 **권영주**

서울대학교 외교학과를 졸업하고 동 대학원에서 영문학을 전공했다. 온다 리쿠의
《나와 춤을》《유지니아》 등을 옮겼으며, 《삼월은 붉은 구렁을》로 제20회 노마문예번역
상을 수상했다. 그 밖에 무라카미 하루키의 《오자와 세이지 씨와 음악을 이야기하다》
《애프터 다크》, 미쓰다 신조의 《미즈치처럼 가라앉는 것》, 미야베 미유키의 《세상의
봄》, 마쓰이에 마사시의 《우아한지 어떤지 모르는》 등 다수의 일본소설은 물론, 《어두
운 거울 속에》《데이먼 러니언》 등 영미권 작품도 우리말로 소개하고 있다.

에피타프 도쿄 블랙&화이트 027

1판 1쇄 발행 2021년 9월 15일 **1판 2쇄 발행** 2021년 10월 26일
지은이 온다 리쿠 **옮긴이** 권영주
펴낸이 고세규
편집 장선정 **디자인** 윤석진
마케팅 이헌영 **홍보** 이혜진

발행처 김영사
주소 경기도 파주시 문발로 197(문발동) 우편번호 10881
등록 1979년 5월 17일(제406-2003-036호)
주문 및 문의 전화 031)955-3200 **팩스** 031)955-3111
편집부 전화 02)3668-3295 **팩스** 02)745-4827 **전자우편** literature@gimmyoung.com
비채 카페 cafe.naver.com/vichebooks **인스타그램** @drviche **카카오톡** @비채책
트위터 @vichebook **페이스북** www.facebook.com/vichebook
ISBN 978-89-349-4904-6 03830 책값은 뒤표지에 있습니다.

비채는 김영사의 문학 브랜드입니다.